서민의
개좋음

서민의 개좋음

지은이 서민
펴낸날 1판 1쇄 2019년 8월 30일

펴낸이 양경철
편집주간 박재영
편집 강지예
디자인 김혜림

펴낸곳 골든타임
발행인 이왕준
발행처 (주)청년의사
출판신고 제2013-000188호(2013년 6월 19일)
주소 (04074) 서울시 마포구 독막로 76-1(상수동. 한주빌딩 4층)
전화 02-3141-9326
팩스 02-703-3916
전자우편 books@docdocdoc.co.kr
홈페이지 www.docbooks.co.kr

ISBN 979-11-953052-7-8 (03810)

책값은 뒤표지에 있습니다.
잘못 만들어진 책은 서점에서 바꿔드립니다.

일러두기
1. 주석은 후주로 처리했습니다.
2. 책의 제목은 《 》로 표시하고, 신문·잡지·방송·논문 등의 제목은 〈 〉로 표시했습니다.
3. 정확한 의미 전달을 위해 필요한 경우 한자나 영어를 병기했습니다.
4. 본문에서 인용한 인터넷 게시글 및 댓글은 독자의 편의를 위해 기호를 생략하고,
   오탈자 및 띄어쓰기 등 최소한의 교정만 했습니다.

몸만 큰 허당 팬더, 군기반장 미니미,
호시탐탐 복수를 노리는 흑곰, 순둥이 황곰,
막내 수호자 오리, 세계대전 유발자 은곰,
그리운 뽀삐와 예삐.

그리고 세상의 모든 개들에게 이 책을 바친다.

반려견 천만시대를 개탄하다

바야흐로 개의 시대다. 반려견 천만시대라는 구호가 울려 퍼지고, 거리에는 개를 데리고 산책하는 모습이 흔히 눈에 띈다. 하지만 개들의 삶은 과연 행복할까? 행복한 개도 있지만, 그렇지 않은 개가 훨씬 더 많아 보인다. 난 기생충학자이기 이전에 우리나라에서 1퍼센트 안에는 너끈히 들어갈 개빠인지라, 슬픈 눈을 한 그 개들을 그냥 보아 넘기지 못했다. 가엾은 처지에 놓인 개들에게 편의점에서 산 먹을 것들을 주기도 하고, 동물보호소에서 구조한 개를 다른 곳에 입양 보내기도 해봤지만, 그럴수록 안타까움이 더 커졌다. 그 안타까움은 내가 세상의 가엾은 개들을 다 구조할 수 없다는 무력감에서 비롯됐다. 이런 의문이 들었다. 이 나라에는 왜 이리도 슬픈 개들이 많은 것일까?

오래지 않아 해답을 찾았다. 답은 '반려견 천만시대', 즉 너무도 많은 이들이 개를 키운다는 데 있었다. 그중 상당수는 개를 기를 자격을 갖추지 못한 이들이었다. 자격 없는 이가 개를 키우니 힘들 수밖에 없고, 이는 결국 견주와 개 모두의 불행으로 귀결되기 마련이다. 여기엔 개농장에서 펫숍으로 이어지는, 싼값에 개를 살 수 있는 현실이 존재한다.

그게 바로 내가 이 책을 쓴 이유다. 그러니까 《서민의 개좋음》은 제목과 달리 개를 키우려면 얼마나 많은 노력과 돈이 필요한지 아느냐, 충동적으로 키우지 말고 제발 한번 생각해보시라는 게 핵심 메시지다. 물론 이건 새로운 얘기는 아니며, 개빠들이라면 늘 하는 말이긴 하다. 이런 책도 많겠지 싶어서 시중에 나온 반려견 관련 책들을 뒤지다 보니 반려견계의 스타 강형욱 훈련사가 쓴 《당신은 개를 키우면 안 된다》가 눈에 들어온다. 이 책의 컨셉과 겹치는 건 아닌지 걱정돼서 소개 글을 읽어보니 그건 아니다. "그렇다고 무책임하게 개를 키우라 마라 소리만 하는 것은 아니다. 사실 저자는 누구보다 더 많은 사람이 개와 함께 행복하길 바라는 마음에서 이 책을 썼다." '보다 많은 사람이 개와 행복하길'이란 문장으로 보건대, 소수의 사람만 개를 키우자는 내 책과 방향이 다르다. 그 외에도 개를 키우지 말라는 내용의 책은 별로 없었고, 있다 해도 판매량이 저조했다. 이럴 때 내가 나서지 않을 거면 그간 했던 글쓰기 지옥훈련은 왜 했으며, TV에서 온갖 수모를 견디며 쌓아 올린 인지도는 도대체 언제 써먹는단 말인가?

이 책에서 난 개 여섯 마리와 사는 게 얼마나 힘든지 이야기한 뒤 개는 아무나 키우는 게 아니며, 가엾은 개들은 왜 생기는지를 실제 상황을 예로 들며 조목조목 설명한다. 시종일관 "그런 정신머리로는 개를 키우지 마!"라고 외쳐대는지라 웬만큼 강단이 있지 않다면 이 책을 다 읽고 개를 입양하기란 쉽지 않을 것이다. 또한 개를 무시하면서 자신의 자존심을 찾으려는 소위 개혐들에게도 쓴소리를 아끼지 않았다. 개혐의 본질을 꿰뚫어 보는지라, 그간 개를 미워했던 분들은 아마도 간담이 서늘해질 것 같다. 그러니까 이 책은 개를 아직 입양하지 않은 분에겐 신중하라고 얘기하고, 입양해서 키우는 분에게는 최선을 다해 개를 돌보라고 채찍질하며, 개를 미워하는 분에게는 그렇게 살지 말라는 삶의 교훈을 준다. 뜻있는 분들의 일독을 권한다.

책에 있는 글 중 일부는 한겨레의 〈서민의 춘추명멍시대〉에 실렸던 것들이다. 그 글들에 대한 공감 또는 비판이 이 책을 쓰게 만든 또 하나의 동기였다. 연재를 해주신 한겨레와 관심을 보여주신 네티즌들께 감사드린다. 마지막으로 15년 전 썼던 《대통령과 기생충》에서 그토록 쓴맛을 봤음에도 불구하고, 기꺼이 이 책을 출간해주신 청년의사에도 감사드린다. 《대통령과 기생충》이 가슴 아픈 비극으로 끝난 것과 달리, 《서민의 개좋음》은 개와 출판사 모두에게 좋은 일이 될 수 있길 빈다.

2019년 3월 27일 새벽 5시 42분
팬더, 미니미, 흑곰, 황곰, 오리, 은곰이 옆에서 씀.

여덟 식구가 북적거리는
서민 가족을 소개합니다

서민

밖에선 기생충을 사랑한다고 떠들지만, 실제로는 개만 사랑하는 개빠다. 외롭게 지내던 어린 시절에 오직 개만이 자신의 진가를 알아봐준 것이 개빠가 된 이유였는데, 나중에 잘나가게 된 뒤에도 개의 은혜를 잊지 않고 있다.

아내

혼자 개 한 마리를 키우는 게 힘들어 개아빠를 찾던 중 서민을 만났다. 개 때문에 남편의 외모를 포기한 열혈 개 마니아.

팬더(남)

흰 털과 검은 털이 어우러진, 우리나라에서 드문 '파티컬러' 개다. 일찍부터 자신의 가치를 깨달아 자기 잘난 맛에 살고 있으며, 모든 이에게 '나를 경배하라'고 강요한다. 심지어 다른 개주인에게도 쓰다듬어달라고 칭얼대다 해당 개의 분노를 사는 일이 많다.

미니미(여)

유일한 흙수저로, 이전에 아내가 예뻐하던 개를 닮았다는 이유로 펫숍에서 데려왔다. 하지만 외모만 닮았을 뿐 성격은 전혀 달라서 자기보다 약해 보이는 이에게 패악을 일삼기로 유명하다. 외모가 출중한 개들 사이에서 살아남으려다 보니 성격이 못돼졌다는 주장도 있다.

흑곰(여)

검은 개가 얼마나 예쁜지 깨닫게 해준 개. 온몸이 다 검지만 가슴에 하얀 털이 있어서 반달곰을 연상케 한다. 공놀이 성애자로 아빠만 보면 공을 던져달라고 한다. 애교까지 뛰어나 개로서는 더 이상바랄 게 없지만, 미니미와의 끊임없는 싸움질로 엄마 아빠를 힘들게 해서 쌓은 점수를 다 깎아 먹는다.

황곰(여)

늘 다소곳하게 앉아 있어서 얌전한 줄 알았지만 시간이 갈수록 자신의 정체를 드러내고 있다. 공놀이에 관심이 없어 보였던 것은 달리기를 못 해서였을 뿐, 일단 공을 차지하면 반나절은 물고 있을만큼 공에 대한 집착이 심하다. 먹을 것 앞에서는 물불을 안 가려, 황곰이 흘린 간식을 주워주려다 물린 적이 한두 번이 아니다.

오리(남)

갈색과 흰색의 파티컬러지만, 기존 개들을 능가할 만한 치명적인매력이 없어 '아내는 얘를 왜 데려왔지?'라는 의문을 품기도 했다.하지만 곧 자신의 진가를 발휘해 엄마 아빠가 가장 사랑하는 강아지 1위에 등극하는데, 천방지축으로 뛰어놀다가도 언제 그랬냐는듯 순식간에 잠에 드는 게 오리의 매력이다. 막내 은곰을 지성으로돌보는 면모까지 보여 찬사를 받았다.

은곰(여)

같이 태어난 개들 사이에서 일진 노릇을 하다 우리 집에 왔다. 나이도 어리지만 크기도 다른 개들에 비해 작아 처음에는 동네북 신세가 될까 걱정했지만, 오히려 언니 오빠들에게 걸핏하면 싸움을걸어 분란의 근원이 되고 있다. 눈을 좌우로 굴리기에 눈치를 보는줄 알았는데, 사실은 싸울 상대를 고르고 있었던 것이다.

Contents

**5장 개답게?
사람답게!**

— 사람과 개, 함께 살아가기

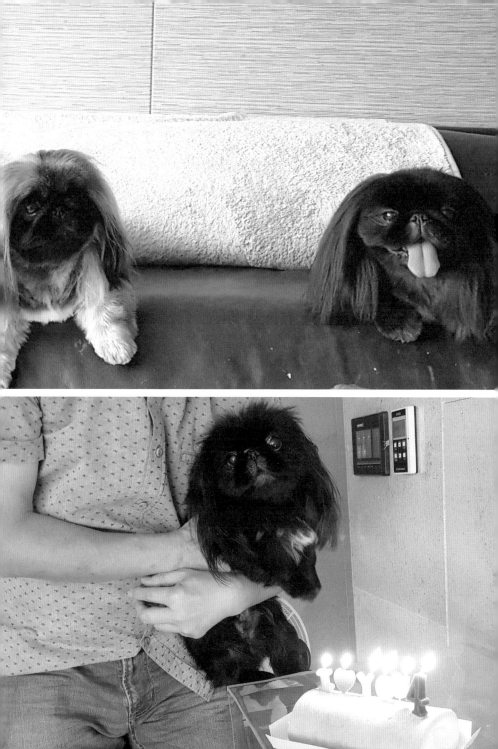

1장

서민과
여섯 마리의
일상

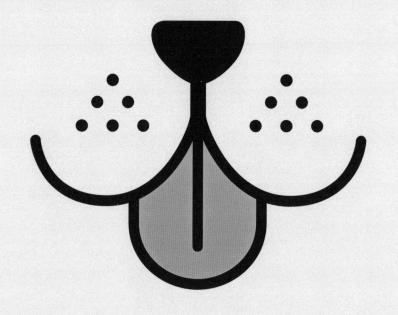

세상에
나쁜 개는
있다

50일 된 강아지 한 마리를 입양했다. 털 색깔이 은색이라 '은곰'이란 이름을 붙였다. 아내와 나 모두 개를 좋아하는 데다, 성격 활달하고 외모도 출중한 녀석이 왔으니 꽃길만 걸을 것 같다.

하지만 그러기엔 상황이 좋지 않다. 우리 집에는 이미 한 살 반부터 다섯 살까지의 다양한 연령대를 가진 개 다섯 마리가 있기 때문이다. 같이 태어난 형제자매들 사이에선 우량아로 통했고 덕분에 일진 노릇도 제법 했던 은곰이지만, 다 자란 성견에 비하면 그저 꼬마일 뿐이다.

모 방송사 프로그램 이름처럼 세상에 나쁜 개가 없다면 다음과 같은 장면이 펼쳐졌으리라. 먼저 있던 개들이 막내로 들어온 은곰이를 자식처럼 보살피고, 누군가가 은곰에게 행패라도 부리려 치면

21

다른 개들이 그 앞을 막아서서 은곰을 지켜준다. 생각만 해도 가슴이 뭉클해지지만, 이런 일은 벌어지지 않았다.

은곰을 처음 데려온 날, 개들의 표정은 시샘으로 가득했다. 반갑게 맞아주기는커녕 으르렁거리면서 적대적인 태도를 취하기 일쑤였다. 같이 태어난 형제자매를 한꺼번에 입양한다면 얘기가 좀 다르겠지만, 먼저 자리 잡은 개들이 있는 판에 또 다른 개가 들어오면 텃세가 있을 수밖에 없다. 먹을 거야 조금 더 준비하면 상관없지만 문제는 주인의 애정이다. 예쁨받기를 좋아하는 개들 입장에서 새로운 개의 등장은 그만큼 주인의 관심을 받을 기회가 줄어든다는 얘기니 말이다.

첫째와 둘째—이름이 팬더와 미니미다—는 비슷한 시기에 입양됐으니 별일이 없었지만, 그 이후 새로운 개가 올 때마다 우리 집에는 텃세가 성행했다. 흑곰이란 이름의 검정개가 셋째로 들어왔을 때 특히 분개한 이는 미니미였다. 그때 미니미가 우는 듯한 표정을 지으며 우리를 쳐다보던 모습은 지금도 눈에 선하다.

오래지 않아 미니미의 만행이 시작됐다. 우리가 안 보는 틈을 이용해 미니미는 수시로 흑곰을 괴롭혔다. 그때마다 흑곰은 짧은 다리로 도망 다니기 바빴다. 첫째인 팬더는 이 사태를 수수방관했고, 심지어 즐기는 것 같기도 했다. 그래서 어떻게 됐을까? 어릴 적 당한 게 분했는지 흑곰은 미니미와 덩치가 비슷해진 뒤부터 틈만 나면 미니미를 공격했다. 둘 간의 싸움이 너무 격렬하다 보니 다치는 경우도 생기는데, 한 번은 미니미가 눈을 다치는 바람에 적잖은 병원비가 들었다. 안 되겠다 싶어서 아내와 나는 싸움이 있을 때마다 말리려고 하지만, 둘을 떼어놓는 과정에서 미처 흥분이 가시지 않은 개들에게 몸 여기저기를 물리곤 한다. 병원 응급실에 가서 파상풍 주사와 더불어 손가락을 몇 바늘 꿰맨 적도 있고, 다리엔 물려서 생긴 흉터가 한두 군데가 아니다. 아내가 얼굴을 물렸을 때는 주변 사람들이 다들 내가 할퀴었다고 지레짐작을 해 아내와 나 모두 억울했다. 흑곰과 미니미의 싸움은 지금도 계속되며 우리 집의 가장 큰 우환이다.

정도의 차이는 있을지언정 이런 일은 넷째, 다섯째를 데려올 때도 벌어졌다. 어릴 때 설움을 겪은 개들이 은곰이에게 텃세를 부리는 모습을 보면서 나는 도대체 개들이 뭐가 착하다는 것이냐는 의문을 던진다. 아내도 가끔 탄식하곤 한다. "내가 개들 교육을 잘못 시켰어."

얼마 전에도 은곰이는 첫째 팬더로부터 이유 없이 공격받아야 했다. 어리다는 점을 이용해 주인의 애정을 받으려는 모습이 팬더의 심기를 불편하게 한 듯한데, 애가 어찌나 놀랐는지 구슬픈 비명과 함께 똥을 싸버리기까지 했다. 물론 시간이 감에 따라 조금씩은 받아들이는 분위기긴 하지만, 어제도 저녁 식사를 하는 와중에 은곰이는 식탐 강한 넷째 황곰이로부터 조리돌림을 당했다. 은곰이는 엄연히 자기 밥그릇의 밥을 먹고 있었는데 말이다! 지금 흑곰이 미니미에게 그러는 것처럼, 은곰이가 크면 자신이 당했던 것에 대해 보복이라도 하려 들까 봐 걱정이다. 그러니까 개가 착해 보이는 건

미니미를 들이받는 흑곰

어디까지나 자기 주인에게 충성하기 때문이지, 자기네들끼리 있으면 개들은 이기심 덩어리일 뿐이다.

어린아이들은 티 없이 맑고 순진무구한 존재라고 생각하는 분들이 많다. 하지만 아이들은 우리 집 강아지들처럼 이기적이기도 하다. 막 태어난 동생이 모유 먹는 걸 방해하고, 부모의 관심을 받기 위해 말썽을 부리는 게 바로 그 증거다. 이런 아이들이 남을 배려하는 어른으로 성장하는 건 '사회화 교육'을 받은 결과지, 원래부터 착했다고 말하긴 어렵단 얘기다. 사람과 달리 개들은 사회화 교육이 불가능하니, 이들이 장차 다른 개를 배려하는 성견이 되기는 글렀다.

그럼 어떻게 해야 할까? 뭐 어쩌겠는가. 그냥 예뻐하는 수밖에. 이기적이든 뭐든, 개는 보는 것만으로도 사람을 행복하게 해준다. 특히 옆으로 누워 잠을 자는 모습은 마치 천사 같다. 그 모습을 보고 있노라면 이런 생각이 든다. "이 정도 예쁘면, 나만 예뻐해달라고 패악을 부려도 이해해야 하는 게 아닐까?" 이 대목에서 난 우리 어머니를 떠올린다. 나는 제대로 효도한 적도 없고, 외모도 최하급에 가까운데—물론 여기엔 어머니 책임도 있다—어머니는 날 한결같이 사랑해주셨다. 내 눈에 우리 개들이 세상에서 제일 예쁜 것처럼, 어머니 눈에는 내가 세상에서 제일 예뻤으니까 말이다.

자식을 키우면 어머니의 사랑을 이해할 수 있다고 한다. 키우느라 고생하면서 '아, 어머니도 날 키우느라 이렇게 고생하셨겠구나'는 생각을 하기 때문이다. 개 기르기는, 물론 사람 자식 키우는 것에는 미치지 못하겠지만, 어머니를 떠올리게도 한다. 그래서 난 애견인들에 대한 다음과 같은 비난에 동의하지 않는다. "야, 너희들이 개 생각하는 것의 백분의 일이라도 너희 부모님 생각해본 적이 있냐?" 그들의 논리대로라면 개를 키우지 않는 이들은 애견인들보다 몇십 배는 더 효자효녀여야 하는데, 과연 그런가? 이건 그저 개들이 예쁨받는 것이 싫은 개 혐오자들(이하 개혐)의 시비일 뿐이다. 그들이 뭐라고 하건 난 우리 개들에게 이렇게 말하련다.

"너희가 무슨 짓을 하든지 난 너희들 편이 돼줄 거야."

힘들어도

여러 마리가
좋다

앞글이 신문에 실린 뒤 어떤 분이 다음과 같은 질문을 하셨다.

— 개들끼리 저렇게 치고받고 싸우고, 새로 들어오면 따돌리는 거 알면서
도 왜 계속 입양했는지 이해가 안 갑니다. 강아지 새로 오면 적응 못 하
고 힘들 거 뻔히 알면서, 자기가 귀엽다는 이유로 더 데려오는 건 진짜
이기적인 행동 아닌가요?

개들끼리 괴롭히고 보복한다는 내용의 글만 보면 그렇게 생각
할 수도 있다. 하지만 모든 일에는 양면이 있다. 사람 아이를 낳는
것을 한번 생각해보자. 저 논리대로라면 대한민국에서 아이를 낳는
것이야말로 정말 잔인한 행위다. 서너 살 때부터 아동학대라고까지

비난받는 사교육 시장에 내몰리고, 정규과정을 다 마쳐도 취업이 힘들어 '헬조선'이란 말까지 나오는 현실이니 말이다. 하지만 아무리 헬조선이라 해도 이곳에는 슬픔과 좌절뿐 아니라 즐거움과 기쁨도 같이 버무려져 있다. 슬픔과 고통의 시간이 분명 있지만, 그 시기를 지나면 '아, 태어나길 잘했어'라고 생각하게 되는 순간도 오기 마련이다. 그러니까 부모가 아이를 낳는 건 내 아이가 행복하게 자라기를 기대해서지, 불행할 줄 알면서도 낳는 건 아니다. 그리고 그 부모는 실제로 아이의 행복을 위해 최선을 다한다.

자식을 여럿 낳는 것도 마찬가지다. 나와 남동생은 한 살 차이다. 연년생 형제라서 그런지 우리는 어린 시절 참 많이도 싸웠다. 그렇다면 남동생을 낳은 어머니의 선택은 내가 힘들 것을 뻔히 알면서도 저지른 이기적인 행위일까? 그리 생각하는 사람은 아마도 없을 것이다. 나와 남동생은 싸운 적도 많지만, 재미있게 놀았던 순간이 더 많았다. 지금도 집안에 무슨 일이 있으면 서로 의지한다. 형제란 자연이 준 최고의 친구라는 말도 있지 않은가?

사람과 개를 비교하는 게 마땅치 않겠지만, 개를 키우는 것도 크게 다르지 않다. 우리가 개를 늘려나간 가장 큰 이유는 개가 많을수록 즐거움이 더 컸기 때문이다. 이게 나만의 기준일 뿐 개 입장에선 그렇지 않다고 생각할 사람도 있을 테지만, 그렇지 않다. 개들도 자기들끼리 어울려 노는 것을 훨씬 더 재미있어하니 말이다.

개 한 마리가 있는 집에서 공 던지기를 한다고 생각해보자. 공을 던지면 개가 뛰어가서 공을 물고 돌아온다. 그 공을 견주가 빼앗아

서 다시 던진다. 개는 또 뛰어가 공을 문다. 여기에도 소소한 즐거움이 있겠지만, 여러 마리와 공놀이하는 것과는 비교할 수 없다.

여섯 마리가 있는 우리 집을 보자. 내가 공을 던지면 대여섯 마리가 공을 향해 우르르 뛴다. 한 마리가 공을 물면 다른 개들이 빼앗으려 하고, 당장 공을 내놓으라고 짖기도 한다. 그래서 공을 여러 개준비하지만 그래도 마찬가지다. 특히 다섯째인 오리는 욕심이 많아입에 공을 물고 있으면서도 다른 개의 공을 빼앗으려고 한다. 꼭 공놀이가 아니라도 마찬가지다. 두 마리, 혹은 세 마리가 어울려 잡기놀이를 하거나, 서로 뒹굴며 노는 장면은 넋을 잃게 할 만큼 아름답다. 잠을 잘 때 한 개가 다른 개를 베개처럼 베고 자는 경우도 있고, 다음 글에서 쓰겠지만, 연장자가 어린 개를 배려하고 보호하는 모습도 곧잘 연출한다. 그런 광경을 흐뭇하게 보면서 아내와 난 여러마리 키우기를 잘했다고 생각한다. 물론 여섯 마리를 키우기 위해들이는 노력은 상상 이상이지만, 그 기쁨이 크다 보니 대량 입양을 후회할 정도는 아니다.

지금 개들을 키우기 전, 아내와 난 뽀삐와 예삐라는 흰색 페키니즈 두 마리를 키웠다. 뽀삐는 노는 개가 아니었다. 선천적으로 다리가 약해서 그런 것이었지만 뽀삐가 앉아만 있다 보니 놀기 좋아하는 예삐는 늘 심심해했다. 그래서 우리 부부는 자주 산책하러 나갔고, 다른 집 개가 있으면 그쪽으로 다가가 예삐와 놀아달라고 애원했다. 예삐가 다른 집 개와 놀면서 회포를 풀길 바라서였다. 실제로 예삐는 다른 집 개를 만나면 정말 신나게 놀았는데, 그 재미는 사람인 내가 예쁘에게 줄 수 없는 차원의 것이었다. 그럼에도 개를 더 입양하지 못했던 것은 그땐 내가 개 세 마리를 감당할 여력이 안 됐기 때문이었다.

여섯 마리를 키우고 있는 지금은 굳이 다른 집 개들한테 아쉬운 소리를 할 필요가 없다. 자기들끼리 신나게 놀 수 있고, 모자라는 부분은 아내와 내가 채워주니 말이다. 우리 집을 가리켜 '강아지계의 삼성가'라고 부르는 이들도 있고, 농담 삼아 하는 말이겠지만 우리 집 개로 태어나고 싶다는 사람이 한둘이 아닐 정도다.

내가 하루 중 가장 행복한 순간은 퇴근 후 집에 들어갈 때다. 개들이 현관 바닥을 밟지 않게 하려고 얕은 펜스를 하나 쳐놓았는데, 개 여섯 마리가 그 펜스에 기대서 나를 반겨준다. 나를 있는 그대로 좋아해주는 존재가 있다는 것, 그것만큼 행복한 일이 또 있을까? 앞서 언급한 질문에 대한 나의 답변을 한마디로 요약하면 이렇다.

"여섯 마리 키워본 적 있으세요? 없으면 말을 하지 마세요. 천국이 따로 없답니다."

미니미는
왜
포악해졌을까?

　우리 집 둘째 미니미는 미운 짓을 제법 한다. 어린 강아지가 입양되면 어김없이 괴롭히고, 식탐이 있어서 다른 개들의 밥까지 모조리 먹어 치운다. 우리 집 다른 개들은 잘 짖지 않는 반면, 미니미는 걸핏하면 짖어서 아무리 더워도 창문을 열지 못한다. 여기까지는 이해한다고 쳐도, 왜 나한테까지 그렇게 함부로 하는지 모르겠다. 예쁨을 받으려고 옆에 왔기에 안으려고 하면 으르렁거리면서 마구 화를 낸다. 엄마한테는 꼼짝도 못 하면서 말이다.

　미니미, 도대체 왜 그러는 거니? 네게 변명할 기회를 줄 테니, 얘기 좀 해보렴.

미니미의 변명(1):
내가 왜 그러냐고?

나는 2013년, 경기도에 있는 한 개공장에서 태어났어. 개공장, 그 이름처럼 제품을 찍어내듯 개들을 쏟아내는 곳이야. 첫째 팬더 등 다른 강아지들처럼 전문 브리더breeder 밑에서 태어난 애들은 개공장이 어떤 곳인지 상상도 못 할 거야. 너희는 번듯한 가정집에서 태어났지? 내가 태어난 곳은 컨테이너 구석에 있는 라면상자였어. 아늑한 보금자리가 아닌, 라면상자에 자기 애가 있으니 우리 엄마 심정이 어땠겠어? 난 젖도 많이 못 먹었어. 원래 우리나라 법은 생후 60일 이전에는 강아지를 엄마로부터 떼어내면 안 돼. 그런데 그게 지켜지겠어?

생후 2주쯤 돼서 눈을 뜨자마자 난 엄마한테서 격리돼 혼자 살아가게 됐어. 업자는 내게 젖 대신 물에 불린 사료를 주더군. 그나마도 충분히 불리지 않아 이빨이 없는 내가 먹기에 쉽지 않았어. 먹었으니 싸는 건 당연하겠지. 그런데 업자가 응가를 치우면서 그렇게 화를 내더라고. 맨날 똥만 싼다나 어쩐다나. 아니, 똥 안 싸는 동물이 어디 있어? 업자 지는 똥도 안 싸냐고? 지금 생각하면 억울한데, 그땐 야단맞는 게 싫어서 내 응가를 먹곤 했어. 사람들은 개가 좋아서 똥을 먹는 줄 아는데 꼭 그런 건 아니야. 그래도 결국 좋은 집에 왔으니 고생한 보람은 있는 셈이지만, 나와 같이 지내던 언니 동생들은 어떻게 됐을까….

사실 나보다 더 고생한 건 엄마야. 우리 엄마는 생후 일 년이 되기 전부터 번식을 시작했어. 나를 낳았을 때가 여섯 살 때였으니, 그간 낳은 자식만 수십 마리일 거야. 나는 운 좋게 이 집에 왔지만, 엄마는 그 뒤로도 개공장에 남아 좋아하지도 않는 수컷 개와 교배하고 또 새끼를 낳아야 했을 거야. 엄마를 생각하니 갑자기 눈물이 나네.

더 큰 문제는 이런 식의 교배 중에 근친교배가 꽤 많다는 거야. 알다시피 개공장에서 만들어진 개들은 펫숍이라는 곳에서 일반인들에게 분양돼. 사람들이 길을 지나다 유리장에 든 개들을 보고 귀엽다고 하잖아? 겉으로는 귀엽고 건강해 보이지만, 그 개들 중 상당수가 이런저런 유전병을 앓고 있어. 고관절이 안 좋다든지, 심장이 안 좋다든지, 이게 근친교배를 해서 그런 거야.

사실은 나도 완전히 정상은 아니야. 턱관절이 좀 비뚤어져 있거든. 혀도 옆으로 치우쳐 있고. 그래서 안 그러려고 해도 침을 좀 흘리곤 해. 펫숍에서 엄마가 나를 보러 왔을 때, 난 펫숍 주인이 시킨 대로 입을 꾹 다물고 있었지. 내 입이 정상이 아니라는 걸 엄마가 알아차릴까 봐 얼마나 가슴이 쿵쾅거리던지. 그런데 보람도 없이 엄마는 나를 내려놓고 펫숍을 나갔어. 난 땅이 꺼지게 한숨을 쉬었지. 이 지긋지긋한 펫숍을 탈출할 기회였는데 말이야. 여기서 팔리지 않으면 다시 개공장으로 끌려가야 할지도 몰라. 그런데 말이야, 기적이 일어난 거야. 엄마가 펫숍 문을 열고 다시 들어오더라고. 그리곤 나를 차에 태웠는데, 거기서 운전석에 앉아 있던 아빠를 처음 봤어. 보자마자 알았지. 내 생사여탈권을 쥔 사람은 엄마고, 아빠는 그냥 시다바리라는 것을. 그래서 난 엄마한테만 충성하기로 결심했어.

그렇게 나는 서민의 집에 입양됐어. 브라보! 이곳은 말 그대로 별천지였어. 좋은 음식에 좋은 숙소, 그리고 엄마 아빠의 사랑까지, 모든 개가 부러워하는 걸 다 가진 셈이지.

에피소드 하나 말해줄게. 이 집에서 처음 똥을 쌌을 때, 난 늘 그랬듯이 똥을 먹었어. 그런데 아빠가 이러는 거야. "미니미야, 똥은 아빠가 치울 테니 앞으론 먹지 마." 나 그때 눈물 날 뻔했잖아. 그때부터 나는 원 없이 똥을 싸질렀어. 아빠는 정말 열심히 똥을 치우더군. 내가 싼 똥을 감상할 여유도 주지 않고 말이야.

참, 이 집에는 나보다 먼저 들어온, 팬더라는 이름의 개가 있더라고. 한눈에 봐도 어리숙한 녀석이었어. 전문 브리더한테서 태어나 고생이라곤 한 번도 해보지 않은 것 같더군. 내가 질투심이 생긴 건 당연해. 한동안 그 녀석 골리는 재미로 살았어. 자기가 노리던 공을 빼앗으면 어찌나 약 올라 하던지. 그때 하도 당해서 팬더는 지금도 날 어려워하지. 하하하.

내 영악함을 자랑하기 위해 이것도 말해야겠어. 아빠가 가끔 탄식하더라고. "왜 미니미는 나한테 함부로 하는지 모르겠다"고 말이야. 아까도 말했지만 내가 이 집에 있으려면 엄마에게 잘 보여야 하거든. 그런데 내가 아빠한테까지 잘하면 엄마가 뭐라고 생각하겠어? "미니미는 사람한테 두루 잘하는구나"라고 생각하지 않을까? 그래서 난 내 충성심을 더 돋보이게 하려고 아빠를 개무시하기 시작했지. 이유 없이 아빠한테 달려들기도 하고, 아빠가 나를 안으려

팬더와 미니미

할 때 손을 문 적도 있어. 과연, 엄마는 그럴 때마다 좋아하더군. 나
도 아빠한테 미안한 마음이 있지만, 어쩌겠어? 이게 내가 살아가는
방식인데.

미니미의 변명(2):
흑곰아, 미안해.

흑곰: 미니미 언니, 나한테 왜 그랬어? 언니는 내가 심하다고 할지도 모르겠
지만, 난 아직도 원한이 다 안 풀렸어. 이 집에 처음 왔을 때, 나는 두 달
밖에 안 된 어린 강아지였어. 그때 언니는 두 살을 넘긴 어엿한 어른이
었지. 태산처럼 커 보였다고. 그런 언니가 다짜고짜 날 공격했을 때 내
가 얼마나 무서웠는지 알아? 짧은 다리로 도망쳐도 언니는 긴 다리로
성큼성큼 날 쫓아와 괴롭혔지. 물고 굴리고 으름장 놓고. 그 시절은 내
게 악몽이었어. 다시 물을게. 언니, 그때 나한테 왜 그랬어?

미니미: 흑곰아. 정말 미안해. 내가 정말 어리석었어. 너한테 무슨 변명을 한들
네 분이 풀리겠냐만, 그래도 내 말을 조금만 들어주지 않겠니?

흑곰이 너도 알다시피 난 팬더에 이어 두 번째로 이 집에 입양
됐어. 개공장에서 어려운 시절을 보냈기에 여기에서 사랑받기 위
해 나름의 노력을 해야 했지. 엄마 아빠가 좋아한다는 이유로 발 냄
새 나는 실내용 슬리퍼를 물고 다니고, 치약 뚜껑을 앞발로 잡는 묘
기를 선보였어. 덕분에 '손 쓰는 강아지'라는 칭찬도 들었지. 그런데

난 아무리 노력해도 팬더를 이길 수가 없더라고.

첫 번째 이유는 나의 건강에 있있어. 어린 시절 제대로 된 영양을 공급받지 못한 탓에 내 몸은 엉망이었지. 턱관절이 어긋나고 혀가 돌아간 건 이미 말했지만, 이것 말고도 문제가 많았어. 우선 난 면역결핍에 따라오는 곰팡이 피부병에 걸려 있었어. 눈 주위가 빨간 이유를 동물병원에서 제대로 진단하지 못하는 바람에 여러 병원을 전전해야 했고, 그 뒤로도 꽤 오래 약을 먹었지. 게다가 털이 많이 빠져서 엄마를 힘들게 했어. 다시 얘기하지만 이것도 다 영양결핍 탓이라고. 엄마는 내 털 때문에 골머리를 앓다가 급기야 오메가3라는 영양제를 먹이기 시작했어. 덕분에 내 털은 원래 있어야 할 윤기를 회복했지. 그러자 내 드라마틱한 변화를 본 아빠가 엄마한테 이렇게 말했어. "여보, 나도 오메가3 좀 먹으면 안 될까?" 털도 없는 아빠가 왜 오메가3를 먹겠다고 했는지 몰라. 아무튼 긴 병에 효자 없다고, 이렇게 병치레를 한 건 내겐 감점 사유였을 거야.

두 번째 이유는 외모에 있어. 나는 팬더와 외모 차이가 꽤 난다는 걸 알고 있어. 난 그냥 하얀 털인데, 팬더는 검정과 하양이 섞여 있잖아? 내가 귀여운 짓을 할 때도 엄마 아빠의 시선은 늘 팬더에게 꽂혀 있었어. 노력해도 안 되는 게 있다는 걸 그때 알게 되었지. 그래도 나는 충분히 행복했어. 팬더에게 80의 사랑이 가더라도, 난 20만 있으면 충분했으니까. 견사에서 학대받던 어린 시절을 생각하면 이 이상을 바라는 건 사치에 가깝지.

그러던 어느 날, 엄마가 새로운 강아지를 데려왔어. 온몸이 까맣고 털에 윤기가 났어. 바로 흑곰 너였지. 엄마 아빠는 이미 너한테 푹 빠진 듯했어. 이제 내가 누리던 20마저 저 녀석과 나눠야 하는구나 싶었어. 쓸쓸하게 현관을 향해 터벅터벅 걸음을 옮기는데, 엄마가 웃으며 이렇게 말하더라. "미니미, 집 나가는구나!" 지금은 그럴 리가 없다는 걸 잘 알지만, 그때의 난 쟤 때문에 내가 쫓겨날 수도 있겠다는 생각을 했어. 정신이 번쩍 들더라. 어떻게 해서 쟁취한 행복인데, 쉽게 포기하겠어? 그때 난 결심했어. 어떻게 해서든 저 녀석이 우리 집을 떠나게 만들어야겠다고.

내가 너를 괴롭힌 이유는 바로 이것 때문이야. 비명을 지르며 도망치던 네 모습이 지금도 눈에 선해. 오죽하면 엄마 아빠가 한동안 외출할 때면 케이지 안에 흑곰 너를 넣어두고 갔을까? 나중에야 깨달았어. 내가 아무리 구박해도 네가 우리 집을 나가는 일은 없다는 것을.

그걸 알고 나니 어느 정도 체념하게 되더라. 넷째 황곰이 왔을 때는 그러려니 했고, 다섯째 오리, 여섯째 은곰까지 차례로 올 때는 그저 웃음만 나왔어. 엄마 아빠가 혹시 애니멀호더가 아닌지 의심도 됐다니까. 그래도 개가 많아져서 좋은 점은 심심하지 않다는 거였어. 하지만 내가 그간 너무 까칠하게 굴어서인지 너는 물론이고 다른 개들도 나랑 어울리는 게 싫은가 보더라. 게다가 이제 나와 비슷한 체구가 된 너는 걸핏하면 내 앞길을 막고 시비를 걸곤 하지. 널 원망하고픈 생각은 없어. 이게 다 내 잘못으로 인한 거니, 내가 감당하는 게 맞겠지. 지금은 알아. 그때 내가 너한테, 그리고 다른 개들

한테 했던 행동들은 참으로 어리석었다는 걸. 사랑에 굶주린 데다 따돌림까지 받는 내 신세라니.

결국 난 먹는 걸로 스트레스를 푸는 개가 되었어. 내 몫의 밥을 다 먹은 뒤 다른 개들 것까지 뺏어 먹었지. 그러다 엄마한테 야단맞곤 하지만, 어쩌겠어. 마음이 허한데 잔뜩 먹기라도 해야지. 지금의 날 보면 그리 살찐 것 같지 않지만, 한번 안아본 사람들은 다들 놀라. "왜 이렇게 무거워?" 살이 찌니 예전처럼 날렵하게 뛸 수도 없더라. 요즘은 만사가 귀찮아서 그냥 엎드려 있을 때가 많아. 아빠가 놀자며 공을 던져도 한두 번 갔다 오면 기력이 달릴 정도야. 내 나이 다섯 살에 이런 말을 하기는 좀 그렇지만, 아무래도 내가 인생을 잘못 산 모양이야. 이런 나에게도 너희랑 즐겁게 어울려 노는 순간이 다시금 찾아올 수 있을까?

흑곰: 언니, 언니가 그런 줄 몰랐어요. 그땐 언니가 미웠는데, 말을 들어보니 조금은 이해가 돼요. 사실 저도 아랫것들에게 좀 서운한 게 있어요.

미니미: 너도? 설마. 넌 내가 걔네를 괴롭힐 때 오히려 지켜줬잖아? 그때 네가 얼마나 얄미웠다고.

흑곰: 그랬죠. 하지만 착하게 사는 게 꼭 좋은 것만은 아닌 것 같아요.

흑곰의
한탄

넷째인 황곰이 입양됐을 때, 미니미 언니는 나한테 그랬던 것처럼 황곰을 괴롭혔다. 나는 그때 과거 언니한테 당했던 순간들을 떠올렸다. 쟤도 나처럼 두려움에 떨겠구나, 그런 건 나 하나로 충분해. 난 미니미 언니에게 맞서기로 했다. 그간 열심히 먹고 틈나는 대로 운동한 덕분에 언니와 맞설만한 근력을 갖춘 상태였다.

미니미 언니가 황곰을 괴롭히기 시작하자, 난 언니한테 다가가 앞발로 밀어버렸다. 그리고 언니를 바라보며 으르렁댔다. 언니는 '아쭈 이것 봐라?' 하는 표정으로 내게 덤볐다. 결과는 기대 이상이었다. 언니는 내 적수가 되지 못했고, 곧 내 위세에 눌려 도망쳤다. 기분이 좋아진 나는 미니미 언니가 황곰을 괴롭힐 때마다 구원투수로 나서서 언니를 물리쳤다. 어떨 땐 언니가 잘못하지 않았을 때도 덤벼들었다. 어릴 적 겪었던 수모가 생각났던 탓이다. 가끔씩 미니미 언니도 격렬하게 저항해 싸움이 커졌는데, 그럴 때면 우리 둘 다 엄마 아빠한테 혼났다. 싸우는 와중에 언니를 물려다 그만 엄마 아빠에게 상처를 입히기도 했다. 산책하다 다른 사람을 만났을 때, 이런 대화가 오가는 걸 듣고는 부끄러웠다.

타인: 개가 예쁜데, 좀 만져봐도 될까요? 물지는 않지요?

엄마: 오직 주인만 물어요.

그로부터 얼마 지나지 않아 다섯 번째 강아지인 오리가 입양됐다. 엄마만 졸졸 따라다닌다고 해서 그런 이름이 붙었단다. 나도 간만에 남동생이 생기니 기분이 좋아졌고, 이 녀석을 미니미 언니의 마수로부터 지켜주겠다는 결심을 굳혔다. 과연 언니는 호시탐탐 오리를 괴롭힐 기회만 엿보는 듯했다.

그러던 어느 날, 내가 꾸벅꾸벅 졸고 있을 때 '깨갱' 하는 소리가 났다. 무슨 일인가 보니 미니미 언니가 글쎄, 오리에게 또 덤벼든 게 아닌가! 가엾은 오리는 비명을 지르며 현관으로 내뺐다. 역시 언니는 사람 되긴 글렀다니까. 난 순식간에 달려가 언니의 앞을 막아선 뒤 무섭게 째려봤다. 그래도 언니가 물러서지 않자 위협할 목적으로 덤벼들었다. 큰 싸움이 벌어졌고, 난 신발장 옆으로 내쫓기는 신세가 됐다. 엄마 아빠는 우리 둘이 싸우는 게 집안의 가장 큰 우환이라고 했다. 좀 억울했다. 정의를 사수하는 나를 인간 말종인 미니미 언니와 똑같이 취급하다니.

결국 연말에 발표되는 우리 집 강아지 랭킹에서 난 3위를 했다. 미모, 식사, 소변 가리기 등등에서 고루 우수한 성적을 거뒀지만 '행동' 면에서 낙제점을 받아서였다. 하지만 그게 뭐가 중요한가. 어찌됐건 간에 난 황곰이와 오리를 지켜야 했다.

시간이 흘러서 황곰과 오리가 나보다 몸집이 커졌다. 그런데, 다 자란 그들은 어느새 날 우습게 보기 시작했다. 내가 입에 문 공을 빼앗아가는 건 예사고, 내가 먹으려던 간식을 내놓으라고 으르렁거리기도 했다. 기가 막혔다. 물론 그들에게 큰 기대를 한 것은 아니었지만, 그래도 나에 대한 최소한의 존경심 정도는 가져야 하지 않은가? 내가 지들을 어떻게 키웠는데? 하지만 막무가내였다. 그들은 날 우습게 보고, 숫제 개무시를 했으니까. 가끔씩 군기를 잡으며 내 실력을 보여주곤 했지만, 오리 녀석은 남자라 그런지 나보다 월등히 커버려 그런 것도 통하지 않는다. 어디서 저런 것이 들어왔을까. 신기한 것은 오리나 황곰이나, 미니미 언니한테는 꼼짝도 못 한다는 점이다. 내가 더 센데. 어릴 적부터 군기 잡던 기억 때문인지 미니미 언니만 지나가면 배를 내놓고 드러눕는다. 갑자기 열 받는다. 착하게 산 나는 개무시를 당하는 반면, 악당으로 산 미니미 언니는 존경을 받다니. 이런 게 '호구'로구나 하는 생각이 들었다. 엄마가 아빠한테 "제발 호구 노릇 좀 하지 마라"고 야단치는 것도 이런 취지구나 싶다. 그렇게 본다면 미니미 언니처럼 사는 게 맞는 건 아닐까?

아유, 억울해. 잃어버린 내 지난날이여.

은곰,

분란을
조장하다

황곰 수난기

은곰이는 잘 데려온 것일까. 아내와 나는 가끔 여기에 관한 얘기를 한다. 모든 일이 다 그렇듯, 은곰이의 입양에는 긍정적인 면과 부정적인 면이 공존한다.

먼저 긍정적인 면. 여섯째 은곰이 온 덕에 다섯째 오리는 막내 신세를 면했다. 자리가 사람을 만든다고, 오리는 제법 오빠 노릇을 한다. 다른 개들이 은곰이를 괴롭히려고 하면 잽싸게 끼어들어 응징한다. 자기보다 어린 강아지만 오면 일단 괴롭히고 보는 미니미는 오리 때문에 번번이 뜻을 이루지 못하다가, 그런 일이 계속되자 결국 은곰 괴롭히기를 포기했다. 넷째인 황곰을 공격하려던 게 흑곰의 저지로 실패하고 말았던 미니미로서는 기분이 영 씁쓸할 것 같다. 난 오리의 새로운 면을 봐서 놀랐다. 자기만 아는 천방지축인 줄 알았는데, 이렇게 여동생을 챙기다니 기특하지 않은가? 사람도 자기한테 잘해주는 사람을 좋아하듯, 은곰이도 오리를 무척 좋아한다. 둘이서 레슬링 하며 노는 모습을 보면 은곰이를 안 데려왔으면 큰일 났겠구나 싶다.

그런데 한창때라 체력이 왕성한 은곰이와 달리 오리는 살이 쪄서 운동량이 많이 줄었다. 그런 오리로선 은곰이 시도 때도 없이 놀자고 엉기는 게 귀찮을 때가 있다. 그것도 이가 한창 나기 시작한, 그래서 날카로운 이빨로 귀나 볼을 물어뜯는 은곰이 좀 귀찮겠는

은곰이와 오리

가? 놀랍게도 오리는 은곰이의 그런 도발을 묵묵히 참아낸다. 정 귀찮으면 이리저리 도망 다니는데, 그래도 오리가 이전보다 즐거워진 것은 틀림없는 사실이다.

냉정히 말해서 오리는 우리 집 개들 중 미모 순위에서 1위는 절대 아니다. 하지만 나와 아내를 제일 많이 웃게 하는 개가 바로 오리다. 어쩌면 그리도 귀여운 행동을 하는지, 동작 하나하나가 다 예술이다. 그 오리가 은곰이 덕분에 즐겁다면, 은곰이는 데려오는 게 맞다.

하지만 은곰이에겐 부정적인 면이 크게 존재한다. 한 가지는 건강 문제인데, 이건 수술만 시켜주면 정상으로 돌아올 수 있으니 큰 문제는 아니다.

다른 한 가지는 바로 은곰이의 거친 성질머리다. 은곰이는 몸이 꽤 작은 강아지다. 우리 집에서 가장 작아 '갓난아기'라는 별명으로 불렸던 흑곰보다도 작으니 말 다 했다. 이미 첫돌이 지났으니 앞으로 나이가 들어도 지금보다 더 클 것 같지는 않다. 그 작은 은곰이가 성질머리 하나는 고약해서 시시때때로 다른 개를 공격한다. '순둥이'로 소문난 황곰이는 은곰이의 밥으로, 은곰한테 깔려서 버둥거리는 걸 목격한 적이 여러 번이다. 사나운 미니미도 눈을 부라리는 은곰이의 기세에 눌려 다른 곳으로 옮겨가는 일이 허다하다.

은곰이의 거친 성질이 극에 달하는 때는 식사 시간으로, 다른 개가 주위에 오기만 하면 이빨을 드러내며 으르렁거리다 결국엔 공격까지 한다. 나와 아내는 막내라고 해서 부당하게 참기만 해야 한다고 생각하는, 그런 고루한 생각에 빠져 있진 않다. 그런데 은곰이 화를 내는 건 대부분 정당성이 없다. 각자 자기 밥그릇에 담긴 밥을 먹고 있는 와중에 다른 개를 공격하니 말이다. 그리고 그 공격 대상은 대부분 황곰이다.

황곰: 왜 나만 괴롭혀?

은곰: 언니가 제일 만만하니까!

세계대전 유발자
은곰이

처음에는 은곰이를 이해해보려고 했다. 낯선 집에 왔는데 자기보다 큰 개들이 다섯 마리나 있다면, 그리고 그 개들이 대부분 자기밖에 모르는 녀석들이라면, 살아남기 위해 악다구니를 쓰는 게 인지상정이다. 그래서 아내와 난 은곰이를 좀 안쓰럽게 생각하기도 했다. 하지만 나중에 은곰이를 우리에게 입양해준 분한테 들으니 꼭 그런 것만은 아니었다. 은곰이는 네 남매 중 맏이로 태어났는데, 처음부터 성질이 장난 아니었단다.

"엄마 개에게 젖이 유독 잘 나오는 젖꼭지가 있었는데, 은곰이가 그 젖꼭지를 독점했어요. 동생 중 하나가 그 젖꼭지를 물려고 하면 아주 작살을 냈지요."

은곰이가 우리 집으로 입양됐을 때, 그분은 SNS에 이런 글을 올렸다.

"희자야, 종주야!(은곰이 동생들) 언니 없으니까 이제 마음 편하게 놀아라."

그러니까 은곰이는 일진의 성향을 갖고 태어난 것이지, 우리 집에 와서 그렇게 된 것은 아니다. 물론 착하게 굴었으면 우리 집 개들이 더 괴롭히면 괴롭혔지, 잘해줬을 것 같지는 않으니 성질을 부리는 것도 나쁜 선택은 아니다.

그래도 이건 아니다 싶은 이유는 은곰이가 팬더마저 공격하기 때문이다. 팬더는 원래 골격이 좀 발달한 데다 우리 부부가 정성스레 먹이기까지 해, 무려 6.5킬로그램에 달하는 체중을 자랑하고 있다. 덩치에 비해 싸움을 잘하는 건 아니지만, 거의 절반밖에 안 되는 은곰이 덤벼들기엔 영 부담스럽다. 그런데 은곰은 그 팬더에게도 이따금씩 달려든다. 그 패기 하나는 인정할 만하지만, 팬더가 여동생의 도발을 그냥 참아 넘길 만큼 너그러운 성품이 아닌지라 화를 엄청 내면서 달려든다. 이때 오리가 등장한다. 2년여를 함께 살면서 팬더가 덩치만 컸지 허당이라는 사실을 깨달은 오리는 팬더에게 달려든다. 흑곰은 늘 미니미를 감시하고 있으며, 큰소리가 난다든지 낯선 사람이 온다든지 하는 외부 자극만 있으면 미니미에게 달려든다. 그런 흑곰에게 개들 간의 싸움은 미니미를 공격할 명분이 된다. 흑곰은 미니미를 공격하고, 미니미는 여기에 격렬히 저항한다. 한쪽에선 팬더와 오리가 싸우고, 은곰이 팬더를 공격하는 전투가 벌어지고, 다른 쪽에선 미니미와 흑곰이 싸움을 벌이니, 황곰만 빠진 세계대전이라 할만하다.

우리 집 전쟁 유발자 은곰이

미니미: 흑곰아. 왜 가만있는 나를 공격해?

흑곰: 평소부터 벼르고 있었어!

한편, 공격을 당하고도 반격하지 못한 팬더의 마음속에는 불만이 쌓인다. 팬더는 언젠가 이에 대한 분풀이를 해야겠다고 생각하며 호시탐탐 기회를 노린다. 오리가 좀 멀리 있을 때를. 겉으로는 매우 평화로운 분위기에서 은곰에 대한 팬더의 급작스러운 공격이 이루어지는 것은 이 때문이다. 물론 전쟁이 시작됐다는 것을 알게 된 오리가 마구 달려오면서 싸움은 소강상태로 접어드는데, 어떨 때는 팬더가 분이 안 풀려 오리를 공격하기도 한다. 덩치가 좀 되는 남자애들끼리의 전투는 치명상을 유발할 수 있어 아내나 내가 개입할 수밖에 없다. 이 과정에서 아내나 내가 오리한테 물리는 일이 벌어진다.

나: 아야! 옆구리 물렸어. 오리야. 왜 날 물어?

오리: 남자가 이빨을 드러냈으면 뭐라도 물어야죠.

아내와 내가 상처투성이가 되는 건 이 때문이다. 나이가 들어서 흉터가 잘 없어지지도 않는데 말이다.

참교육 당하는 은곰

지금까지의 정황으로 보면 은곰이 최소한 오리한테는 잘해야 한다. 그런데 은곰은 수틀리면 오리마저 공격한다. 놀 때 버릇없이 구는 것이야 양해받을 수 있지만, 대놓고 공격하니 지켜보는 나조차 어이가 없다. 내가 그럴진대 당사자인 오리는 오죽하겠는가?

오리: 야! 은곰아. 네가 사람이냐?

은곰: 개다. 왜?

오리: 안 되겠다. 너 좀 맞자.

은곰이 처음 오리를 공격했을 때, 오리는 우리 집에 온 뒤 최고로 화를 냈다. 당연히 은곰의 반격이 이어졌다. 오리의 분노는 은곰의 공격이 거듭될수록 더 커졌다. 아무리 생각해도 이건 아니다 싶었던 모양이다. 팬더만큼은 아니지만 오리도 무게가 제법 나가서 은곰이 제아무리 일진 출신이라 해도 오리 상대는 되지 못한다. 게다가 이 싸움에선 말려줄 개도 없다. 그래서 아내나 나는 은곰을 보호하기 위해 신속하게 개입해 은곰을 안아 올린다. 응징에 실패한 오리는 분을 이기지 못하고 나나 아내를 문다.

나: 아야! 팔 물렸어. 피나잖아! 오리, 너 나한테 왜 이래?

오리: 은곰이 교육시켜야 하는데 왜 끼어들어요?

당연한 얘기지만 이 둘이 싸울 때면 흑곰은 언제나처럼 미니미를 공격한다. 아침이 오면 해가 뜨는 것처럼, 이것도 무슨 자연의 법칙 같다.

'은곰이가 너무 날뛰는데? 버릇을 좀 고쳐줘야 해.'

이런 생각을 하는 건 우리 부부만이 아니었다. 황곰과 오리를 미니미의 괴롭힘으로부터 구해준, 우리 집에서 비교적 정의에 가까운 흑곰이 총대를 멨다. 은곰이 여느 때처럼 성질을 부리던 날, 은곰을 바라보는 흑곰의 표정이 심상치 않았다. '저러다 한 대 치겠는데?'라고 생각하는데, 아니나 다를까 흑곰이 잽싸게 은곰에게 달려들었고, 한쪽 발로 가볍게 은곰을 제압했다. 제압당한 은곰은 꼼짝달싹 못하고 곤란한 표정을 짓지만, 이럴 땐 도와주는 개도 사람도 없다. 아내나 나는 '그래, 은곰이는 혼나봐야 해'라는 마음이고, 은곰이의 영원한 후원자인 오리는 안타깝게 그 광경을 바라볼 뿐이다.

나: 오리야. 왜 이럴 때는 개입 안 해?

오리: 흑곰 누나가 참교육시키는데. 제가 어쩌겠어요.

사람도 그렇지만 개도 한 번의 참교육으로 변하지 않는다. 은곰은 그 뒤에도 여전히 버릇없이 굴었고, 그 대상에는 흑곰도 있었다. 그럴 때면 흑곰은 어이없다는 표정으로 은곰이를 바라보다, 냉큼 달려들어 한 발로 은곰을 제압하곤 했다. 사진은 그 장면을 찍은 것인데, 오리는 밑에 깔린 은곰을 안타까운 표정으로 바라보고 있다.

흑곰에게 참교육 당하는 은곰(위)과
그 모습을 안타깝게 바라보는 오리(아래)

이쯤 해서 다시금 앞의 질문을 해본다. 은곰이를 데려온 건 잘한 것일까? 가끔 도를 넘는 행동을 하지만, 은곰이는 기본적으로 개고, 개는 다 나름의 필살기가 있다. 내 배 위에 올라와서 쿨쿨 자는 은곰이를 보면서 난 그저 행복하고, 미니미, 오리, 황곰과 어울려 신나게 뛰어노는 은곰이를 볼 때면 흐뭇해진다. 아마도 우리가 살아생전 새로운 개를 입양하는 건 은곰이가 마지막일 텐데, 이렇게 말할 수 있을 것 같다.

"그 마지막 개가 은곰이라서 다행이야. 일진일지라도."

나는 어떻게
여섯 마리를
키우게 됐을까?

"내가 미쳤지."

아내는 가끔 이런 소리를 한다. 개를 여섯 마리나 키우며 산다는 사실이 믿어지지 않는다는 뜻이다. 실제로 여섯 마리의 수발을 드는 건 쉬운 일이 아니다. 일단 식비만 해도 장난이 아니다. 사료만 준다면 모르겠지만, 아내처럼 매일매일 식단을 짜서 주는 경우에는 제법 시간과 돈이 든다.

산책을 갈 때도 그렇다. 한두 마리라면 목줄을 매고 아파트 정원을 나가도 괜찮겠지만, 여섯 마리라면 문제가 또 달라진다. 일단 산책 가려고 개 여섯 마리를 차에 태우는 일부터가 쉽지 않다. 산책을 간다는 사실을 눈치로 알아채면 개들은 신이 나서 방방 뛴다. 큰 소리로 짖어대는 애들도 있고, 기쁨을 감추지 못한 채 우르르 질주하는 개들도 있다. 심지어 흑곰은 이때를 노려 복수를 도모한다. 평소에는 덩치 차이 때문에 팬더에게 감히 대적하지 못하지만, 팬더가 나갈 생각에 정신이 없어진 틈을 타서 팬더 위에 올라탄 뒤 마구 괴롭힌다. 산책하러 갈 때마다 매번 일어나는 일인데도 매번 당하는 팬더를 보면 녀석은 정말 머리가 나쁜 게 틀림없다.

이런 아비규환 속에서 한 마리씩 잡아다 유모차에 싣고, 차까지 유모차를 밀고 간 뒤 태워야 한다. 혹자는 '개한테 유모차까지 필요하냐?'고도 하지만, 개가 두 마리 이상인 경우 유모차가 있으면 데리고 다니기 훨씬 편하다.

그럼 차 안에서는 개들이 가만히 있을까? 그럴 리가 없다. 지들끼리 싸우기도 하고—아내가 얼굴을 물린 것도 산책하러 가던 도중이었다—자리가 마음에 안 든다며 난리를 치기도 하고, 앞발로 창문을 열어 위험천만한 상황을 연출하기도 한다.

산책을 마치고 오는 길에는 개들이 자버리니 그래도 좀 수월하지만, 집에 도착할 때가 되면 다시금 원기를 회복하고 난리를 피운다. 이런 애들을 달래서 발을 닦아야 하는데, 닦아야 하는 발이 4×6=24개다. 아내와 내가 산책만 갔다 오면 그대로 뻗는 게 꼭 나이가 들어서만은 아니다.

여섯 마리의 힘듦은 그 밖에도 많아서, 이를 닦아주는 데도 30분가량이 걸리고, TV라도 보려고 하면 두세 마리씩 몰려와 "그럴 거면 나랑 놀아주라"며 칭얼댄다. 수가 많다 보니 소변 대변도 많이 싸서, 내가 싸도 될 만한 널따란 배변패드가 하루 10장 가까이

없어진다. 지금이야 개들이 젊으니까 다행이지만, 나이 들어 하나둘씩 아프기 시작하면 그 치료비는 어떻게 감당할지 걱정도 된다.

그런데 우리는 어떻게 여섯 마리를 키우게 됐을까? 흰 개 두 마리—뽀삐와 예삐를 키우던 시절, 우리 부부는 한 마리를 더 키울까 고민했다. 뽀삐가 너무 얌전한 타입이라, 노는 것을 좋아하는 예삐가 심심해 보여서였다. 그런데 내가 다니던 동물병원 부원장이 이런 말씀을 하셨다.

"개가 세 마리 되는 순간 삶의 질이 떨어져요. 두 마리면 매 순간 관찰할 수 있는데, 세 마리가 되면 그게 어려워요. 아파도 모를 수 있고요."

그 말에 우리는 추가로 개 키우기를 포기했다. 그로부터 몇 년이 지나서 흰 개들이 무지개다리를 건넜다.

슬픔에 괴로워하던 어느 날, 팬더라는 강아지를 만났다. '개는 흰색이어야 한다'는 신념을 가지고 있던 내게 검은색과 흰색이 조화된 팬더는 혁명이었다. 세상에 이런 개가 있구나, 우리는 넋을 잃고 팬더를 바라봤다. 팬더가 심심하면 안 될 일이기에 우리는 팬더의 말벗이 되어줄 흰 개 미니미를 데려왔다.

이듬해, 팬더를 분양해준 곳에서 연락이 왔다. 검은색 개를 낳았는데 와서 한번 보란다. 사진으로만 봐도 예뻐 죽을 지경이었는데, 막상 가서 보니까 그렇게 예쁠 수가 없었다. 그게 바로 흑곰이었다. '세 마리=삶의 질 저하'라는 과거 부원장의 말은 흑곰과 이미 사랑에 빠져버린 우리에게 더 이상 의미가 없었다. 게다가 흑곰은 운동 능력이 아주 뛰어난 데다 놀기를 좋아해, 노는 개를 선호하는 내게 딱 맞는 개였다. 흑곰이 우리로 하여금 분비하게 한 엔도르핀의 양은 아마도 수십 리터에 달할 것이다.

흑곰의 성공 이후 아내는 수시로 SNS를 뒤지며 새 페키니즈 강아지가 태어났는지 검색했다. 그러던 어느 날, 아내가 내게 사진 한 장을 보여줬다. 사진에는 갈색 페키니즈 한 마리가 방긋 웃고 있었다.

"이 개 예쁘지 않니?"

"예쁘네."

그 말을 한 지 한 달쯤 지났을 때, 집에 가니 그 개가 있었다. 어떻게 된 거냐고, 왜 내 동의도 안 받고 데려왔냐고 하니까 아내가 이런다.

"그럼 이렇게 예쁜데 안 데려와?"

아내의 논리적인 말에 반박하지 못했다. 물론 아내는 약속했다. 이제 더 이상 새로운 개는 안 데려올 것이라고.

대통령의 국정농단으로 촛불시위가 한창이던 어느 날, 아내가 사진 한 장을 내밀었다. 사진에는 흰색과 갈색, 그리고 검은색이 묘하게 섞인 강아지가 한 마리 있었다.

"이 개 예쁘지 않니?"

"예쁘네."

그 말을 한 지 한 달쯤 지났을 때, 아내가 내게 말했다.

"그 개 보러 가자."

난 아내에게 내 뜻을 분명히 밝혔다. 이미 개가 네 마리나 있는데 더 이상의 개는 안 된다고. 아내가 말했다.

"데려오자는 게 아니라, 그냥 보기만 하자는 거야."

아내의 논리적인 말에 반박하지 못했다.

천안에서 Y시까지, 두 시간 남짓한 거리를 달리면서 난 왠지 돌아오는 길에는 식구가 늘어 있을 것 같은 느낌이 들었다. 아니나 다를까. 개는 예뻤고, 거기다 순하기까지 했다. 아내가 묻는다. "어떻게 할까?" 내용만 보면 내게 결정을 미루는 것 같지만, 아내의 표정에는 '네가 뭐라고 해도 난 데려갈 거야'라고 씌어 있었다. 그렇게 온 녀석이 바로 오리였다. 조그만 강아지가 아내 뒤만 졸졸 따라다녀서 붙여진 이름이다. 미모로만 따지자면 흑곰이나 황곰에게 미치지 못했지만, 오리를 데려온 것은 우리가 한 일 중 가장 잘한 것이었다. 오리는 행동 면에서 타의 추종을 불허할 만큼 귀여웠으니까. 순한 척 코스프레를 한 것은 잠시뿐, 오리는 천방지축 날뛰며 우리의 엔도르핀 공장을 풀가동시켰다. 흑곰이 만든 엔도르핀이 수십 리터라면, 오리는 못 해도 수백 리터는 되지 않았을까?

물론 아내는 약속했다. 이제 더 이상 새로운 개는 안 데려올 거라고. 그러던 어느 날, 아내가 사진 한 장을 내밀었다. 사진에는 은색 털을 가진 페키니즈 한 마리가 자못 심각한 표정을 짓고 있었다.

"이 개 예쁘지 않니?"

이젠 이런 말을 할 때마다 두려웠지만, 솔직하게 답했다.

"예쁘네."

그 말을 한 지 한 달쯤 지났을 때, 아내가 내게 말했다.

"그 개 보러 가자."

난 아내에게 내 뜻을 분명히 밝혔다. 이미 개가 다섯 마리나 있는데 더 이상의 개는 무리라고. 게다가 난 일정이 있어서 같이 가지 못한다고 말이다. 아내가 말했다.

"데려오자는 게 아니라, 그냥 보기만 하자는 거야."

그 말을 듣는 순간, 우리 집 식구가 하나 더 늘겠구나 싶었다. 일정을 마치고 밤늦게 들어와 보니, 은색 강아지 한 마리가 언제 봤다고 반갑게 날 맞았다. 원래 있던 집에서 '순덕'으로 불리던 개는 우리에 의해 '은곰'이란 멋진 이름을 갖게 됐다. 은곰이를 데려온 것은 잘한 일일까? 당연하다. 오리만큼은 아니지만 은곰이도 우리에게 수많은 웃음을 줬다. 게다가 은곰이를 데려온 덕분에 아내에게 좋은 친구가 생겼다. 은곰이 동생들을 입양해간 분과 친해진 것이다. 늘 집에서 개만 돌보던 아내에게 개에 대해서, 그리고 자신의 삶에 대해서 이야기할 친구가 생긴 건 좋은 일이다.

이렇게 해서 우리 집은 여섯 마리의 개가 득실대는 곳이 됐다. 아내는 가끔 자신이 미쳤다고 자책하지만, 그 개들과 우리의 만남은 서로에게 윈윈이다. 우리는 개들로 인해 행복하고, 개들 또한 그렇다면, 그걸로 된 것 아닐까? 아내와 난 가끔씩 이런 얘기를 한다.

나: 저 개들 중 안 데려와도 되는 개가 있어?

아내: 팬더는 있어야 하고, 미니미는 팬더를 위해 데려와야 했고, 흑곰은 안 데려왔으면 큰일 날 뻔했어. 황곰은 꼭 있어야 하고. 오리는 우리 집 마스코트잖아. 은곰도 너무 귀엽지 않니?

그 뒤 아내는 더 이상 내게 다른 개 사진을 보여주지 않는다. 하지만 난 안다. 아내가 또 개 사진을 보여준다면, 그건 아내가 일곱 번째 강아지에 욕심이 생긴 것임을. 그리고 이것 역시 알고 있다. 아내가 그렇게 결정했다면, 난 그 결정에 아무런 이의가 없으리라는 것을. 그렇게 본다면 우리 집 강아지 프로젝트는 아직 끝나지 않았을 수 있다. 물론 아내는, 절대 그럴 리 없다고 펄펄 뛰지만 말이다.

혹자는 왜 우리더러 페키니즈만 키우냐고 묻기도 한다. 하지만 모든 개주인은 자신이 키우는 견종이 제일 예쁘기 마련이다. 비숑을 키우는 사람은 비숑만 보이고, 코커스패니얼을 키우는 사람은 코커스패니얼만 보인다. 첫 개가 페키니즈다 보니 아내는 코가 튀어나온 개를 보면 예쁘다는 생각이 안 든다고 한다. 난 원래 몰티즈를 18년간 키웠기에 몰티즈가 제일 예쁘다고 생각했다. 하지만 아내 덕에 페키니즈를 키우다 보니, 지금은 페키니즈 외에 다른 개는 눈에 들어오지 않는다. 자기 자식만 예쁘다는 사람을 팔불출이라고 하던가. 그렇게 본다면 모든 견주는 다 팔불출이다.

우리
개들의
아이큐

　　조카가 다섯 살 때의 일이다. 물을 달라기에 'Richs'라는 알파벳이 쓰인 컵에 물을 담아줬다. Richs는 집 앞에 있는 제과점 이름으로, 그 컵은 개업 기념으로 받은 것이다. 그런데 컵을 본 조카가 이렇게 말했다. "이거, 집 앞에 있는 제과점이잖아!" 그 Richs와 이 Richs가 같다는 걸 알아내다니, 그것참 신통한 일 아닌가. 게다가 가르쳐준 적도 없는 알파벳이었는데. 우리 모두 조카의 영민함을 칭찬했는데, 특히 조카의 어머니인 누나의 기쁨은 이루 말할 수 없었다. 아, 우리 아들이 천재구나! 많은 부모들이 자기 아이로부터 천재성을 찾으려 한다. 소위 '우리 아이 천재병'이다. 어설픈 이야기를 만들어내면 소설가가 되려나 싶고, TV를 보다 춤을 따라 하면 아이돌 가수의 자질이 있다고 믿는다. 자라면서 그게 별 게 아니었음이 밝혀질지언정, 천재라고 믿으면서 희망을 갖는 일이 나쁜 건 아니리라.

개를 키우는 견주도 그건 마찬가지여서, 자기 개가 영리하다는 증거를 찾으려 애쓴다. 인터넷에 올라와 있는 사연을 몇 개만 소개해보겠다.

— 우리 강아지 천재인가 봐요. 소파가 높아서 못 올라오잖아요. 그럼 옆에 떨어져 있는 방석들을 쌓아서 계단식으로 만들어 올라와요. 또 이건 우연인 것 같은데 우리 강아지가 유튜브 영상을 틀었어요. 마우스를 막 클릭하고 스페이스 바 눌러서 영상을 튼 것 같아요.[1]

— 우리 강아지 천재 같아요. 존댓말로 하면 말을 들어주는데 "야, 앉아!" "먹어!" 이러면 안 하네요.[2]

— 우리 ○○는 귀엽기도 하지만 지능도 천재적임. 얼마나 똑똑한지 내가 샤워하고 나오면 수건도 물어다 주고 샤워가운도 물어다 줌. 내가 늦으면 전화도 걸어. 전화기 버튼 1번 누르면 나한테 연결되거든. 그래서 내가 집에 안 오면 전화 걸어서 멍멍! 하고 짖어. 나는 너무 좋아서 약속이고 뭐고 후다닥 집에 오지. 우리 ○○ 천재 맞지? 완전 천재 강아지 아니냐. 강아지는 멘사 못 들어가?[3]

방석을 쌓아서 소파 위로 올라간다는 첫 번째 강아지는 정말 천재인 듯하다. 수건을 물어다 준다는 것도 머리 좋은 강아지라면 할 수도 있겠다. 그런데 존댓말만 듣는다든지, 전화를 건다는 건 아무리 생각해도 믿기 어렵다. 영화 〈벤지〉에는 연필로 다이얼을 돌려 전화를 거는 강아지가 나오지만, 지금처럼 스마트폰이 대세를 이루는 시대에서 개가 전화를 거는 게 가능할까?

꼭 그 정도까진 아닐지라도, 개들 대부분은 살면서 한두 번은 천재 비슷한 행동을 한다. "앉아"라고 했는데 그때 마침 서 있기 힘들어 앉는다든지, 저리 가라고 했을 때 마침 그쪽에 먹을 게 있어서 간다든지 하면, 견주는 "아니, 이 녀석 천재인가?"라고 놀라지 않겠는가?

그런데 우리 개들은 살면서 천재 비슷한 일을 한 번도 해본 적 없는 대신, 머리가 나쁘다고 느끼게 하는 행동은 숱하게 한다. 대표적인 개가 바로 첫째인 팬더다. 이 녀석의 특기는 먹을 것 지키기다. 접시에 개껌을 담아준다고 하자. 접시 하나에 대략 열 개가 넘는 개껌을 담아주니, 한 마리당 두 개씩 먹으면 된다. 그런데 이 녀석은 한 개를 물고 현관 앞으로 가서 개껌을 숨긴다. 숨긴다는 건 물론 팬더의 기준일 뿐, 구석에 놓는 거라 누구나 다 볼 수 있다. 이 정도까지만 해도 내가 팬더에게 머리 나쁘다고 하진 않을 것이다. 문제는 팬더가 개껌 앞에 엎드린 후 개껌을 노려보고 있다는 점이다. 자기딴에는 개껌을 지키는 건데, 다른 개가 접근할 때는 물론이고 내가 "그만 들어가자"고 말해도 으르렁거리며 화를 낸다. 일이십 분도 아니고, 몇 시간씩 이러고 있으니 참으로 답답하다. 원래 숨기는 건 남들이 모르게 해야 한다. 그런데 개껌 앞에 그렇게 오래 있으면 남들이 거기 뭔가를 숨겼단 사실을 다 알지 않겠는가? 그러다 소변이 마려우면 자리를 떠나는데, 그 뒤엔 자신이 뭘 하고 있었는지 자체를 잊어버린다. 그때 영악한 미니미가 숨긴 장소로 가서 개껌을 해치운다. 이게 늘 반복되는 팬더의 간식 패턴이지만, 그런데도 팬더는 늘 간식을 가져다 현관 앞에 놓고 지키려 든다. 여기에 대해 아내와 했던 얘기.

나: 팬더 좀 답답하지 않니? 벌써 몇 시간째야?

아내: 그래도 귀엽잖아.

나: 사람 아이가 아니어서 다행이야. 그랬으면 속 터졌을 거야.

아내: 왜. 그래도 저 정도 집중력이면 공부도 잘했을지 몰라.

나: 그 집중력이 공부로 전환될까?

비단 이것뿐만이 아니다. 개 놀이터에서는 나가는 문을 못 찾아 날 웃게 하기도 하고, 공을 던져줄 때 던지는 척하는 속임수에 매번 속아 저 끝까지 달려가는 것도 녀석의 머리가 썩 좋지 않다는 걸 보여준다.

돌이켜보면 팬더는 어릴 적부터 그랬던 것 같다. 그땐 우리가 아파트 정원에서 산책을 시켰다. 구내 유치원 앞 공터에서 잠시 끈을 놓아줬을 때, 갑자기 팬더가 건물을 통과해 반대쪽으로 가겠다며 유치원 건물로 돌진했다. 하지만 팬더는 유리문에 머리를 쾅 부딪히고 말았는데, 어찌나 세게 부딪혔는지 굉장히 아파했다. 한동안 그 건물 주위에 접근도 안 하려 했을 정도다.

여기서 아내와 나의 의견이 또 갈린다. 나는 원래 머리가 나빴으니 저런 행동을 한 것이라고 보는 반면, 아내는 부딪혀서 머리가 나빠진 게 아니냐고 한다. 이유가 뭐든 간에 우리 부부는 팬더에게 별 기대를 하지 않는다. 다른 개들처럼 "손"이라는 말에 앞발을 내놓는다든지, 총 쏘는 시늉을 하면 쓰러지는 척을 한다든지 그런 건 가르칠 생각도 없다. 주둥이가 짧고 다리 또한 짧아서, 원반을 던지면 공중에서 낚아채는 것도 불가능하다. 그저 대소변만이라도 잘 가리면 좋겠다 싶다.

이게 비단 팬더뿐일까? 다른 애들도 대체적으로 머리가 나쁘다. 넷째인 황곰을 들다가 차 유리창에 머리를 박게 했을 때, 아내는 이렇게 날 책망했다.

"야! 조심해! 가뜩이나 머리도 안 좋은데."

우리 애들이 단체로 머리가 나쁜 것은 유전자가 비슷하기 때문이기도 하다. 미니미를 제외하면 죄다 혈통이 비슷한 곳에서 데려왔으니 말이다. 그래서인지 미니미는 머리가 상대적으로 좋다. 공을 던질 때 부정 출발―먼저 공이 갈 방향으로 달려간다―을 한다든지, 우리가 무슨 말을 할 때면 고개를 갸우뚱하면서 알아듣는 척하는 걸 보면 확실히 그렇다. 미니미 때문에 오리나 팬더가 약 올라 하는 모습을 하루에도 여러 번 볼 수 있는데, 그렇다고 해서 미니미가 평균적인 개들보다 머리가 좋으냐면 그런 것도 아니다. 단지 우리 집이니까 좋은 축에 속하는 것일 뿐.

그래도 이런 건 있다. 의무교육이 있는 사람 아이였다면 좀 달랐겠지만, 그런 게 필요 없는 개다 보니 머리 나쁜 게 전혀 속상하지 않다. 게다가 그들의 머리 나쁨은 우리를 웃게 해주고, 우리로 하여 금 개들을 더 사랑하게 만드는 요인이 된다. 공 던지기 같은 단순한 놀이만 주야장천 해줘도 개들이 즐거워하는 것도, 사실은 그들의 머리가 좋지 않기 때문 아니겠는가? 사람들이 사람 자식에게 하는 "건강하게만 자라다오"는 진실이 아닐 확률이 높지만, 견주들이 개 에게 하는 그 말은 대개 진실이다.

꼬리
때문에
행복해요

연애하던 시절, 아내가 이런 말을 한 적 있다.

"사람도 개처럼 꼬리가 있으면 좋을 것 같지 않아?"

개가 반가움을 표시하는 방법으로는 여러 가지가 있다. 달려와 안기기, 껑충껑충 뛰거나 빙글빙글 돌기, 짖기, 핥기 등등이 다 반갑다는 표시지만, 그중 가장 널리 알려진 행위는 바로 꼬리 흔들기다. 우리 집 개들도 내가 집에 오면 꼬리가 부러져라 흔들어댄다. 이틀 정도 출장을 다녀온 후라면 꼬리를 흔드는 속도가 더 빨라진다. 그 광경을 보고 있노라면 나도 기분이 좋아진다.

아내가 사람에게도 꼬리가 있으면 좋겠다고 한 이유는 사람은 곧잘 속내를 감추기 때문이란다. 아내의 설명은 다음과 같았다. 정말 좋아하는 것도 아닌데 좋아하는 척하며 다정하게 구는 사람이 얼마나 많은가? 우리는 그런 사람들의 속마음을 알아차리기 힘들다. 하지만 사람에게도 꼬리가 있다면 사정은 달라진다. 연애 초기엔 마구 흔들리던 꼬리가 시간에 감에 따라 흔드는 둥 마는 둥 하면 '아, 권태기가 왔구나' 하고 금방 알 수 있다. 또한 자기 아내가 옆에 있는데, 주위에 있는 다른 여성을 본 남자의 꼬리가 흔들린다면 그 남자의 음흉한 본심을 알 수 있지 않겠는가? 물론 여기엔 몇 가지 전제가 있다. 첫째, 개들의 꼬리 흔들기가 오직 반가울 때만 일어나며 둘째, 꼬리를 의도적으로 제어할 수 없어야 한다.

하지만 둘 다 사실이 아니다. 일단 개가 꼬리를 흔든다고 다 반가움의 표시인 것은 아니다. 우리 집 개들이야 내가 반가워 흔드는 게 맞지만, 전문가들에 따르면 분노나 성가심을 표현할 때도 꼬리를 흔들 수 있단다. 하기야, 중2 때 선생님 댁에서 만났던 셰퍼드도 내가 다가갈 때까지 꼬리를 흔들었다. 꼬리 때문에 날 좋아한다고 착각해서 다가갔더니, 웬걸, 바로 머리를 물어버렸다. 지금 생각하니 그 녀석의 꼬리 흔들기는 분노의 표현이었다. '눈 작은 놈, 오지 마. 저리 가라고!' 그러니 개의 기분을 파악할 땐 꼬리만 보지 말고 다른 조짐들, 예컨대 표정, 눈, 근육의 경직 여부 등을 참조해서 종합적으로 판단해야 한다. 꼬리 흔들기가 의도적이 아니라는 두 번째 전제도 틀렸다. 꼬리는 척추뼈의 연장이고, 당연히 신경도 뻗어 있다. 뇌의 조종에 따라 얼마든지 꼬리를 흔들 수 있다는 얘기다. 이러니 사람에게 꼬리가 있다 해도 얼마든지 반가움을 가장할 수 있다.

꼬리의 목적은 감정 표현에만 국한되지 않는다. 좁은 곳을 걷거나 달릴 때, 또는 점프할 때 꼬리는 균형을 잡는 역할을 한다. 또한 개들 간 의사소통에도 꼬리의 역할이 중요해서, 꼬리 흔들기가 자신의 냄새를 퍼뜨리는 역할을 한단다. 꼬리는 안전상의 이유로도 중요하다. 나만 해도 급할 때, 예를 들면 개가 차 좌석에서 떨어지려고 할 때 꼬리를 잡아 위험으로부터 구한 적이 몇 번 있다. 하지만 뭐니 뭐니 해도 꼬리의 가장 중요한 역할은 꼬리가 있어서 개가 아름답다는 점이다. 팬더의 넉넉한 꼬리와 흑곰이의 감긴 꼬리, 미니미의 하얀 꼬리 등등, 개에게 꼬리가 없었다면 내가 개를 이렇게 좋아했을까 싶다.

그런 내가 보기에 개 꼬리를 자르는, 소위 단미수술이 성행한다는 건 이해가 가지 않는 일이다. 일부 견주들은 개가 어렸을 때 꼬리를 끈으로 묶어서 저절로 떨어지게 만들거나 가위로 자르는 수술을 감행한다. 나름의 이유는 있었다. 단미수술을 하는 대표적인 종이 바로 웰시코기인데, 일설에 의하면 웰시코기는 과거 소몰이견이었다고 한다. 즉 소의 발에 꼬리가 밟히는 일이 없도록 단미수술을 했다는 것이다. 영화에서 곧잘 무서운 개로 등장하는 도베르만은 경비견 역할을 주로 했는데, 꼬리를 치면서 위협하면 침입자가 오해할 수 있으니 꼬리를 잘랐단다.

이 설들이 진짜라 해도, 다 과거의 일이다. 웰시코기는 더 이상 소를 몰지 않으며, 요즘엔 도베르만 대신 세콤 같은 경비업체가 경비를 맡는다. 그런데도 단미수술이 계속되는 이유는 꼬리 없는 견종에 익숙해지다 보니 꼬리 없는 개가 더 예쁘다고 느끼는 분들이 있어서다. 웰시코기, 푸들, 미니어처 핀셔, 도베르만의 꼬리가 잘려 나가는 것은 바로 이 때문이다. 혹자는 건강상의 이유라고 하지만, 꼬리가 없어야 건강하다는 건 증명된 바가 없다. 물론 단미수술을 하느냐 마느냐는 '개인의 취향'일 수 있다. 하지만 위에서 본 것처럼 꼬리는 나름의 중요한 역할을 하며, 아무리 어릴 때라 해도 꼬리가 잘려나가는 건 고통스러운 과정이다. 단지 견주의 취향이 그렇다고 해서 꼬리를 잘리는 건 개에겐 슬픈 일이다.

몇 년 전, 흑곰을 데리고 병원에 간 아내는 조수석에서 흑곰을 안아 올렸다. 조수석엔 아내가 가진 유일한 명품백이 있었는데, 하필이면 가방의 끈이 흑곰의 꼬리에 걸렸고, 흑곰과 함께 밖으로 딸려 나왔다. 꼬리가 버티는 힘에 한계가 있다 보니 가방은 곧 바닥에 떨어졌지만, 아내는 그걸 모른 채 흑곰을 안고 병원에 갔다. 블랙박스를 확인해본 결과, 잠시 뒤 그곳을 지나던 분이 그 가방을 주워가는 게 보였다. 바로 경찰에 신고했지만 가방은 결국 찾지 못했고, 난 그때 했던 약속—내가 하나 사줄게!—을 아직도 지키지 못하고 있다. 그래도 아내나 나는 단 한 번도 흑곰에게 꼬리가 있다는 사실을 원망한 적 없다. 흑곰이 꼬리를 흔들 때마다 나오는 엔도르핀을 돈으로 환산하면, 그 가방을 백 개, 아니 천 개도 더 사고 남았을 테니까.

2장

개 입양,
한 번 더
생각해주시길

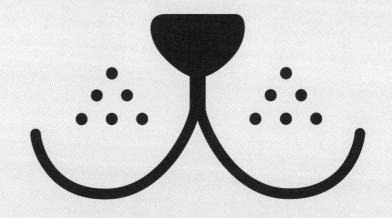

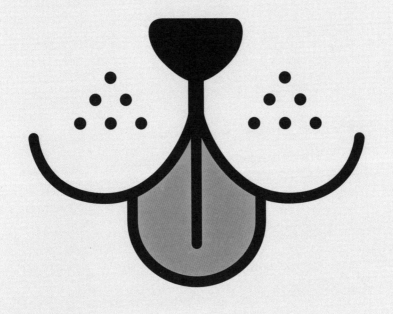

외롭냐,
개도
외롭다

내가 개아빠가 된 건, 결혼할 때 아내가 키우던 개를 데려온 덕분이었다. 결혼 후 한 달이 지났을 때 우리 부부는 개 한 마리를 더 입양했다. 먼저 있던 개의 이름이 뽀삐여서 둘째 개는 예삐라고 지었다. 한 마리를 더 데려오자고 한 속내는 뽀삐가 내게 그다지 정을 주지 않는 게 서운해서였지만, 다음과 같은 이유도 있었다.

"우리가 나갈 때 뽀삐 혼자만 있으면 심심하잖아. 둘이 있으면 같이 노니까 한결 낫겠지."

예삐는 우리의 기대에 백퍼센트 부응했다. 첫째, 아내와 나를 똑같이 따랐다. 아내와 내가 동시에 예삐를 부르면 이리 왔다 저리 갔다 하면서 어쩔 줄 몰라 하기도 했다. 둘째, 뽀삐가 다소 정적인 강아지였던 반면, 예삐는 우리가 바라던 '노는 개'였다. 예삐는 수시로

뽀삐에게 같이 놀자고 치근덕대곤 했으니, 예삐로 인해 뽀삐도 덜 심심했을 것이다. 셋째, 예삐가 있어 준 덕분에 아내와 나는 죄책감 없이 밖에 나갈 수 있었다.

그 예삐와 뽀삐가 다 무지개다리를 건넌 후, 우리는 여섯 마리의 개를 거느린 대가족이 됐다. 여섯 마리가 두루 친한 건 아니지만, 그래도 끼리끼리 짝을 지어서 놀곤 한다. 던져주는 공 하나를 서로 갖겠다고 다투기도 하고, 먹을 것을 빼앗기지 않으려고 견제하기도 한다. 때로는 서너 마리가 우르르 몰려다니며 장난을 치기도 하는데, 그럴 때면 아내와 난 이런 대화를 나눈다.

나: 여럿이 노니까 더 귀엽네?

아내: 저 맛에 여러 마리 키우는 거야.

두 마리만 있어도 외로움이 덜한데, 여섯 마리면 어떨까? 혹시 우리가 없어도 자기네들끼리 더 신나게 놀지 않을까? 마침 TV에서 개 CCTV 광고가 나왔다. 개주인이 있을 때는 얌전한 척하던 개가 주인이 나가자마자 집을 난장판으로 만들어놓고, 주인이 돌아오면 모든 책임을 다른 개한테 돌리다가 결국 CCTV로 인해 덜미를 잡힌다는 내용이었다. 갑자기 우리 개들은 어떻게 노는지 궁금해졌고, 결국 CCTV를 집에 설치했다. 물론 우리가 없는 사이 개들에게 별일이 없는지 확인하고픈 의도도 있었다.

우리 부부가 외출하던 날, 아내는 휴대폰으로 CCTV를 확인했다. 나도 옆에서 조그만 눈을 빛내며 휴대폰을 바라봤다.

"잉? 애들이 다 어디 있지? 한 마리도 안 보이네?"

우리 집 개들의 주 거처는 아내가 하루의 대부분을 보내는 마루였다. 그래서 CCTV도 마루를 향해 설치했건만, 정작 마루에 개가 한 마리도 없는 것이다. 다음번엔 CCTV의 방향을 돌려 현관을 향하게 해봤다. 이럴 수가. 개들은, 죄다 현관 앞에 있었다. 그것도 납작 엎드린 채로 말이다.

그날뿐만이 아니었다. CCTV를 확인할 때마다 개들은 늘 그 자세로 현관 앞에 있었다. 자기들끼리 놀 것이라는 내 짐작은 틀렸다. 우리가 없는 동안 개들은 현관 앞에서 그저 우리를 기다리고 있을 뿐이었다. 서로 즐겁게 어울려 노는 것도, 때로는 으르렁대며 싸우는 것도 사실은 우리의 관심을 받기 위해서였던 모양이다. 그래서 개들은 우리가 귀가해 현관으로 들어오면 반갑다고 난리를 쳤던 것이다. 목이 빠지게 기다리던 이가 나타나니 얼마나 반갑겠는가? 예쁘와 뽀삐도 똑같았을 것이다. 그 사실을 알고 난 뒤 아내는 되도록 외출을 하지 않으려 한다. 나 또한 집에 있을 때, 물론 일을 하는 거야 어쩔 수 없지만, 잠깐 짬이 나면 스마트폰을 들여다보는 대신 개들과 조금이라도 더 놀아주려고 애쓴다.

그래도 우리 개들은 사정이 낫다. 기다림도 둘이 같이하면 덜 지루하니까 말이다. 서로 대화를 나누지는 않아도 나만큼 지루해하는 또 다른 이들이 있다는 건, 그 자체로도 위안이 된다. 둘이 아니라 여섯이라면 훨씬 더 위안이 되지 않을까? 문제는 혼자 방치되는 개다. 개주인이 아침에 나갔다가 밤에 들어오는, 그래서 하루 대부분의 시간을 혼자 감당해야 하는 개 말이다. 개는 사람으로 따지면 서너 살 정도의 지능을 지닌 존재다. 그 나이의 어린아이들이 부모가 없으면 분리 불안을 느끼듯이 홀로 남겨진 개도 불안과 외로움을 느낀다고 한다. 그들은 자주 짖고, 집 안 물건을 물어뜯고, 소변을 아무 곳에나 싸는 등의 행동을 함으로써 자신의 외로움을 표현한단다.

이런 사태를 막으려면 어떻게 해야 할까? 첫째, 자신이 외롭다는 이유로 개를 키우지 않는 게 좋다. 혼자 사는 이가 개를 키우면 자신은 덜 외롭겠지만, 외출하는 동안 개는 혼자 있어야 하니 말이다. 또한 자신의 외로움이 해소되는 순간 그 개는 버려지거나 다른 곳으로 입양을 가게 될 수 있다. 둘째, 이왕 개를 기르겠다면 두 마리로 시작하자. 개가 어느 정도 자란 다음에 다른 개를 데려오면 질투심 때문에 우울증이 더 심해질 수 있다. 셋째, 사정상 두 마리가 안 된다면, 집에 있는 동안 개한테 최선을 다하자. 특히 나가기 전이나 귀가 후 산책을 시켜주는 게 도움이 된다. 개는 산책하면서 그간 느꼈던 스트레스를 확 풀고 주인에게 더 깊은 유대감을 가질 수 있다. 산책이 힘들다면 진이 빠질 정도로 놀아주시라. 물론 시간이 없다고 하겠지만, 이 정도도 하지 않는다면 개를 키울 자격이 없다. "혼자 둬서 미안해"라는 말만 하는 대신, 그 미안함을 상쇄할 행동을 하시라.

평소 우리는 세상의 여러 가지에 관심을 둔다. TV, 스마트폰, 인터넷 등등. 하지만 개의 관심은 오직 하나, 자기를 돌봐주는 주인이다. 마루에 개 여섯 마리가 있을 때, 개들은 늘 아내나 내 쪽을 향해 있다. 둘 중 하나가 움직이면 개들의 시선은 그쪽으로 따라간다. 오직 주인밖에 모르는 바보, 그게 바로 개다. 그 시선이 부담스러울 순 있어도, 이왕 기르기로 했다면 개들로 하여금 눈물 흘리게 하진 말아야지 않겠는가?

이 글에 달린 공감 가는 댓글을 소개한다.

— 외동으로 자라면서 어두컴컴한 집에 들어가는 게 너무 싫었습니다. 애기 때부터 강아지 기르고 싶다고 부모님을 졸랐지만 어느 순간 이 외로움을 강아지도 느끼겠지 싶더라고요. 그래서 안 키우기로 했어요. 지금은 잘한 선택이라고 생각합니다.

— 우리 앞집도 강아지를 종일 혼자 둬서 처음엔 누가 때리는 줄 알았어요. 얼마나 깨갱대며 우는지 불쌍하고 맘 아파요. 아이들 입양할 땐 진짜 진지하게 생각해주길 바라요.

— 옆집 혼자 살면서 개 키움. 집주인 나간 후부터 그 라인에 누구라도 나오면 짖기 시작함. 혼자 현관에서 낑낑거리고 짖고 난리임. 그 소리에 내가 밖을 못 나감. 혼자 살고 밤늦게 들어올 거면 개 키우지 마라.

어떤 분은 또 이런 지적을 해주셨다.

— 개가 혼자보다 여럿이 있으면 서로 의지가 돼서 덜 외로울 거라는 생각은 글쓴이의 착각이다. 혼자든 여섯이든. 글쓴이가 말했듯이 사람 없으면 기다리고 초조한 건 똑같다. 오히려 여섯 마리씩이나 한 집에서 키우는 것이 강아지들 간에 긴장감과 스트레스를 높이고, 주인도 모든 개와 일대일로 산책하는 등 시간을 보내주고 공평한 보상을 해야 하니 사람에게도 개에게도 힘든 일이다.

지적한 대로 주인으로부터 오랜 시간 방치된 개들은 분리 불안을 느끼며, 자신의 불안을 짖으면서 해소하려 한다. 집 안의 물건들을 물어뜯거나 아무 곳에다 변을 보는 것도 분리 불안의 한 증세다.

그렇다면 우리 개들은 어떨까? 명절 등 아내와 내가 거의 하루 종일 집을 비우는 날이라 해도 분리 불안을 거의 보이지 않는다. 바깥에서 CCTV를 수시로 확인하지만, 단 한 번도 우리 개들이 짖는 장면을 본 적이 없다. 또한 배변 실수 등 분리 불안을 나타내는 어떤 징후도 없었다. 그래서 우리 부부는 집에 들어오면 "애들이 집을 잘 봐서 집이 그대로 있지요"라며 칭찬을 아끼지 않는다.

우리 개들은 어떻게 그럴 수 있을까? 개가 많다는 점 말고는 다른 이유를 찾을 수 없다. 앞서 인용한 댓글을 보면, 마구 짖는 개들은 죄다 혼자 남겨진 개들이다. 우리가 기대했던 것처럼 개들끼리 즐겁게 논다든지 하는 경우는 없는 것 같지만, 여섯 마리가 서로 의지가 되는 건 확실한 것 같다. 개가 많아서 긴장감이 높아진다는 말도 일리는 있다. 하지만 이건 어느 정도 개가 자란 다음에, 즉 그 집에서 확고한 위치를 차지했을 때 새로운 개를 입양하는 경우지, 처음부터 두 마리를 같이 키운다면 둘은 서로 좋은 친구가 될 수 있다. 비슷한 시기에 우리 집에 입양된 팬더와 미니미는 어려서부터 둘이서 잘 놀았으며, 지금도 서로를 공격하는 일이 없다.

이건 TV에서 본 사연인데, 개 한 마리가 담벼락에 올라가 하루 종일 바깥을 바라보고 있었다. 아무리 내려오라고 해도 꿈쩍하지 않았다. 그런데 그 개는 중년 남성이 지나갈 때마다 마구 짖어대곤 했다. 도대체 왜 그러는 것일까? 주인이 말했다. "사실 저 개랑 친하게 지내던 다른 개가 있었어요. 그런데 그 개를 다른 곳으로 입양

보냈는데, 그때 개를 데려간 사람이 중년 남성이었어요." 너무 가슴 아픈 얘기였다. 그 개는 사기 친구가 사라져서 상심한 상태였고, 친구를 데려간 중년남성과 비슷한 남자만 보면 적개심에 차서 짖어댄 것이었다. 그러니까 그 주인은, 이유는 모르겠지만, 개 두 마리의 삶을 갈가리 찢어놓은 셈이다. 내 친구가 집 마당에서 키우던 개도 단짝인 개가 죽고 나자 시름시름 앓다가 죽은 바 있다.

물론 모든 개가 서로 친하게 잘 지내는 건 아닐지도 모른다. 하지만 그렇다고 해서 개들끼리 서로 의지하지 않는다고 단정 지어선 안 되지 않을까? 은곰에게 든든한 오빠인 오리가 있어서, 또 황곰에게 마음 씀씀이가 기특한 흑곰이 있기에 우리 강아지들은 분리 불안을 겪지 않는 거라고 난 생각한다.

개는

부자가
키워야 한다

    우리나라에서 개부모가 되는 건 그리 어려운 일이 아니다. 일단 가까운 펫숍만 가도 온갖 귀여운 개들이 유리 진열대에 놓인 채 사람들을 유혹한다. 개공장에서 만들어진 개들이라 가격도 그리 비싸지 않은데, 이 돈이 아깝다면 다른 방법도 있다. 개를 입양했다 파양하는 집이 워낙 많기 때문이다. 애견 사이트에 잠깐만 들어가 보시라. "저희 개 대신 키우실 분 없나요?"라는 애절한 외침이 곳곳에서 들려온다. 유기견 보호소는 어떨까. 이런 곳에서 개를 입양한다면 개 한 마리가 그냥 생기는 것에 더해 '천사'라는 칭찬까지 들을 수 있다.

    하지만 장담컨대 개가 거저 생긴다고 덜컥 입양하면 백퍼센트 후회한다. 문제는 '구입비'가 아니라 '양육비'기 때문이다. 개를 기르는 데는 제법 돈이 든다. 그래 봤자 사람 아이를 기르는 것에 비하면 새 발의 피지만, 기대 수준이 다른지라 개한테 쓰는 돈은 더 크게 느껴지기 마련이다. 먼저 식비를 보자. 개는 사료만 먹으면 충분하다고 생각하는 분들이 있지만, 평생 사료만 먹는다면 개가 얼마나 우울하겠는가? 시시때때로 먹는 간식은 개로 하여금 삶의 즐거움을 느끼게 해주고, 또 주인에게 충성할 계기를 만들어준다.

다음으로 개 장난감. 개가 이갈이를 시작하면 잇몸이 간지럽기 때문에 무언가를 물어뜯어야 한다. 이때 개껌이나 기타 물어뜯을 수 있는 장난감을 사줘야 한다.

개는 독감에만 걸려도 죽을 수가 있으니 세균이나 바이러스에 걸리지 않도록 예방접종을 하는 것도 필수적이다.

또 미용비가 있다. 최소한 일 년에 두 번 정도는 애견 미용실에서 털을 다듬어줘야 한다. 특히 여름을 앞두고 털을 한 번 밀어준다면 좀 더 시원한 여름을 보낼 수 있으리라. 미용비는 개 무게에 따라 다르긴 하지만 대략 5만 원 선. "히익! 나는 만 원에 깎는데!"라고 놀라지 마시라. 개는 온몸이 털로 뒤덮여 있고, 개가 미용에 별반 협조하지 않는 걸 고려하면 그리 비싼 것도 아니다.

한겨레 보도에 따르면 이런 식으로 20년 동안 개를 기른다면 한 마리당 1,044만 원이 든다고 한다.[1]

일 년에 50만 원꼴이니 별로 안 든다고 생각할지 몰라도, 이건 어디까지나 병원비를 고려하지 않은 액수다. 개를 데리고 병원에 가본 분들은 알겠지만, 개 병원비는 비싸다. 왜 개가 사람보다 더 비싸냐고 화내는 분들이 있던데, 그렇게만 볼 건 아니다. 사람은 아플 때를 대비해 가구당 10만 원이 넘는 보험료를 내고, 그럼으로써 진료비의 30퍼센트 정도만 부담한다. 하지만 개를 위한 의료보험은 아직 보편적이지 않아 치료비를 전액 부담할 수밖에 없으니 진료비가 상대적으로 비싸게 느껴지기 마련이다. 이게 아까운 분들은 다음과 같은 선택을 한다. "개 다리가 이상해 병원에 갔더니, 수술비가 50만 원이 든다는군요. 안타깝지만 수술 안 하기로 했습니다." 수술을 해줬다면 다시 잘 뛰어다녔을 녀석은 결국 한쪽 다리를 못 쓰게 됐다. 물론 그 개는 주인을 원망하지 않는 눈치던데, 아무리 그래도 이건 아니다 싶다. 그 정도 돈도 내주지 않을 거라면 개를 키울 자격이 없는 것 아닐까?

실제 사례

요크셔테리어 두 마리를 키우던 노부부가 있었다. 하필이면 그게 암컷과 수컷이었기에 그냥 놔두면 새끼를 낳을 게 뻔했고, 일부러 번식시킬 게 아니면 중성화수술이 필수적이었다. 중성화수술은 암컷의 경우 30~70만 원, 수컷은 15~25만 원이 들지만, 사실 수컷만 해도 충분하다. 하지만 그 부부는 15만 원의 돈을 쓸 여력이 없었다. 비극은 그때부터 시작됐다. 새끼가 태어나고, 그들끼리 또 교배가 일어나고, 이 과정이 반복되면서 개는 20마리를 넘어섰다. 안 그래도 가난했던 노부부에겐 그 많은 개를 관리할 능력이 없었다.

노부부의 개들은 다른 개들처럼 산책을 나가기는커녕, 10여 평 남 짓한 아파트에서 제대로 먹지도 못한 채 하루하루를 살아야 했다. 씻지 않은 개털에서 나는 냄새가 대소변 냄새와 어우러져 엄청난 악취가 났고, 여기에 개 짖는 소리까지 더해져 민원이 끊이지 않았 다. 결국 노부부는 동물자유연대에 도움을 요청했다. 다음은 동물자 유연대 관계자의 말이다. "노부부의 집에 당도하자 아파트 복도에 서부터 냄새가 풍겼다. 집은 짐과 개들로 발 디딜 틈이 없었다."

개들 중 세찬이란 이름의 개가 있었다. 노부부에 따르면 세찬이 는 높은 곳에서 뛰어내리다 그만 다리가 부러지고 말았는데, 병원 에 데려갈 돈이 없어서 절연테이프로 다리를 감아주고 말았다. 동 물자유연대가 세찬이를 병원에 데려가 테이프를 조심스레 뗐더니 이미 피부와 근육이 괴사하여 뼈만 남아 있었다[2]고 했다. 결국 세찬 이는 한쪽 다리를 절단해야 했다.

노부부가 개들을 사랑하지 않았던 것은 아니다. 그 어려운 형편 에도 20여 마리의 개가 굶어 죽지 않고 살아남은 것도 다 그 덕분이 고, 동물자유연대가 구조하러 왔을 때도 할머니는 개들을 계속 키 우겠다고 고집했을 정도였다. 결국 이 모든 것의 시발점이 된 개 두 마리는 그들이 계속 키우기로 한 것을 보면, 그들의 개 사랑은 실로 대단하다. 하지만 개에게 필요한 것은 사랑만이 아니었고, 경제적 뒷받침이 없는 사랑은 비극으로 끝났다.

다음 사례는 좀 더 극단적이다. 74세 어머니와 32세 딸은 2018년

1월 자정, 천안시 동남구의 한 쓰레기 집하장에 15년간 키우던 코커스패니얼을 종량제 쓰레기봉투에 넣어 버렸다. 지나가던 행인이 쓰레기봉투에서 개 소리가 나는 것을 수상히 여겨 112에 신고함으로써 범행이 탄로 났는데, 이 개는 유기동물보호소에 의해 구조됐지만 얼마 지나지 않아 숨을 거두고 만다.[3] 조사 결과, 견주는 그리 넉넉한 형편이 아니었기에 개가 아팠음에도 병원에 데려가지 못했다고 한다. 저런 짓을 한 것도 차마 죽는 모습을 볼 수가 없어서라는데, 아무리 그래도 쓰레기봉투에 개를 버린 것은 해도 너무했다. 이 비극의 일부도 돈 때문이다. 돈만 있었다면 그 개가 치료를 받고 나았을지도 모르고, 그게 아니라도 최소한 저런 비참한 죽음은 맞지 않았을 것이니까.

— 15년을 키웠는데 개가 죽는 꼴은 못 보고 산채로 쓰레기봉지에 버리는 건 괜찮습디까? 말 같지도 않은 소리 하고 있네.
— 저 아이는 추운 곳에서 죽어가면서 얼마나 무섭고 당신들이 그리웠을까.

네티즌들은 입을 모아 이 모녀를 욕했지만 비슷한 선택을 하는 이들이 한둘이 아니다. 개가 아프다고 내다 버리거나 충분히 치료할 수 있음에도 그냥 안락사를 시켜버리는 경우는 차고 넘친다.[4] 이런 분들과 비교하면 차라리 테이프라도 감아주는 노부부가 더 나아 보이지만, 개 키울 자격이 없는 건 다 마찬가지다.

다음과 같은 항의를 할지도 모르겠다. "아니, 가난하면 개도 못 키워?" 내 대답은 '그렇다'이다. 다만 여기서 '가난하다'는 말뜻은 개 치료를 위해 50만 원도 쓰지 못하는 이를 가리키며, 아무리 가진 돈이 많아도 개에게 돈 쓰는 것에 인색하다면 그건 가난한 것이다. 50만 원이란 내 기준이 너무 가혹하다고 할지도 모르겠다. 하지만 냉정히 생각해보자. 개를 아무리 좋아해도 사랑만으로 개를 키울 수 있는 건 아니잖은가? 우리나라는 개의 권리, 즉 견권이 밑바닥이라서 '돈 없어도 개를 기를 수 있어야 한다'는 주장이 통용되고 있지만, 다른 나라들은 전혀 그렇지 않다. 영국 주택 보험사인 네이션와이드 홈 인슈어런스Nationwide Home Insurance에 따르면, 첫해 반려견 구입비를 포함해 주인이 반려견에게 쓰는 비용은 평균 4,791파운드(약 720만 원)이었다.[5] 자기 개한테 일 년에 700만 원가량을 쓰는 사람이 개 치료비로 50만 원 쓰는 걸 아까워하진 않을 것 같다. 캐나다에 살다 온 내 지인 역시 그 나라에선 돈 있는 사람이 개를 키우는 게 상식이란다. 그래서 말씀드린다. 개를 키우는 데는 돈이 든다고. 개가 아플 때 기꺼이 50만 원을 낼 수 있을지, 개를 키우기 전에 생각해보시라고 말이다.

앞서 개를 키우는 데 20년간 평균 1,044만 원이 든다고 했다. 글 말미에는 병원비 50만 원을 기꺼이 낼 수 있어야 개를 키울 자격이 있다고도 했다. 행여 "부자만 개를 키우라고?" 하며 반발할까 싶어 액수를 적게 잡은 것인데, 이 글에 달린 대부분의 댓글은 개를 실제로 키우는 분들의 "그 액수가 말이 되느냐?"는 반발이었다.

— 정말 동의한다! 강아지에게 병원비 쓰는 것을 아까워하는 사람은 절대 강아지를 키우면 안 된다!

— 팩트가 강하게 다가오긴 하지만 맞는 말임. 골든 리트리버 한 마리 키웠는데, 석 달에 9만 원짜리 사료 2포 먹음. 분양 후 7차인가 몇 차까지 예방접종 다 하는 데만 70만 원 들었고, 병원 한 번 가면 기본이 10만 원. 리트리버가 귓병에 약해서 귀에다 넣는 약이 3만 원. 개 심장사상충 구충제가 일 년에 두 번 각 10만 원씩. 게다가 샴푸비, 배변시트 값도 두 달에 한 번 10만 원쯤. 개는 돈 없으면 못 키워.

— 나이 들수록 돈이 더 많이 들어요. 아픈 노견 키우는 데 한 달에 몇십만 원 드네요. 반려동물은 경제적인 여유가 있고 돌볼 시간과 정성이 있을 때 키워야 합니다.

— 천만 원 사육비? 개 키워보고 쓴 것임? 천만 원은 평생 죽을 때까지 아프지 않고 기본 예방접종만 한 건가 봐요. 정말이지 병원비 문제 많다. 부자만 키워야 한다는 말이 맞다.

— 50만 원이면 기본도 안 됩니다. 간식비만 해도 한 달에 3~4만 원 후딱 나가죠. 미용은 기본 두 달에 한 번 해야 합니다. 미용할 때 귀털도 뽑고, 만약 귀 청소 안 해줘서 귓병 나면 병원비가 더 많이 나옵니다. 우리 강아지 이번에 아파서 검사비만 200만 원입니다. MRI 120만 원 등등. 아홉 살인데 수술만 5번째입니다. 병원비 어마어마합니다. 건강하지 않아

도 내 식구고, 어떤 강아지가 내 식구가 될지 모릅니다. 돈 쓸 마음도 없이 귀여워서 장난감으로 키우시려면 절대 키우지 마세요. 생명을 키우는 것에는 책임이 따릅니다.

— 솔직히 저 통계보다 더 들어요. 이번에 우리 8년 된 시추가 디스크 재발해서 두 달 하고 보름 정도 약 먹이고 침놓고 MRI, CT, 엑스레이, 피검사 몇 번 했더니 250만 원 정도 들었어요. 그래도 없는 살림에 쪼개서라도 가게 되더라고요. 내 자식이면 포기할 수 없잖아요. 나한테 온 생명인데 끝까지 보살피는 게 당연한 거죠.

— 우리 개 열여섯 살인데 교통사고 나서 동네병원 말고 종합병원 입원했는데 하루에 백만 원 나왔고, 헌혈하는 데 한 팩당 10이었나 20만 원 들고, 피부이식수술을 하는 데 300만 원 들고. 돈 어마어마하게 들더라. 파산하는 줄 알았음.

자신이 맡은 생명이라면 이렇게 해야 마땅하지만, 이 사례들이 감동적으로 읽히는 것은 실제로 그렇게 하는 분들이 드물기 때문이리라. 개를 키우고자 하는 분들이라면, 자신이 이 정도를 감당할 자신이 있는지 한번 곰곰이 생각해보시면 좋겠다.

구조 뒷이야기

1) 세찬이

어려운 처지의 개를 구조한 뒤 해당 단체는 입양을 시도하지만, 그게 쉬울 리가 없다. 대부분 막 태어난 강아지를 원하고, 다음으로는 되도록 어린 개를 원하기 때문이다. 하물며 장애가 있는 개라면, 그 가능성은 더 떨어진다. 그렇게 본다면 동물자유연대가 구조한 세찬이는 조건이 그리 좋지 않은 개였다. 구조 당시 나이도 세 살 정도였고, 결정적으로 다리 하나를 절단했기 때문이다. 성격이 예민한 데다 식탐도 많지 않아 봉사자들이 신경 써서 돌봤음에도 불구하고 몸이 삐삐 마른 상태였다는데, 그래서 다른 개들이 하나둘씩 주인을 찾아갈 때도 세찬이는 보호소에 있어야 했다. 하지만 세상 어딘가에는 천사가 살고 있어서, 어느 분이 세찬이를 입양해주셨다. 동물자유연대 홈페이지에 새 주인에게 안겨 있는 세찬이 사진이 올라와 있는데, 그 천사분께 경의를 표한다.

2) 밍키

세찬이와 같이 생활하던 개 중 밍키라는 이름의 개가 있다. 밍키는 치아 관리가 제대로 되지 않아 일부가 빠졌고, 그쪽으로 혀가 삐쭉 나와 있다. 건강하고 애교 많은 개지만 나이가 8살로 제법 많고, 혀가 비뚤어진 것까지 더해져 입양 순위에서 계속 밀렸다. 밍키가 그 뒤 어떻게 됐는지는 찾을 수 없었다. 진작 좋은 주인을 만났다면

혀가 비뚤어질 리도 없었을 테고, 평생을 사랑받으며 살 수 있었을
텐데 말이다.

새 가족을 찾은 세찬이[6]

개 키우는 데는

돈이
얼마나 들까?

앞글에 이어 개 키우는 데 돈이 어느 정도 드는지 써본다. 아내와 내가 개들에게 실제로 쓰는 비용이니, 도움이 되었으면 한다.

사료

우리 집 개들은 로얄캐닌이란 사료를 먹는다. 로얄캐닌은 프랑스에서 만든 제품이다. 외제 사료를 먹이다니, 이름만 서민이지 너무하는 것 아니냐고 할 수도 있지만, 이것저것 다 먹는 사람과 달리 개들은 사료가 주 영양 공급원이다. 그렇다면 좀 더 맛있고 영양도 좋은 사료를 먹이는 게 좋지 않을까. 로얄캐닌은 개들이 한 번 먹고 나면 다른 사료를 안 먹을 정도로 맛이 좋아 '국민사료'로 불릴 만큼 인기가 좋다. 얼마 전부터는 한국에 공장을 세워 우리나라에서 판매하는 로얄캐닌은 다 거기서 생산하는데, 이게 프랑스 것과 다를까 봐 걱정하진 말자. 기사의 한 대목을 소개한다.

전 세계적으로 동일한 펫푸드 품질 및 안전정책을 바탕으로 전 세계 15개 공장 제품 모두 프랑스 본사에서 직접 디자인하고 영양 포뮬러를 결정하는 것이 특징이다. 특히 원료의 경우 전 세계 600여 개의 공급업체를 본사가 직접 검수하고 선정하는 인증 시스템을 운영하고 있다.[7]

로얄캐닌은 최근 논란에 휩싸인 바 있다. 보존제로 쓴 BHA(부틸하이드록시아니솔)가 발암물질이라는 것이다. 게다가 사료에 BHA가 함유되었음을 일본 수출용에는 표기했지만 국내 판매용에는 표기하지 않아 더 논란이 됐다. BHA는 미국 국립보건원에서 발암제로 분류한 물질이고, BHA가 포함된 식품은 사람이 먹을 수 없게 한 나라가 대부분이다. 여기에 분노한 견주들이 다른 사료로 갈아타고 있지만 우리 집은 그냥 로얄캐닌을 먹인다. 미국 식약청 FDA 기준으론 BHA가 발암물질이 아니고, 포함된 양으로 봤을 때 실제로 암이 발생할 것 같진 않기 때문이다. 결정적으로 우리 개들이 워낙 까다로워 다른 사료는 잘 안 먹으니, 어쩔 도리가 없기도 하다.

로얄캐닌은 1.5킬로그램짜리 2개가 31,000원이다. 체중 5킬로그램 미만의 작은 강아지라면 사료를 한 달에 3킬로그램 정도 먹으

이들에게는 식사 시간이 가장 즐겁다.

니, 3만 원가량을 계속 쓰는 셈이다.

배변 관리

사람과 달리 개들은 화장실에서 소변을 보지 않는다. 그래서 필요한 게 바로 배변패드. 기저귀처럼 개가 소변을 보면 모조리 흡수해버린다. 소형견의 경우 양이 그리 많지 않아서 패드 한 장에 여러 번 소변을 볼 수 있다. 개들도 나름 깔끔해서 한 번 소변을 본 곳에는 되도록 안 보려고 하니, 패드에 빈 곳이 거의 없어지면 새 패드로 갈아야 한다. 물론 대변도 그 위에 싸…야 하지만, 우리 집 애들은 이상하게 변은 패드에 안 싸려고 하는 경향이 있다. 그래서 방 하나를 아예 화장실로 지정해서 거기다 배변패드 두 장을 깔았더니 소변은 패드에, 대변은 그 주위에 자유롭게 싼다.

배변패드는 흡수력도 중요하지만, 두께도 중요하다. 그래야 소변이 패드를 다 적시고 바닥까지 묻는 경우가 없기 때문이다. 굳이 제품을 추천한다면 Molly's pad. 여러 제품을 써본 결과 흡수력이 좋고 두께도 두꺼운 데다 찢어질 염려도 없어서 단연 최고였다. 우리 집은 개가 많다 보니 초특대형, 즉 XXL사이즈(70cm×90cm)를 쓰지만, 한두 마리를 키운다면 굳이 그렇게 큰 사이즈가 필요하진 않다. M사이즈(40cm×50cm)의 경우 백 장에 만 원이던데, 이거면 한 마리가 석 달을 여유 있게 사용할 수 있지 않을까 싶다.

배변패드 말고 배변판이라는 게 있다. 플라스틱으로 만들었고,

격자 모양의 구멍이 촘촘히 있어서 소변이 그 밑으로 들어가 아래에 위치한 플라스틱 받침대에 고이는 구조다. 배변판의 장점은 한 번 사면 돈이 더 들지 않는다는 것이다. 하지만 이 장점을 충분히 상쇄할 단점들이 있는데, 그건 소변이 상시로 고여 있어 냄새가 난다는 것이다. 아무리 개가 예뻐도 이 냄새만은 절대 사랑할 수 없으리라 장담한다. 또한 소변이 어느 정도 차면 버리고 판을 씻어야 하는데, 이걸 씻는 게 그리 만만한 일이 아니다. 개들에게 배변 훈련을 시킬 때도 패드가 훨씬 더 훈련이 잘된다는 증언도 여럿 있으니, 가급적이면 배변판보다 패드를 추천한다. 어떤 집에선 배변판을 놓고 그 위에 패드를 까는 이중 장치를 만들기도 하던데, 그래도 패드만 쓰는 것보다 냄새가 훨씬 더 난다는 점, 그리고 약간이라도 높은 곳에 올라가서 소변을 보는 게 개들한테는 스트레스일 수 있다는 점도 참조하시라.

그렇다면 대형견은 어떨까? 삼촌이 키우는 골든 리트리버는 35킬로그램 정도 되니, 우리 개들의 7배쯤 된다. 그럼 소변량도 7배일 것 같지만, 전혀 그렇지 않다. 그 녀석이 산책하러 나가 소변 보는 광경을 봤는데, 호수가 하나 만들어질 정도였다! 7배가 아니라 거의 70배? 어쩌면 700배일 수도 있는데, 아무튼 그런 개에게 어설프게 배변패드를—아무리 XXL라 해도—들이밀었다간 방 안이 소변으로 흥건히 젖을 것이다. 이런 녀석들은 화장실에서 싸게 하든지, 아니면 수시로 산책을 나가는 게 좋다. 후자의 경우 견주가 바쁘면 개가 오래도록 참아야 하는데, 이로 인해 비뇨기 계통에 병이 생길 수 있으니 잘 설득해서 화장실을 이용하도록 권해보시라.

더모풋

개 산책을 시킨 뒤 집에 들여보낼 때 필요한 게 더모풋이다. 개들은 밖에서 맨발로 다닌다. 신발을 신기는 견주도 있지만, 사람과 달리 개들은 신발을 굉장히 불편해한다. 아예 한 발도 움직이지 않으려 드는 개도 있었다. 다들 짐작하다시피 집 바깥의 바닥은 매우 더럽다. 침, 콧물, 담뱃재, 쥐똥, 새똥, 고양이똥, 세균 등 온갖 잡스러운 게 거기 다 모여 있다. 이런 것들을 밟고 다니다 그대로 집에 들어간다면? 집은 더 이상 안전한 장소가 아니다! 그래서 산책 후에는 개 발을 닦아야 한다. 물로 씻기면 어떨까 싶겠지만, 씻긴 뒤 잘 안 닦아주면 습진을 비롯한 온갖 발병이 날 수 있다. 그래서 더모풋이 필요하다.

더모풋은 스프레이 타입과 무스 타입이 있는데, 대중적으로 널리 쓰이는 무스 타입의 경우 화장품처럼 위를 누르면 무스 비슷한 게 나온다. 그걸로 발을 문지른 뒤 물휴지나 그냥 휴지로 닦으면 끝이다. 저절로 마르는지라 발에 병이 날 위험도 없다. 150밀리리터 용량에 15,000원 정도 한다. 우리 집처럼 개가 여섯 마리, 즉 발이 24개면 한 달에 몇 개를 써야 하지만, 한두 마리라면 한 병으로 충분하다.

치약

아주 오래전, 벤지라는 강아지를 키울 때 난 한 번도 이를 닦아준 적이 없다. 지금 생각하면 좀 한심한 것이, 그 개한테 늘 닭이나 삼겹살 등을 먹여놓고선 어떻게 이 닦아줄 생각을 안 했는지! 물론 나도 잘 안 닦았긴 했지만 그렇다고 이게 면책되는 건 아니다. 나중에 벤지가 열 살이 됐을 때, 다른 일로 찾아간 동물병원 원장님은 벤지에게 치석이 많다며 스케일링을 하라고 했다. 이걸 제거하지 않으면 입 냄새도 심할 뿐 아니라 나중에 이가 안 좋아져 밥도 못 먹게 된다는 것이다. 벤지는 전신마취한 뒤 스케일링을 했는데, 가격이 얼마였는지 오래돼서 기억이 전혀 안 난다. 요즘은 스케일링 가격이 10~20만 원 정도란다. 아무래도 마취를 해야 하니 가격이 높을 수밖에 없다. 매년 이 정도 돈을 쓰려니 부담된다고? 그렇다면 매일 이를 닦아주면 된다. 아내는 하루 한 번씩, 매번 3분씩, 개들의 이를 닦아준다. 처음에 개들은 안 닦으려고 난리를 쳤지만, 매일 하니까 적응이 돼서 이젠 제법 얌전히 있는다.

여기서 중요한 것이 치약이다. 사람 치약에는 불소가 포함돼 있는데, 사람과 달리 개는 치약을 그냥 삼키기 때문에 불소로 인해 위장 장애가 일어날 수 있다. 따라서 강아지용 치약을 써야 한다. 이왕이면 맛있는 것이 더 좋다. 우리 집에서 쓰는 것은 오라틴Oratene 제품이다. 어찌나 맛있는지 개들이 이를 다 닦고 난 뒤에도 더 달라고 난리를 칠 정도인데, 단점은 비싸다는 것이다. 오라틴 한 개 가격은 23,000원, 인터넷에서 직구를 하면 15,000원이다! 우리는 여섯 마리라 인터넷에서 대량으로 직구해서 쓴다. 원래 사용법은 치약을 잇몸에 바르면 된다는데, 그보다는 칫솔로 닦아주는 게 훨씬 좋다.

당연한 얘기지만 강아지용 칫솔도 따로 있다. 사람 칫솔은 솔이 좀 더 억세서 잇몸에 상처를 내기 쉬워서다. 사람인 나도 안 닦는데 개까지 닦아줘야 하냐, 이런 불만을 가질 수 있겠지만, 그러시면 안 된다. 사람도 개도 다 이를 잘 닦아야 한다. 나이 들어서도 맛있는 걸 먹기 위해서는.

미용비

개는 한두 달에 한 번씩 미용을 해야 한다. 미용비는 개 무게에 따라 다른데, 5킬로그램 이하면 대략 5만 원 정도다. 이게 아까워서 직접 미용을 하는 분도 있지만, 웬만큼 솜씨가 있지 않다면 그냥 미용실에 맡기는 게 좋다. 어느 분의 수기를 보자.

— 한 마리 직접 하고 나니까 두 시간이 흘렀더라고요. 근데 개 모양이 유기견을 방불케 합니다. 심지어 목욕은 아직 하지도 못했네요. 전문가가 왜 필요한지 다시 한 번 깨달았어요.

목욕 이야기가 나왔으니 말인데, 개 목욕을 시키고 난 뒤엔 드라이어로 정말 잘 말려줘야 한다. 물기가 남아 있으면 피부병의 원인이 되니 말이다. 우리 집처럼 개가 많다면, 혹은 목욕을 좀 자주 시키는 집이라면 펫 전용 드라이룸을 사는 것도 괜찮다. 30~40분이면 완벽하게 다 마르는 데다, 붙잡고 드라이어로 온몸을 휘젓는 대신 드라이룸에 그냥 개를 놔두면 되니 매우 편하다. 견주가 옆에 있으면 개도 그리 불안해하지 않는다. 심지어 그 안에서 자는 경우도 있다. 문제는 가격으로, 웬만큼 괜찮은 것을 사려면 60만 원은 줘야 하고, 비싼 것은 몇백만 원짜리도 있다. 하지만 세상에는 틈새시장이란 게 있어서 쓰다 만 중고제품이 곧잘 나온다. 우리가 쓰는 것도 바로 그렇게 해서 산 것이다.

간식

밥만 먹고 사냐는 말이 있듯이, 개도 사료만으로 살아갈 수 없다. 가끔씩 먹는 간식은 개의 삶을 더 의욕적으로 만든다. 개의 건강을 생각한다면 시중에서 파는, 방부제가 든 간식을 주는 것보단 조금 비싸더라도 수제간식을 주는 게 훨씬 낫다. 요즘은 수제간식을 만드는 곳이 많아져서 가격이 아주 비싸진 않다. 경험상 개들이 가장 좋아하는 간식은 오리육포인데, 아내는 돈을 아끼려고 육포 만드는 기계를 사서 잘 써먹고 있다. 이 밖에도 닭, 고구마, 개껌 등이 간식으로 널리 쓰인다. 우리 개들 중 특히 흑곰이가 좋아하는 간식은 고구마 말랭이다. 가격이 4천 원대로 좀 비싸긴 하지만 탄수화물을 보충하는 데 이만한 게 없다. 흑곰뿐 아니라 다른 개들도 잘 먹어서 돈이 아깝다는 생각은 안 든다. 늘 개들한테만 줬을 뿐 내가 먹은 적은 단 한 번도 없는데, 언젠가 모 기관에 갔을 때 직원 한 분이 그 고구마 말랭이 제품을 드시고 있어서 깜짝 놀랐다. 하마터면 "그거 개 간식인데!"라고 말할 뻔했다.

장난감

세상에 안 노는 개는 없다. 개를 키우면서 새삼 깨달은 게 바로 이거다. 물론 간혹가다 노는 걸 안 좋아하는 개가 있긴 하지만, 그건 내가 키우던 뽀삐처럼 앞다리에 기형이 있거나, 아니면 너무 비만해서 몸이 마음을 따라가지 못하는 경우일 것이다. 우리 집 개들은 놀이에 있어서는 양심이 없는지라, 유료 개공원에서 실컷 놀다 온 뒤에도 공을 물고 와서 놀아달라고 할 정도다. 하물며 산책을 안 가는 날엔 더 열심히 놀아줘야 한다. 그럴 때 필요한 게 바로 장난감, 그중에서도 공이다.

많은 개들이 공놀이를 좋아한다. 우리 생각엔 이해가 안 가지만, 던져준 공이나 기타 장난감 등을 물어오는 것이 그렇게 재미있나 보다. 지금까지 온갖 종류의 공을 다 사봤지만 개들이 제일 좋아했던 것은 '뻑뻑이 테니스볼'이다. 공 표면에 KONG이라고 쓰여 있는 작은 테니스공인데, 헝겊으로 된 공들은 던져도 그리 멀리 나가지 않는 반면, 이 공은 한번 던지면 멀리까지 굴러가서 개들이 운동하기에 아주 좋다. 여러 사이즈가 있으니 자기 개 입 크기에 맞춰서 고르면 된다. 참고로 내가 키우는 페키니즈에게는 5.1센티미터가 딱이다. 아까 말한 대로 멀리까지 굴러가니 운동량이 많아져 20분 정도 놀면 개들이 지쳐서 나가떨어진다. 가격은 3개에 5,700원. 효용성을

소형 테니스공을 입에 문 흑곰.
옆에 있는 황곰은 이 공이 갖고 싶어 한숨을 쉬고 있다.

생각하면 그리 비싼 건 아니다. 네이버쇼핑에 달린 후기들을 보자.

ho***: 장난감을 잘 안 가지고 노는 아이인데 이건 잘 가지고 노네요.

dl***: 잘 갖고 노네요. 다른 공은 금방 찢어졌는데. 이건 오래 가지고 놀아요.

th***: 강아지가 진짜 좋아해요. 거의 여의주 수준으로 물고 다님.

db***: 최고의 장난감. 튼튼하고 소리도 나고 가격도 저렴하고.

개집

그 밖에 또 필요한 게 바로 개집이다. 아니 무슨 개집이야, 어차피 집 안에서 사는데, 라고 하겠지만 막상 개집을 사면 개들도 자기만의 공간을 필요로 한다는 사실을 알 수 있다. 우리 집 애들도 그랬다. 늘 아내나 내 주위에 놓인 담요나 옷 위에 웅크리고 있어서 개집이 필요 없는 줄 알았다. 그런데 아내가 어디서 선물 받은 개집을 가져다 놨더니, 팬더가 글쎄 그 안으로 쏙 들어가는 거다. 나머지 애들도 들어가고 싶어 해서 몇 개 더 사서 놨더니 원할 때 들어가서 자곤 한다. 그 모습이 그리도 귀여울 수가 없다. 집값은 개당 6만 원 정도로 가격 대비 만족도가 아주 높다. 팬더와 은곰은 지붕 있는 개집을 좋아하고, 오리와 흑곰은 지붕이 없고 푹신한 집을 더 선호한다. 이건 딱 하나밖에 없어서 경쟁이 치열한데, 오리는 다른 개가 들어가 있으면 당장 나오라고 짖고 난리다. 거기 누워 자기도 하고, 엎드려 있기도 한다.

계단

다리가 짧은 개들한테는 계단도 필요하다. 개들은 소파에 엎드려 있는 것을 참 좋아하는데, 웬만한 개들이라면 한 번에 껑충 뛰어서 올라가지만, 페키니즈들은 그게 참 어렵다. 물론 팬더나 오리 같은 애들은 뛰어서 올라갈 수는 있지만, 괜히 그러다 허리라도 다치면 골치 아프다. 그래서 아내는 소파에 계단을 덧붙여놨다. 일단 그렇게 해놓으면 애들이 아주 잘 이용한다. 아내와 나는 마루에서 자니 상관없지만, 개와 침대에서 같이 잔다면 거기도 계단을 놓는 게 좋다. 여기까지 읽고서 '아이씨, 돈 엄청 들잖아. 개 키우지 말아야겠다'는 생각이 들지도 모르겠다. 내 말이 그 말이다. 개 키우는 건 실제로 굉장히 어려운 일이니, 정말 신중하게 고려하는 게 좋다. 앞서 적은 것 말고도 돈이 들어갈 구석이 아주 많으니 말이다.

지붕 있는 개집.

오리와 흑곰이 좋아하는 지붕 없는 개집. 선물 받은 거라 가격은 모르겠다.

소파 옆에 놓은 계단들. 심리적 안정을 위해 두세 개를 나란히 놨다.

배변패드에 소변을 알차게 싼 흔적들. 개들은 밤에 왔다 갔다 하면서 소변을 많이 본다. 깨끗한 배변패드 두 장을 갖다 놔도 다음 날 아침이 되면 저렇게 돼 있다. 한 마리당 평균 두 번은 싸는가 보다.

반려인의 인성이
반려견을
구한다

2009년 10월 10일 오후, 이모 씨(64세)는 개를 데리고 동네를 산책하고 있었다. 문제는 그가 개 목줄을 매지 않았다는 점. 길을 지나던 50대 남성은 이에 대해 이 씨에게 항의했다. 이 씨가 사과하고 넘어갔다면 좋았겠지만, 이 씨는 그 남성에게 오히려 화를 냈다. 싸움이 커졌고, 흥분한 이 씨는 집으로 가서 낫을 꺼내왔다. 다행히 그 50대 남성은 이미 사라진 뒤였다. 이 씨는 여기서 멈췄어야 했다. 하지만 흥분이 가라앉지 않았던 이 씨는 근처에 있던 남성 A 씨에게 "아까 여기 있었던 사람이 어디로 갔는지 아느냐?"고 물었다. 그들이 언쟁을 벌이는 광경을 지켜본 A 씨는 "그가 어디로 갔는지는 모르지만, 당신이 개 목줄을 안 매고 다닌 게 잘못 아니냐?"며 따졌다. 여기서라도 자신의 잘못을 수긍했다면 좋았겠지만, 흥분이 가시지 않은 이 씨는 낫으로 A 씨의 등과 입 부위를 찌르고 만다. A 씨는 바로 병원으로 옮겨졌지만 과다출혈로 결국 숨졌다. 경찰은 이 씨에게 구속영장을 신청했다.

엉뚱하게 싸움에 휘말리고, 또 바른말을 하고도 유명을 달리한 A 씨의 명복을 빈다. 우발적이지만 잔인한 살인 사건인 만큼 이 씨는 그에 준하는 형을 받았을 것이다. 안타까운 마음 한편으로는 문제의 발단이 된 개가 어떻게 됐을지도 궁금해진다. 대부분의 견주가 그렇듯 이 씨에게 그 개는 자식과도 같은 존재였다. 더구나 이 씨는 20년 전 부인과 헤어지고 자식들과도 연락을 끊고 살아가고 있었으니, 그 개는 이 씨에게 더더욱 각별한 존재였을 것이다. 실제로 이 씨는 개에게 정성을 쏟았다고 한다. 그리 넉넉한 형편이 아니었음에도 개에게 좋은 사료를 주고, 간식도 잘 챙겨줬을 뿐만 아니라 산책도 자주 시켰다고 한다. 개한테 중요한 것은 주인의 사회적 지위나 재산의 많고 적음이 아니라 자신에게 얼마나 관심을 쏟아주는가이니, 그 개에게 이 씨는 최고의 주인이었을 것이다. 그런 이 씨가 구속됐으니 혼자 남은 개의 삶은 나락으로 떨어질 수밖에 없다. 이 씨에겐 같이 사는 노모가 있지만, 이 씨의 나이로 추정컨대 노모가 개를 돌볼 수 있을 것 같지는 않다. 낫을 가지러 자기 집까지 150미터를 달려가는 동안 그가 단 한 번이라도 남겨질 개 생각을 했다면, 끔찍한 범죄를 막을 수도 있지 않았을까?

개를 키우다 보면 이런저런 일에 휘말린다. 개를 싫어하는 사람은 많고, 그들 중 일부는 견주에게 다가가 심한 말을 하기도 한다.

언젠가 내가 아파트 잔디밭에 개를 데리고 나갔을 때 한 할머니가 이렇게 따졌다. "왜 개를 데리고 바깥에 나오는 거냐. 그 개가 너한테나 귀엽지, 다른 사람들은 안 귀엽거든? 제발 눈에 띄지 않게 해줘." 그 당시 인성이 여물지 못했던 난 할머니에게 대들었는데, 지금 생각하면 아찔하다. 내 대응에 할머니가 혈압이 올라 쓰러지기라도 했다면? 꼭 나이 든 분이 아니라도 견주가 맞대응하는 것은 바람직하지 않다. 앞선 사례처럼 작은 시비가 폭력 사태로 이어질 수도 있으니 말이다. 순간의 분노를 참지 못해서 경찰서에 끌려가거나 맞아서 병원에 입원하는 것보다, 개와 시간을 보내는 게 더 좋지 않겠는가? 상대가 개를 발로 찬다든지 하는 극단적인 상황이 아니라면, 무조건 "죄송합니다"라고 하며 그 자리를 모면하는 게 가장 좋은 방법이란 얘기다.

견주가 아닌 분들도 지켜줬으면 하는 부분이 있다. 아무리 개가 싫다고 해도, 먼저 개를 때리진 말아 달라는 것이다. 2014년 서울 강서구에서 벌어진 사건을 보자. 오모 씨(61세. 여)는 어린 손자와 함께 개를 안고 엘리베이터를 탔다. 이를 본 김모 씨(39세. 남)는 "왜 개 목줄을 하지 않느냐"고 힐난하며 개의 머리를 때렸다. 오 씨는 개를 감싸며 김 씨의 얼굴을 향해 손을 휘둘렀고, 김 씨가 오 씨를 밀치는 등 몸싸움이 벌어졌다. 개를 엘리베이터 바닥에 놓은 것도 아닌데 목줄로 시비 걸며 개를 때린 건 좀 너무하지 않을까?

또 다른 사례. 2016년 경기도 고양시에 사는 서모 씨(43세. 여)는 반려견에 목줄을 한 채 산책을 나갔다가 박모 씨(44세. 남)를 만난

다. 술에 취해 있던 박 씨가 개를 만지려고 손을 뻗었는데, 서 씨가 만지지 말라고 만류하자 "만지지도 못하는 개××를 왜 데리고 다니냐"며 개를 발로 걷어찼다. 심지어 박 씨는 "어디 개××가 사람 길을 막느냐. 개×× 죽여버리고 돈 물어주면 된다"면서 도망가는 서 씨를 쫓아오며 폭력을 행사했단다. 두 사건 다 견주가 여성이라는 점이 의미심장한데, 이런 상황에서 견주에게 인내심을 요구하는 것은 무리일 성싶다.

동물과 관련된 법도 개정될 필요가 있다. 개로 인해 사람이 피해를 입을 경우 견주에게 커다란 액수의 배상금을 물게 하는 것도 필요하지만, 정당한 사유 없이 개를 때렸을 때도 그에 합당한 처벌이 뒤따라야 한다. 현행법상 반려견은 사유재산 취급을 받기 때문에 폭행을 당해 다친다 해도 '손괴죄'로 몇십만 원 정도의 벌금만 부과되고 마는데, 이로 인해 앞서 언급한 박 씨 같은 이가 마음껏 개를 때리는 게 아니겠는가?

개를 미워하는 분들, 님들에게 개를 사람처럼 여겨달라고 요구하진 않겠습니다. 하지만 다른 이가 개를 자식에 준할 만큼 예뻐할 수 있다는 것 정도는 이해해주십시오. 더불어 사는 사회이지 않습니까.

개를

키울
자격

반려동물 선진국인 독일에서는 개를 입양하기 위해선 자격증이 필요하다고 한다. 소위 '반려동물 자격증'이다.

독일 니더작센주는 2011년 7월 반려견을 키우는 데 필요한 자격증 제도를 도입했습니다. 반려견을 입양하기 전엔 이론시험을 보고, 입양한 후엔 실습시험까지 봅니다. 자격증뿐 아니라 반려견을 키우는 반려인들은 강아지세dog tax도 내야 합니다. 강아지 한 마리당 별도의 세금을 부과하는 건데요. 지역과 견종에 따라 세금이 달라 일 년에 약 90유로(14만 원)에서 600유로(77만 원)까지 다양합니다. 단순히 귀엽다는 이유로만 무책임하게 동물을 입양하는 걸 막으려는 겁니다.[8]

개를 싫어하는 소위 개혐들은 이런 기사에 신이 난다. "한국도 빨리 개에다 세금 부과하자!", "개빠들아, 말만 동물 보호 외치면서 막상 세금 내기는 싫지?" 하지만 해당 기사에 달린 댓글을 보면 소위 개빠들도 강아지세에 찬성인 것 같다.

> ma***: 세금을 더 내라면 내겠습니다. 대신 〈동물보호법〉 좀 강화해주시고 자
>   격 있는 사람만 키울 수 있게 해주세요.
> vb***: 세금 내겠습니다. 당당히 키우고 아이들을 보호할 수만 있다면요. 제발
>   펫숍에서 무분별한 입양 좀 자제해주세요.
> ha***: 세금 내고 자격증 시험도 보라고 하면 보겠습니다. 제발 〈동물보호법〉
>   강화해주세요.
> na***: 어떤 세금이라도 내라면 낼게요. 그 전에 독일처럼 동물복지제도 마련
>   과 〈동물보호법〉 강화부터 해주면 얼마든지 낼게요.

물론 이들은 세금을 내는 데 전제조건을 건다. 독일이 그러는 것처럼, 자신들이 낸 세금이 유기동물의 보호 등에 쓰이면 좋겠다는 것이다. 우리나라에서 세금이 제대로 쓰이는지에 대한 불신이 팽배해 있다는 걸 감안하면 저런 반응을 보이는 것도 당연하다. 하지만 그런 전제조건이 충족되지 않더라도 진정한 개빠들은 강아지세를 적극 지지한다. 왜? 다음 댓글을 보자.

> ar***: 세금 낼 테니 제발 키울 조건도 능력도 안 되는 분들이 반려동물 쉽게

　그러니까 반려견에게 붙는 세금은 충동적으로 개를 키우려는 사람에게 일종의 '허들'이 된다. 개빠들이 가장 문제 삼는 게 개를 쉽게 샀다가 쉽게 버리는 사람들이니, 이들이 세금 제도를 찬성하는 것도 당연하다. 하지만 이런 걱정도 된다. 세금 때문에 당장 키우던 개를 버리는 사람이 늘어나지는 않을까? 이는 몇 년 정도 유예기간을 두는 식으로 부작용을 최소화할 수 있으리라. 있던 세금을 없애는 것이라면 모를까, 세금을 새로 만드는 것인데 정부가 마다할 이유가 없다. 지금도 정부가 유기동물 관리에 상당한 돈을 쓰고 있는 현실을 고려하면 강아지세의 도입은 오히려 시급한 문제다.

　물론 키우는 개에 대한 세금을 내는 것이 개 키울 자격의 전부는 아니다. 개를 입양한다는 것은 가족을 하나 들이는 것이니만큼, 개를 키우기 전에 자신이 다음과 같은 조건을 갖추고 있는지 스스로에게 물어보시길 빈다.

　첫째, 가족 모두가 개를 좋아하는가?

　가정에 입양된 반려견은 가족 구성원 모두에게 사랑받기를 바란다. 그런데 그중 한 명이라도 개를 싫어하면, 그로 인해 개는 상처받는다. 사람이라면 '쟤는 원래 좀 이상하구나'라고 넘어갈 수도 있지만, 개는 야단맞으면 자신을 탓하는 존재다. 내가 뭘 잘못했구나 싶어 애교도 덜해지고, 마음속에 우울함이 싹튼다. 더구나 개를 싫어하는 사람이 집에 있는 시간이 많거나 절대적인 권력을 행사한다면, 그 우울은 좀 더 깊어질 수밖에 없다.

둘째, 무슨 일이 있어도 개를 끝까지 책임질 수 있는가?

가장 중요한 질문이다. 개한테는 입양된 가정이 자신의 우주고, 견주는 신이다. 그 우주로부터 축출됐을 때 개가 느끼는 절망감은 실로 엄청나다. 한 번도 주인이 자신을 버릴 거라는 생각을 하지 않았기에 충격은 더 클 것이다. 설마 아니겠지, 주인이 다시 날 데리러 오겠지, 라고 생각하며 자신이 버려진 곳을 떠나지 않는 개도 있다. 버려진 개는 그 개를 지켜보는 다른 개빠들에게도 고통 그 자체다. 이사를 한다, 결혼하게 됐다, 출산이 임박했다, 개한테 장애가 생겼다 등등, 삶의 어떤 변화에도 개를 버리지 않을 자신이 있는 사람만 개를 입양하자.

셋째, 개를 너무 오래 혼자 내버려 두지 않을 수 있는가?

아침에 나갔다가 밤늦게 돌아오는 사람이라면, 개를 키우지 않기를 권한다. 아무도 없는 집에서 그 개는 외롭고 또 불안하다. 짖는 개는 이럴 때 만들어진다. 물론 "혼자 살면 개도 못 키우냐?"고 항변하겠지만, 퇴근했을 때 외롭지 않기 위해 자신만 바라보는 한 생명을 외로움의 심연 속으로 빠뜨리는 것은 매우 이기적인 행위다. 게다가 혼자서 개를 키우면 본인이 없을 때 개가 아파도 도움을 청할 곳이 없다. 내가 아는 어떤 분은 퇴근해서 돌아와 보니 개가 죽어 있었다는데, 그는 아직도 그때의 일을 미안해한다. 무지개다리를 건너는 개에게 작별인사라도 해줬더라면 조금은 마음이 편했을 텐데 말이다.

넷째, 개에게 시간을 할애해줄 수 있는가?

사료와 물만 제때 준다고 견주로서의 의무를 다하는 것은 아니다. 이 책에서 몇 번이나 하는 얘기지만, 개는 집에만 있다 보면 우울해진다. 주당 2회 정도라도 개와 산책할 수 있어야 개를 키울 자격이 있다. 개 건강을 관리하는 데도 시간이 든다. 이를 닦아주고, 목욕을 시켜주고, 항문낭도 이따금 짜줘야 하고, 개가 아플 때 병원에도 즉각 데려가야 하니까 말이다. 이럴 시간적 여유가 없는 사람이라면 미안하지만, 개를 키우지 마시라. 개와 견주 모두 힘들어질 뿐이다.

다섯째, 개를 키울 경제적 능력이 있는가?

너무도 당연한 얘기지만, 개를 키우는 데는 돈이 든다. 사룻값, 간식값, 미용비 등등 평상시 드는 돈도 만만치 않지만, 무엇보다 병원에 데려가려면 돈이 제법 든다. 개 수술비로 50만 원을 지불할 수 있는가? 스스로에게 이 질문을 한 뒤, 그럴 수 있겠다는 사람만 개를 키우자.

마지막으로 자신이 왜 개를 키우려고 하는지 스스로에게 물어보시길 바란다. 심심해서가 그 이유라면, 가급적이면 키우지 마시라. 애인이 생겼다든지 결혼을 한다든지 함으로써 심심함이 사라지면 그 개는 버려질 가능성이 높다. 아이가 원해서도 마찬가지다. 아이가 자라서 더 이상 개를 원하지 않는다면 그때는 어떻게 할 것인가? 진정으로 개를 입양하려면 다음과 같은 마음이어야 한다. "내가 개를 정말 사랑하며, 개 없이는 못 살 것 같다." 아내와 난 이런 마음으로 개를 입양했고, 그렇기 때문에 개들은 물론이고 아내와 나 모두 행복할 수 있는 것이다. 그래서 다시금 묻는다.

"당신은 어떤 마음으로 개를 키우려는 건가요?"

개 입양,

몇 살까지
가능할까?

모 지역에 살던 A 씨는 일찍이 남편을 사별하고 홀로 지내고 있었다. A 씨에게는 세 명의 자녀가 있었지만, 그들은 살아생전 A 씨를 잘 모시지 못했던 모양이다. 그래서 A 씨는 늘 외로웠다. 사람 자식이 없는 내게 남들이 "나이 들어 외롭지 않겠냐?"고 묻곤 하지만, 자식이 있다고 해서 외롭지 않은 것은 아니라는 게 A 씨 사례에서도 드러난다. 외로움에 지친 A 씨는 개 두 마리를 길렀다. 정확히는 모르지만 A 씨가 70대 중반 무렵이었을 것이다. 그 개들이 온 후부터 A 씨는 더 이상 외롭지 않았다.

문제는 A 씨가 90세를 넘어 지병으로 돌아가시면서 발생했다. 자식들은 A 씨에게 장례를 치르면서 가시는 길을 애도해줬지만, 개들을 챙긴 사람은 아무도 없었다. 결국 개들은 빈집에 그대로 방치

되고 말았다. 개들은 배가 고팠다. 배설물을 치워주는 이도 없었기에 온 집에서 냄새가 진동했다. 하지만 개들을 더 괴롭힌 것은 자신들을 따뜻이 돌봐주던 주인의 부재였다. "음, 우리 주인님은 도대체 어딜 가셨담? 주인님, 다 용서할 테니 빨리 돌아오세요." 아마도 그 개들은 주인이 돌아오기만 하면 다시 원래의 삶을 살 수 있으리라 믿으며 하루하루를 견뎠으리라. 하지만 개들이 원하는 바는 이루어질 수 없었고, 결국 그 개들은 안락사를 당하고 만다.

A 씨의 자식들을 탓할 일만은 아니다. 고령에 혼자 살면서 개 두 마리를 키웠던 A 씨가 다른 누군가에게 "내가 잘못되면 개를 책임져달라"고 부탁했다면, 상황이 이렇게까지는 안 됐을 테니까. 그런데 그런 부탁을 하는 사람이 과연 얼마나 될까? 사람은 자신이 언제 죽을지 알지 못하며, 자신의 나이와 건강을 모른 채 현재의 외로움 때문에 개를 입양한다. A 씨의 경우처럼 세상에는 주인의 죽음 이후 버려지는 개들이 수도 없이 많다. 그중 일부는 다른 이가 거두어주기도 하지만, 그렇다고 해서 그 개들이 행복할 수 있을지는 잘 모르겠다. 나이 든 이들이 새로 개를 입양할 때 그 개를 끝까지 책임질 수 있을지 생각해봐야 하는 건 이 때문이다.

2011년 어느 날, 난 몸이 좋지 않다는 걸 느꼈다. 뭔가에 의해 배 속이 꽉 차 있어서 속이 거북했고, 몸도 으슬으슬 떨렸다. 새벽 1시쯤, 더 이상 안 되겠다 싶었는지 아내가 119를 불렀다. 알고 보니 내 부주의로 인해 열흘 전 위수술을 했던 곳이 터졌고, 거기서 출혈이 계속되는 바람에 장에 피가 가득 차 속이 거북했던 거였다. 몸이 떨렸던 건 혈액이 죄다 장 속에 있어서 다른 곳의 피가 모자랐던 탓이었다. 인근 병원으로 가서 응급조치를 받은 뒤 원래 다니던 단국대병원으로 옮겨졌다. 아내와 함께 구급차에 실려 천안으로 가는 동안, 난 집에 남겨진 개들을 생각했다. 당시 난 개 두 마리—예삐와 뽀삐—를 키우고 있었는데, 낯선 사람들이 와서 주인을 데려갔으니 개들이 굉장히 놀랐을 것이다. 게다가 앞으로 며칠간 집에 들어가지 못할 텐데 밥과 물은 어떻게 줘야 할지도 걱정됐다. 중환자실에 누워 있는데 면회시간이 되자 아내가 들어왔다. 내가 제일 처음 물어본 것은 개의 안부였다.

나: 개는?

아내: ○○(아내의 지인)에게 집 비밀번호 알려주고 다독거려달라고 부탁했어. 물그릇도 채워달라고 했고.

나: 그래도 밥은 줘야 하잖아. 나 걱정하지 말고 개한테 가봐.

아내는 나를 돌보는 와중에도 잠깐씩 짬을 내서 개한테 들렀다. 당시 난 서울에 살고 있었기에 아내는 천안과 서울을 수시로 오가야 했고, 그느라 매우 피곤한 나날을 보냈다. 운전 도중 너무 졸려서 휴게소에서 눈을 붙인 적도 있었다니, 별 사고 없이 그 시절을 넘긴 것은 다행스러운 일이었다. 내가 퇴원한 후 아내가 천안으로 이사하자고 한 것도 추후 또 입원했을 때 간병과 개 돌봄을 동시에 하는 게 힘들 것 같아서였다.

그때 이후 아내와 종종 이런 이야기를 나누곤 한다. 또다시 급한 일이 생기면 누구에게 개를 부탁해야 할지 말이다. 아내가 말했다. "근데 그 부탁이라는 게 의미가 있을까? 그게 일시적인 거라면 가능하겠지만, 계속 개를 맡아줘야 하는 상황이 생기면 어떻게 하지?" 아내 말이 맞다. 세상 어느 누구도 우리 개들을 우리만큼 예뻐하지 못한다. 남은 유산을 모두 그에게 준다는 조건으로 개를 부탁한다 해도, 마음이 없다면 아무리 예쁜 개도 천덕꾸러기일 수밖에 없다. 그래서 이런 결론을 내리게 됐다. 우리가 입양한 개보다 먼저 죽어선 안 되며, 부부도박단 같은 일로 둘이 동시에 감옥에 가는 일도 없어야 한다고. 그러다 보니 다음과 같은 결심도 하게 된다.

"우리가 살 수 있는 나이에서 개 수명을 뺀 나이 이후로는 새로운 개를 입양해선 안 된다."

평균수명을 75세로 잡고, 내가 운 좋게 그때까지 살 수 있다면, 새로운 개 입양이 불가능해지는 나이는 55세. 우리 집 막내 은곰이 이제 막 돌을 지났다는 것을 감안하면 우리에게 새로운 개는 이제 없을지도 모르겠다. 지금 개들이 마지막 개라고 생각하고 최선을 다하자. 그리고 되도록 몸조심하자. 우리 개들이 "아빠는 어디 갔을까?"를 궁금해하지 않도록 말이다.

3장
개주인으로
산다는 것

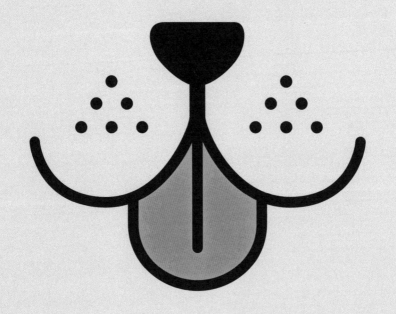

개공원이
필요하다

개공원이 왜 필요할까?

개를 키우면서 가장 힘들었던 게 바로 개 산책이었다. 집에 있는 시간이 많은 개들에게 산책은 유일하게 바깥공기 쐬며 기분 전환을 할 수 있는 때다. 개를 기른다면 최소한 주당 2~3회는 개 산책을 시켜주는 게 좋다.

문제는 개 산책을 어디서 하느냐다. 대부분의 견주들이 인근 공원을 선택한다. 공원은 많은 사람들이 이용하는 곳으로, 그중에는 개를 좋아하는 분들도 있지만, 싫어하는 분들도 상당히 많다. 목줄을 매는 등 안전장치를 해도 "왜 개를 데리고 오느냐?"며 견주들에게 불만을 표하는 경우가 있다. 게다가 반려견을 키우는 분들이 늘

다 보니 "공원이 개공원이 돼 사람은 도저히 산책할 엄두를 내지 못한다"며 개들의 공원 출입을 막아달라는 민원이 빗발친다. 모 식당 대표가 개에게 물려 죽은 사건이 이슈가 됐을 당시엔, 개 혐오적인 분위기가 만연해 산책할 엄두를 못 내기도 했다.

또한 개똥을 안 치우는 견주들이 있다 보니 다음과 같은 불만도 심심치 않게 제기된다. 뉴스 진행자의 말을 직접 들어보자. "요즘 산책을 갔다가 아차 잘못하면 개똥 밟는 실수를 하는 것이 흔한 일이 됐습니다." 개와 사람의 공존이 힘들다면, 개들만 따로 격리하는 건 어떨까? 개공원의 필요성이 대두되는 건 이 때문이다.

견주들에게 개공원은 꿈같은 장소다. 사람을 만날까 봐 신경 쓰지 않아도 되는 것도 좋지만, 개들이 목줄에서 벗어나 마음껏 뛰놀 수 있다는 게 최대 장점이다. 어느 이용자의 후기를 보자. "개에게 자유를 선사해준 게 가장 큰 보람입니다. 한 시간 걸려서 온 보람이 있어요." 개들은 다른 개를 만나 어울리는 과정에서 사회성도 기를 수 있고, 다른 개들이 싸질러놓은 소변 냄새를 맡으면서 흐뭇해하기도 한다.

내가 사는 천안에는 '도솔공원'이라는 개공원이 생겼다. 난생처음 간 개공원은 별천지였다. 벤치에 편안히 앉아서 개들이 노는 광경을 보고 있노라면 저절로 힐링이 된다. 그러다 보니 견주들의 정기모임도 종종 개최된다. 개들은 개들끼리 놀고, 사람은 사람끼리 담소를 나누는 풍경은 참으로 아름다웠다.

하지만 다음과 같은 반론을 제기할 분들이 생기기 마련이다.

"사람이 휴식할 공간도 부족한데 개공원을 만들어? 돈이 썩었냐?" 친안에 개공원이 생길 때 반대하는 목소리가 높았던 것도 이런 취지였으리라.

개공원은 윈윈이다

하지만 발상의 전환을 해보면, 개공원은 오히려 개를 싫어하는 분들에게 더 이익일 수 있다.

첫째, 개는 예측이 안 되는 동물이다. "우리 개는 안 물어요"라는 얘기는 '지금까지 안 물었다'는 뜻일 뿐, 앞으로도 안 문다는 보장이 되지 못한다. 실제로 개한테 물리는 사람의 숫자가 매년 2,000여 명에 달하니, 개 싫어하는 분들이 볼멘소리를 할 만도 하다. 그런데 개공원이 생긴다면, 그래서 개 산책을 개공원에서만 해야 한다면, 오히려 그분들이 쌍수 들고 환영할 일이 아니겠는가?

둘째, 불필요한 충돌을 피할 수 있다. 다음 기사를 보자.

푸들을 키우는 A 씨는 "반려견 목줄을 채우고 공원에 산책을 나갔는데 할아버지 한 분이 다짜고짜 '견충'이라고 욕하며 강아지를 발로 찼다"며 "이후 산책을 못 나가고 있다"고 토로했다. 포메라니안 견주 B 씨는 "반려견과 산책하는데 마주 보며 오던 아주머니가 갑자기 개를 가리키며 소리를 지르자 우리 개도 놀라서 짖기 시작했다"며 "한참을 소리 지르던 아주머니가 나에게 제정신이냐며 개를 왜

데리고 나오냐고 면박을 줘 당황했다"고 말했다.[1]

이런 식의 다툼은 꽤 자주 일어난다. 싸움이 벌어지면 피차 좋을 게 없다. 나도 이런 일을 워낙 여러 번 겪어서 알지만, 견주 입장에서 한 번 그런 일을 겪으면 불쾌한 기분이 여러 날 계속되고, 그 장소에 다시 가기가 꺼려진다. 싸움이 반갑지 않은 건 개 싫어하는 분들도 마찬가지다. 타인에게 싫은 소리를 하려면 큰 용기가 필요한데다, 상대가 수긍하면 모를까, 반발이라도 한다면 기분이 나빠지지 않겠는가? 앞의 기사에서 언급된 것처럼 나이가 드신 분이라면, 혈압이 올라 쓰러지실 수도 있다!

셋째, 개를 공원에서 내쫓을 수 있다. 해당 공원에 개공원이 따로 없다면 사람이 다니는 곳에서 개 산책을 시킨다고 해서 뭐라고 하는 게 어렵다. "그럼 개들은 공원에서 산책도 못 하냐?"고 따지면 달리 뭐라 할 말이 있겠는가? 하지만 개만을 위한 시설이 인근에 있다면 견주들에게 "이곳은 사람이 다니는 용도니 나가라"고 당당히 요구할 수 있다. 이 밖에도 공원에서 개똥을 발견해 비위 상할 필요가 없다는 점 등 장점이 한둘이 아니다. 이쯤 되면 윈윈이라 불러도 무방하지 않을까?

미국과 유럽 등 개 키우는 게 일종의 문화로 자리 잡은 나라에선 개공원이 흔하다. 나도 처음에는 천안이 땅값이 싸서 개공원이 생겼구나, 생각했는데 2천4백만 마리의 개가 우글거리는 일본에는 전국에 740개의 개공원이 있다고 하고, 땅값이 만만치 않은 뉴욕만 해도 개공원이 137개가 있단다. 다음은 뉴욕에 있는 퀸즈 개운동장에 관한 기사다.

> 한국에서는 좀처럼 찾아보기 어렵지만, 애완·반려견이 흔한 미국이나 유럽 일부 국가에 가면 쉽게 볼 수 있는 것 가운데 하나가 개운동장dog run이다. 운동이나 놀이가 필요한 개들을 위해 사람들이 사용하는 공원용지 일부를 개들만을 위한 전용 공간으로 만든 것이 개운동장이다. 개공원, 개놀이터라 부르기도 한다. 이곳에는 대개 화장실과 식수대, 놀이기구 등이 갖춰져 있다. 심지어 일부 개운동장은 큰 개와 작은 개가 따로 놀 수 있도록 분리된 공간을 갖추고 있거나, 수영장까지 있다.[2]

기사에서 보듯 개공원은 만드는 데는 그렇게 큰돈이 들지 않는다. 공원의 한구석을 개공원으로 정한 뒤 펜스를 두르고 식수대와 간단한 놀이기구를 놓으면 끝이다. 기사에서는 '심지어'라고 표현했지만, 이왕 만든다면 중소형견과 대형견 놀이터를 따로 두는 게 좋다. 개들끼리 싸우다 다치기라도 하면 골치 아파지니 말이다. 내가 다니는 도솔공원은 이 조건을 다 갖춘 개공원으로, 이용객이 제법 많다. 장소가 좀 협소하긴 해도 그게 어딘가? 개들이 뛰노는 모습을 본 애견인들은 입을 모아 말한다. "이런 놀이터가 동네마다 있으면 얼마나 좋을까요?" 그래서 말씀드린다. 반려견 천만시대, 개들은 개공원이 필요합니다. 윈윈이라니까요.

―   내 세금으로 개공원을 만들자고?

　신문에 개공원의 필요성을 적은 글을 올린 뒤, 글에 달린 이 댓글을 보고 역시나 했다. 우리나라에는 사람만 사는 게 아니고, 여러 동물이 공존하고 있다. 개는 그 대표적인 동물. 그렇다면 국가가 이들을 위해 돈을 쓰는 게 꼭 어이없을 정도의 일은 아니다. 게다가 저 논리에는 결정적인 허점이 있는 것이, 개를 키우는 이들도 엄연히 세금을 내고 있다는 사실이다. 돈에 이름이 있는 것은 아니지만, 저분의 논리대로 따진다면 개공원은 개 키우는 사람들의 세금으로 만드는 것일 수도 있다. 게다가 난 댓글에서 '혈세' 운운하는 분들 중 세금을 아주 많이 내는 분을 본 적이 없다.

　만일 그렇게 세금이 걱정된다면 다음과 같은 방식도 가능하다. 앞서 소개한 뉴욕 퀸즈 개운동장의 경우 비싼 땅값으로 인해 짓는 비용이 100만 달러(약 11억 원)나 들었다고 한다. 이건 어떻게 충당했을까? 개운동장은 공공시설이기 때문에 자치단체인 시가 건설 비용을 부담하지만, 상당 부분은 기부금 등으로 충당했다고 한다. 우리나라도 자치단체가 비용을 다 내지 말고 이런 방식을 도입하는 것도 좋을 듯하다. 그렇게 개운동장을 짓는다면 견주들도 좀 더 당당할 수 있고 말이다. 만일 기부금이 안 걷힌다면? 그건 필요성이 없다는 것으로 인식하고 짓지 않으면 된다.

—　땅도 좁은데 개를 위해 공원을 짓자고?

우리나라가 좁은 것은 인구 대부분이 수도권에 몰려 있어서다. 도심에서 외곽으로 나온다면 인구밀도가 급격히 낮아지고, 개공원이라는 게 아주 그렇게 큰 공간을 필요로 하는 게 아니니, 충분히 지을 만하다.

마지막으로 위 댓글과 일맥상통하는 댓글을 소개한다.

—　(내 글이 연재되는) 한겨레가 본사 터 헐어서 강아지공원 만들자! 가즈아~

개혐오를 표출함으로써 즐거워하는 분들이 이 나라엔 너무도 많다.

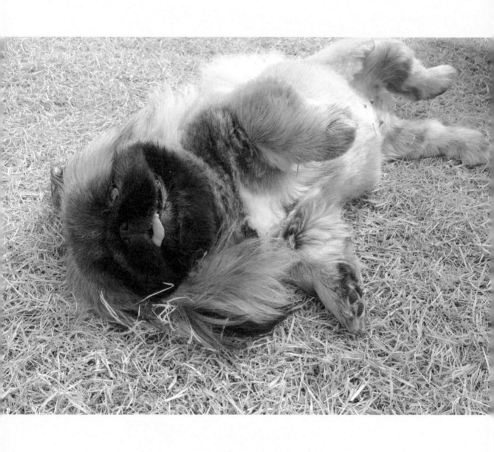

주인님,

개똥
치우셔야죠

개가 산책을 한다. 견주가 앞서가고 목줄을 맨 개는 뒤에 따라간다. 오랜만의 산책이라 개는 기분이 좋다. 여기저기 둘러보며 냄새를 맡으려는데, 앞만 보고 가는 견주가 무심히 줄을 당긴다. "아, 저 냄새 꼭 맡고 싶은데." 아쉽지만 개는 견주에게 끌려간다. 그런데 갑자기 쉬야가 마렵다. 민감한 녀석이라 쉬야를 하려면 적당한 곳을 물색해야 하는데, 개의 속을 모르는지 견주는 스마트폰에만 눈을 고정한 채 계속 갈 길을 간다. 할 수 없이 개는 기회를 봐서 찔끔찔끔 소변을 봤다. 그래도 개는 견주를 원망하지 않는다. "이렇게 가끔이나마 밖으로 데려와 주는 게 어디야? 나 정도면 주인 잘 만난 거야." 그런데 큰일이 생겼다. 응가가 마렵다. 개는 예민한 동물이라 적당한 곳을 물색한 뒤 몇 바퀴 주변을 돌아야 일을 볼 수 있는데,

견주는 여전히 개를 보려 하지 않는다. 개의 입에서 드디어 볼멘소리가 나온다. 우씨, 너무하잖아. "저기요, 똥 좀 싸고 갑시다!"

펫티켓

실제로 개 산책을 나가는 견주 중엔 이런 분들이 꽤 있다. 이해가 안 가는 것은 아니다. 개 산책을 하는 김에 자신도 운동한다면 일석이조 아닌가? 하지만 그건 인간의 입장일 뿐, 개의 의견은 다를 수 있다. 언제든 마음대로 외출할 수 있는 견주와 달리, 개는 견주가 허락해줄 때만 잠깐 바깥공기를 쐴 수 있다. 집에 같이 있는 내내 견주만 바라보고, 혼자 있을 때는 견주가 오기만을 기다리는 개의 충성스러움을 생각한다면, 개 산책을 나가는 그 시간만이라도 개를 위해 써주는 게 맞다. 개 뒤에서 걸으며 개가 다른 개들의 냄새를 맡고, 쉬야 하는 걸 넉넉하게 지켜봐 준다면, 개에게 쌓인 스트레스가 싹 풀릴 테니 말이다. 하지만 개의 동태를 살펴야 하는 이유는 이것 말고도 또 있으니, 바로 응가 때문이다.

내가 사는 아파트에는 비교적 괜찮은 잔디밭이 있다. 차량이 지하로만 다니는 아파트라 그 잔디밭에서 개 산책을 시키는 분들이 많은데, 개를 풀어놓고 자신은 다른 일을 하는 경우를 종종 본다. 음식물 쓰레기를 버리거나 은행 ATM기에서 돈을 찾는다든지, 그게 아니면 벤치에 앉아 스마트폰을 들여다본다. 자유롭게 돌아다니는 개가 다른 이에게 위협이 될 수 있다는 것도 문제지만, 이런 분들이 자기 개의 똥을 치우지 않는다는 것도 큰 문제다. 개를 보고 있지 않으니 똥을 어디다 쌌는지 모르고, 모르기 때문에 치우지 않는다. 이유는 알 수 없지만 줄을 매고 개를 산책시키는 견주 중에도 개똥을 치우지 않는 분들이 제법 있어서, 잔디밭을 지나다 보면 개똥의 향연을 어렵지 않게 발견할 수 있다. 나처럼 개를 사랑하는 사람도 남의 개똥을 보면 짜증이 나는데, 개를 싫어하는 사람이 본다면 오죽하겠는가?

개 산책을 위한 공간인 개공원에서도 같은 문제가 발생한다. 내가 개들을 데리고 산책 가는 개공원에는 쓰레기통이 없고, 대신 다음과 같은 푯말이 있다. '개의 배설물은 반드시 수거해 가세요.' 개똥을 집에 가져간 뒤 종량제봉투에 넣어 버리라는 얘기. 하지만 그렇게 하는 사람들이 과연 얼마나 될까? 몇몇 사람들이 공원의 철망 바깥에 개똥이 담긴 비닐을 버리기 시작했다. 그게 '길'이 됐는지 다른 이들도 그곳에 개똥을 던졌다. 석 달이 지났을 무렵, 철망 바깥엔 높이가 제법 되는 개똥산이 만들어졌다. 그 산을 지켜보고 있자니 슬슬 걱정이 됐다.

'여름이 되면 개똥산에서 나는 냄새가 주변으로 퍼져나가고 주변에 벌레도 들끓을 텐데, 그러면 개공원을 없애라는 민원이 빗발치지 않을까?'

그런데 세상 어딘가에는 의인이 있기 마련. 어느 날 한 견주께서 다른 두 분의 도움을 받아 그 개똥산을 없앴다. 이를 위해 100리터 쓰레기봉투 9개가 필요했다니, 얼마나 힘들었을까? 그분의 소감을 들어보자.

"저도 더러워요. 비위 상해 토할 뻔했어요."

의인의 힘으로 깨끗한 개공원이 만들어졌다면, 그 뒤부터는 같은 사태가 일어나지 않도록 노력하는 게 일반인들이 가져야 할 최소한의 도리다. 그 의인도 "두 번은 못 치울 것 같아요"라고 했으니 말이다. 하지만 개공원엔 개똥이 다시 하나둘씩 늘어나기 시작했는데, 문제는 역시 견주들의 무관심이었다. 견주들은 개를 관찰하는 대신 자기들끼리 담소를 나누거나 스마트폰을 들여다봤다. 개똥을 치우는 분들이 없었던 것은 아니지만, 개똥이 든 비닐을 집에 가져가지 않고 개공원에 버리고 사라진 분들도 많았다. 일부는 매우 창의적인 방법을 썼다. 공원 측에서 개똥 수거용 비닐을 박스에 비치해놨는데, 바로 그 박스에 개똥을 집어넣은 것이다. 한 명이 먼저 시작하자 그게 길이 돼서 다음 사람이 따르고, 또 다른 사람이 따르게 됐다. 그 결과 비닐이 들어 있어야 할 박스엔 개똥이 잔뜩 들어 있게 됐다.

개를 기르는 것은 쉬운 일이 아니다. 개를 먹이고 재우고 놀아줘야 하며, 가끔 병원이나 애견미용실에 데리고 가야 한다. 모두 시간과 돈이 드는 일이다. 하지만 제대로 된 견주가 되기 위해선 이것만으로는 부족하다. 자기 개의 똥은 자신이 치우는, 최소한의 '펫티켓'을 지켜야 한다. 견주 한 사람의 비양심이 숱한 견주들을 욕 먹이고, 개를 혐오하는 이들에게 주장의 명분을 제공한다.

한 가지 더. 개 산책을 할 때는 제발 개만 보자. 개똥이 어디로

도시공원 및 녹지등에 관한 법 제49조 1항
동반한 애완동물의 배설물을 수거하지 아니하고 방치하는 행위 5만원의 과태료 부과

동물보호법 제47조 2항
제13조제2항을 위반하여 안전조치를 하지 아니하거나 배설물을 수거하지 아니한
소유자등에게 10만원 이하의 과태료 부과

천 안 시

투척되는지를 알아야 펫티켓도 지킬 수 있으니까.

내가 이용하는 개공원

개공원은 크게 공설과 사설로 구분된다. 공설은 시에서 만들고 운영도 시에서 하는데, 당연히 무료다. 개공원을 전담하는 관리인도 없다. 견주가 개똥을 안 치우면 공원이 똥밭으로 바뀔 위험성이 있다는 얘기다. 실제로 내가 다니던 도솔공원이 몇 달 후 그런 상태로 변했다. 시간을 내서 산책하는 건데 굳이 개똥밭에 갈 필요가 있을까? 이런 생각을 하다 보니 개공원에 가기가 점점 꺼려졌다.

그래서 찾아낸 곳이 사설 개공원이었다. 아산시에 있는 '도그파크'가 바로 그곳이다. 사설 개공원은 대부분 도심 외곽에 있다. 개인이 비싼 땅값을 부담하기 힘들기 때문이다. 우리 집에서 도그파크까지 가려면 차로 30분가량 소요된다. 사설이니 당연히 입장료도 받는데, 사람과 개 모두 1인당 5천 원이다(대형견은 7천 원). 아내와 내가 1만 원, 여기에 개 6마리를 더하면 한 번 가는 데 4만 원이 든다. 왕복 60킬로미터 기름값은 제외한 금액이니, 부담될 수밖에 없다.

하지만 사설의 좋은 점은 그 돈에 걸맞은 서비스를 제공한다는 것. 아산 도그파크도 마찬가지였다. 일단 면적이 넓었다. 도솔의 쥐꼬리만 한 공간에도 감격했는데, 도그파크의 널따란 잔디밭을 봤을 땐 눈물이 나올 뻔했다. 게다가 관리하는 분들이 수시로 개똥을 치워주니, 어쩌다 개똥을 만날 수는 있을시언정 적어도 그곳이 개똥밭이 될 확률은 낮았다. 비싼 입장료 때문에 사람의 발길이 드물다는 것도 내게는 장점이었다. 그 넓은 도그파크에서 우리 집 개들만 뛰놀고 있을 때면 흐뭇함이 온몸을 휘감았다.

하지만 한 번 오고 갈 때마다 많은 시간이 걸리고 입장료가 비싸다는 점은 나로 하여금 새로운 곳을 찾아내도록 했는데, 그렇게 해서 찾은 곳이 바로 '개떼놀이터(이하 개떼)'다. 이곳도 아산에 있긴 하지만 천안과 그리 멀리 떨어지지 않아 거리상으로 가깝다. 개떼는 도그파크에 비해 면적은 좁지만, 그래도 도솔공원과 비교할 수준은 아니다. 개떼의 가장 큰 특징은 인조잔디라는 점이다. 인조잔디라서 어떤 차이가 있을까? 도그파크나 도솔공원처럼 소변이 흙 속으로 스며드는 대신, 인조잔디에 머무르게 된다. 개가 다 그런 것은 아니지만 산책하는 목적이 다른 개의 소변 냄새를 맡기 위함인 개들도 있기 마련이다. 우리 집 팬더가 바로 그런 개인데, 그래서 팬더는 개떼에 가면 신이 나서 혼자 잘 돌아다닌다. 평소 운동이 부족하고 공놀이에도 그다지 관심을 보이지 않는 팬더이기에 가끔이라도 개떼에 가야 한다.

개떼의 장점은 이것만이 아니다. 사실 가장 큰 장점은 값이 싸다는 것이다! 사람 수만큼만 돈을 받고(1인당 1만 원) 개는 몇 마리를 데려가도 돈을 안 받는다. 게다가 사람에게 커피 등 각종 음료수를 제공하기까지 하니, 얼마나 좋은가? 개떼에서는 식사도 파는데, '마약불고기'는 맛도 근사해 그 집의 대표 메뉴로 사랑받고 있다. 그래서 요즘엔 도솔은 아예 안 가고, 한 달에 개떼는 6번, 도그파크 2번 정도 가고 있다. 개 산책에 드는 돈만 20만 원. 여러 마리의 개를 키우는 건 이렇게나 돈이 든다.

무는 개의

기억

중2, 첫 번째

중2 때, 교생 선생님 집에 놀러 갔다. 그 집에는 당시 많이 키우던 셰퍼드 한 마리가 묶여 있었다. 예나 지금이나 난 개를 보면 어쩔 줄 몰라 한다. 같이 간 친구들은 당시 우리 반 아이들의 우상인 미녀 선생님 앞에서 헤벌레하고 있었지만, 내 관심은 오로지 개에 있었다. 난 그 녀석과 친해지고 싶었다. 게다가 난 집에서 셰퍼드를 키운 경험이 있었기에 무서워할 까닭이 없었다. 난 셰퍼드와의 간격을 점점 좁혔고, 셰퍼드 머리가 손에 닿을 만한 위치까지 다가서는 데 성공했다. 머리를 쓰다듬으려는 순간, 녀석이 날 공격했다.

그 뒤의 일은 드문드문 기억난다. 난 머리에서 피를 흘리며 울고 있었고, 교생 선생님의 오빠가 나와서 셰퍼드를 발로 찼다. 같이 간 친구가 "그러지 마세요"라고 말리던 장면도 기억난다. 옷에 피가 묻어서 교생 선생님이 그 옷을 빨던 장면도 잊을 수 없다. 그때는 중고등학생들이 머리를 빡빡 깎던 시절이라 머리에 상처가 더 쉽게 났을 것이다. 집에 돌아가자 부모님이 그 상처가 어디서 생겼는지 물으셨지만 난 그냥 넘어졌다고 둘러댔다. 그때는 몰랐지만 아마도 교생 선생님은 그 사건으로 인해 곤혹스러웠을 것이다. 교권이 지금과 비교도 안 되게 높았던 시절이라 해도, 학생이 교생 집 개한테 물린 일은 제법 큰 사건이 아니었을까. 그렇게 본다면 넘어져서 머리를 다쳤다는 말도 안 되는 변명을 했던 건 바람직한 선택이었다.

하지만 이렇게 자위할 일만은 아니다. 엄밀히 따졌을 때 그 사건은 전적으로 내 잘못에서 기인한 것이기 때문이다. 개는 묶여 있었다. 그리고 지금도 똑똑히 기억나는 것은 그 셰퍼드가 꼬리를 간간이 흔드는 걸 제외하면 시종일관 내게 적대감을 드러냈다는 점이다. 무섭게 째려보는 것은 당연했고, 이를 드러내고 으르렁거리기도 했다. 그건 다가오면 물겠다는 명백한 신호였다. 난 개가 보낸 신호들을 다 무시한 채 다가갔다. 이렇게 본다면 그 개는 나를 물기 전까지 대단히 많은 인내를 한 셈이다. 다음과 같이 말이다.

— 저리 가! 난 네가 싫어.
— 가라니까 왜 자꾸 다가와. 더 오면 물어버린다.
— 마지막 경고야. 으르렁!

—　　　더는 안 되겠어. 에잇! 이빨 맛을 봐라!

—　　　으악!(마지막은 내 비명이다).

　　많은 이들이 개에게 물린다. 통계에 따르면 한 해에 2천여 명 정도가 개에게 물려 병원에 온단다. 다 그런 것은 아니지만, 그 사건들 중 일부는 개의 의사를 무시한 채 사람이 다가섰기 때문에 생긴다. 2018년 말에 일어난 다음 사건은 내 중2 시절이 생각나 더욱 안타깝다.

　　초등학생이 진돗개에 물려 크게 다치는 사고가 일어났습니다. 어제 오전 11시 반쯤 충남 당진시 읍내동에서 11살 여자 어린이가 이웃이 키우던 개에 손목 등을 물려 크게 다쳤습니다. 개는 목줄이 채워져 있는 상태였고 피해자가 머리를 쓰다듬는데 갑자기 공격한 것으로 전해졌습니다.[3]

　　귀여운 아이가 있다고 다가가 만지는 게 허용되지 않듯이, 개가 아무리 귀엽다 해도 억지로 만지지 않는 매너가 필요하다. 특히 개를 좋아해 무턱대고 다가가는 아이라면 이에 대해 반드시 숙지하도록 해야 한다. 만져도 된다고 견주가 동의하면 얘기가 다르지만, 그럼에도 불구하고 견주라고 해서 자기 개의 상태를 다 아는 것은 아니다. '우리 개는 안 물어요'가 비아냥거림의 소재로 쓰이는 것도 그 때문이지 않은가? 정 개를 쓰다듬고 싶다면, 개를 자세히 관찰하시라. 개가 고개를 다소곳이 돌린 채 자신을 째려본다면, 그러면서 개의 양쪽 입꼬리가 위로 말려 올라간다면, 더 이상의 접근을 중단 하시라. 그 개는 분명 낯선 사람의 접근에 두려워하고 있으니까 말 이다.

줌2, 두 번째

하지만 아무 잘못도 하지 않았는데 개한테 물리는 일도 있다. 예 컨대 다음 사례를 보자.

경북 안동에서 60~70대 3명이 개에 물려 부상을 입었다. 8일 안동 경찰서와 소방서에 따르면 지난 7일 오후 7시 30분쯤 안동시의 한 주택에서 ㄱ 씨(77세)가 기르던 몸길이 120cm~130cm의 개(셰퍼드와 진돗개 교배종)에 ㄱ 씨와 ㄴ 씨(71세) 부부가 손 등이 물려 병원에서 치 료를 받았다. ㄴ 씨 부부는 이날 ㄱ 씨 집에 놀러 갔다가 목줄이 풀 린 개에게 갑자기 공격을 받아 부상을 당했다. 주인 ㄱ 씨도 ㄴ 씨 부부를 물려던 개를 제지하다 다친 것으로 알려졌다.[4]

갑자기 달려든 개에게 물린 부부가 얼마나 당황했을지 생각하 면 마음이 아프다. 이 경우 부부에겐 아무런 잘못이 없다. 개가 나쁘 다. 하지만 이 개가 이렇게 무는 개가 된 데는 주인의 잘못도 있다.

다시 내가 중2 때 겪었던 일을 떠올려보겠다. 이번엔 내가 가해자인 이야기다. 당시 난 마당 있는 집에 살았다. 마당에는 철창으로 둘러싸인 커다란 개집이 있었는데, 그 안에는 '조리'라는 이름의 진 돗개가 살았다. 가족들이 집에 올 때마다 조리는 엄청난 점프력으로 껑충껑충 뛰며 반가움을 표시하곤 했다. 철창 안에서 계속 지내는 것이 안쓰러워, 아주 가끔씩 우리 가족들은 조리를 풀어줬다. 그러다 가끔씩 사고가 터졌다. 풀어놓는 와중에 대문이 열리기라도 하면 조리는 잽싸게 바깥으로 도망쳐버렸다. 워낙 빨라서 잡을 겨를조차 없었는데, 다행히 조리는 매번 알아서 집에 들어왔다. 그때는 지금처럼 골목길에 차가 없을 때라서 이런 일이 가능했을지도 모르겠다.

조리와 관련된 악몽은 중2 때 처음으로 시작됐다. 당시 시험 기간이었기에, 난 옥상에 올라가서 공부하고 있었다. 어디선가 비명 소리가 났다. 난 초연하게 계속 공부를 했다. 어차피 우리 집에서 일어난 일도 아닌데, 라고 생각했던 모양이다. 지금 생각하면 매우 부끄럽지만, 그때의 난 그런 아이였다. 비명은 계속됐지만 나는 개의치 않고 공부했다. 그로부터 30분 뒤, 비명의 근원을 알게 된 난 망연자실했다. 그 소리는 내 여동생의 것이었다.

사연은 이랬다. 여동생은 평소 친했던 자기 친구를 우리 집에 데려왔다. 그런데 하필이면, 누가 그랬는지는 모르겠지만, 마당에는 조리가 풀린 채로 있었고 여동생 친구가 대문 안으로 들어오자마자 조리가 덤벼들었다. 여동생 친구가 넘어지지 않았기에 물린 곳은 다리에 그쳤지만, 조리는 그녀를 계속 물고 늘어졌다고 한다. 내가 그 비명을 남의 일로 생각하지 않았다면 사태는 좀 더 일찍 마무리될 수 있지 않았을까? 말은 이렇게 하지만 사실 나도 조리가 두려웠던 적이 한두 번이 아니다. 갑자기 그 녀석이 눈을 빛내며 달려들어서 걸음아 날 살려라 도망가기도 했다. 또한 조리는 언젠가 집에 놀러 오신 할머니를 물기까지 했으니, 마당에 함부로 풀어놓을 개는 아니었다.

나나 할머니야 우리 가족이니 좀 다르겠지만, 아끼던 딸이 개한테 물렸다는 것을 전해 들은 그 집 부모님의 마음은 어땠을까? 이건 백퍼센트 우리 잘못이었기에 늘 꼿꼿하시던 아버지도 그 집에 가서 죄송하다며 거듭 머리를 조아려야 했다. 지금이었다면 인터넷에 이와 관련된 뉴스가 나왔을 테고, 사람들은 댓글로 견주를 욕했으리라.

폐쇄적 환경이
무는 개를 만든다

나의 첫 번째와 두 번째 사례에서 주목할 점이 있다. 교생 집에 있던 셰퍼드는 묶여 있었다. 내가 키우던 조리는 좁은 철장 안에 갇혀 있었다. 그렇게 개를 키우는 게 그때는 너무도 당연했지만, 이전에 말한 것처럼 폐쇄적인 환경에 방치했을 때 무는 개가 만들어지는 법이다.

조리만 봐도 그렇다. 가족들이 집에 오면 조리는 어서 달려가 스킨십을 하고 싶지만 가족들은 갇힌 그를 무심히 지나쳐 집으로 들어갔다. 조리는 껑충껑충 뛰면서 자신의 안타까움을 표현했지만 그 행위에 주목한 가족은 별로 없었다. 그 안타까움은 점점 분노로 변했고, 조리는 혼란스러운 틈을 타서 밖으로 나가기 시작한다. 그때라도 내가 조리를 데리고 산책이라도 자주 시켰다면 좋았겠지만 우리 가족은 그 신호를 무시했고, 조리는 결국 다른 사람을 무는 개가 됐다.

이건 조리에게도 좋지 않았다. 일련의 사고 때문에 조리는 우리와 끝까지 함께하지 못했다. 아버지는 아는 분에게 조리를 넘겼다. 그분은 조리를 강원도 어딘가로 데려간다고 했다. 난 조리에게 잘 가라고 손을 흔들어줬는데, 그게 우리 이별의 전부였다. 이 일을 떠올리면 내가 진짜 개를 좋아했는지 의심이 들기도 하고, 조리가 날 물려고 덤볐던 것도 괜한 짓은 아니었다. 훗날 저세상에서 조리가 날 만나면 보복하겠다며 달려들지는 않을지, 갑자기 사후 세계가 걱정된다.

그때의 실수를 지금은 반복하지 않는다. 아무리 시간이 없어도, 그리고 아무리 개가 많아도, 아내와 나는 일주일에 최소 두 번은 개 공원에 놀러 간다. 평소에도 아낌없이 사랑을 주지만, 개한테 필요한 것은 그것만이 아니다. 따사로운 햇볕과 다른 개들의 쉬야가 묻어 있는 땅, 이런 곳을 마음껏 돌아다니며 개들은 스트레스를 푼다. 당연한 얘기지만, 이런 개들은 사람을 물지 않는다. 오히려 낯선 사람에게도 예뻐해달라며 배를 보이며 벌렁 드러눕는다. 어린아이가 너무 심하게 만지면? 그럴 때도 우리 개들은 사람에게 으르렁대지 않는다. 그 대신 아이가 잡을 수 없게 멀리 도망치거나, 유모차 아래로 숨어버린다. 그래서 우린 자신 있게 말할 수 있다. "저희 개들은 절대 안 물어요. 제 말을 전적으로 믿으셔야 합니다."

개
입마개는
최선인가?

2015년 3월, 집 주변 놀이터에서 혼자 놀던 A 양(당시 7세)은 이웃 주민이 데리고 있던 개에게 다가갔다. A 양은 좋은 마음으로 다가갔지만, 개는 야속하게도 아이에게 달려들었다. 개주인이 목줄을 놓치는 불상사까지 겹치면서 A 양은 얼굴과 가슴을 개한테 물렸고, 그로 인해 18일 동안 병원에 입원하면서 수술까지 받아야 했다. 그로부터 3년 뒤, 판사는 개주인에게 6,400만 원을 지급하라고 판결했다. 이는 개가 사람을 물었을 때 그 주인에게 책임이 있다는 걸 보여준, 지극히 정상적인 판결이었다.

다만 판사의 설명 중 곱씹어볼 대목이 두 가지 있다. 판사는 개주인이 '입마개 등 안전장치를 하지 않았다'는 것을 판결의 이유로 들었다. 개는 위험한 동물이므로 목줄은 물론이고 입마개까지 해야 한다는 그의 생각은 많은 이들에게 공유되고 있다. 특히 모 식당 대표가 개한테 물려 숨지는 안타까운 사건이 벌어진 뒤부터는 입마개에 대한 인식이 널리 확산됐다.

그렇다면 개는 정말 위험한 동물일까? 통계를 보면 그런 것 같다. 소방청 자료에 의하면 개에 물려 병원에 이송된 사람의 수는 2015년 월평균 153.4명, 2016년 175.9명, 2017년 187.5명이었다. 소방청이 병원으로 이송한 경우만 집계한 수치니, 실제로 물리는 경우는 더 많을 것이다. 통계에 의하면 연간 2천여 명이 개한테 물린다니, 결코 무시할 숫자가 아니다. 사람들이 부쩍 입마개 타령을 하는 것도 다 이 때문이다. 현행 〈동물보호법〉에서는 도사견, 아메리칸 핏불테리어, 아메리칸 스태퍼드셔테리어 등 총 다섯 종을 맹견으로 분류하고 입마개를 하도록 규정하고 있으며, 이를 어길 시에는 50만 원의 과태료를 부과한다.

하지만 일부 사람들은 이런 개들 말고도 '모든 개'에게 입마개를 씌우라고 목소리를 높인다. 이는 정당한 요구일까? 난 무조건적인 입마개가 일종의 개 학대라고 생각한다. 내가 개 입마개를 반대하는 이유를 적어본다.

첫째, 개는 땀샘이 따로 없어 혀를 내밀어 체온을 조절하는데, 입마개를 하면 체온 조절에 어려움을 겪을 수 있다. 특히 날이 더운 여름에 입마개를 하라는 건 개한테 죽으라는 소리밖에 안 된다. 또한 시추나 내가 기르는 페키니즈는 입이 전혀 튀어나와 있지 않아, 입마개를 쓰는 것 자체가 불가능하다.

둘째, 입마개는 개의 신체적 자유를 억압한다. 대부분의 개는 하루의 많은 시간을 집에서 보낸다. 어쩌다 나가는 산책은 개에게 가장 큰 즐거움이다. 산책하면서 개는 바깥공기도 쐬고, 다른 개의 소변 냄새를 맡으면서 '이 녀석은 맛있는 걸 먹었군!', '얘는 성격이 좀 까칠하네' 같은 상상을 하기도 한다. 하지만 입마개는 이 모든 걸 방해한다. 사람이 아이언맨 마스크를 쓰고 등산하러 간다면 얼마나 답답할지 상상해보라. 개는 이렇게 생각할 것이다. "이럴 거면 차라리 나가지 말지!" 기분전환 겸 산책하러 간 건데, 입마개로 인해 개가 스트레스를 받다 보면 오히려 공격성이 증대될 수도 있을 것 같다.

셋째, 개의 일부가 사람을 문다고 해서 모든 개를 다 범죄견 취급하는 건 부당하다. 예컨대 몰카가 문제라고 모든 남성에게 공공장소에 갈 때 스마트폰을 못 가지고 다니게 한다면 수긍할 수 있을까? 성추행이 자주 일어나니 남성들이 외출할 때마다 수갑을 차야 한다면? 개에게 입마개는 처벌의 일종이며, 이 처벌은 실제 범죄를 저지른 개에게만 선택적으로 가해지는 게 맞다.

넷째, 입마개는 개에 대한 혐오감을 키운다. 높은 빌딩, 자동차의 행렬, 바쁘게 움직이는 사람들, 우리가 사는 도시는 그 자체로 삭막하다. 하지만 꼬리를 흔들며 길거리를 걷는 개들을 보면서 사람들은 잠시나마 미소 지을 수 있다. 문제는 아무리 예쁜 개라 해도 입마개를 하면 더 이상 예쁘지 않다는 점이다. 영화 〈다크나이트 라이즈〉를 떠올려보라. 감독이 '베인'이란 악당에게 입마개를 씌운 이유는 입마개가 악당을 더욱 악당답게 만들어주기 때문이다. 마찬가지로 입마개는 개를 무섭게 보이도록 하며, 이는 개에 대한 혐오를 증폭시킨다. 입마개를 한 개들이 다니는 도시라니, 생각만 해도 끔찍하지 않은가.

마지막으로, 무엇보다 개가 누군가를 무는 것은 개의 문제라기보다 견주의 책임이 더 크다. 앞에서 언급한 A 양이 물린 사고에서 견주는 다른 이, 특히 아이가 자기 개에게 접근했을 때 좀 더 경각심을 가졌어야 했다. 하지만 개와 같이 나온 사람들은 개에게 집중하기보다 스마트폰만 보는 등, 시선을 다른 곳에 두는 경우가 많던데 그런 상황에선 자기 개가 돌변하는 것을 막기 어렵다.

견주가 평상시 개를 잘 돌보지 않는 것도 문제다. 한 연구에 의하면 폐쇄된 환경에서 지낸 개일수록 사람을 잘 문다. 사람과의 접촉 없이 고립된 환경에 있는 개가 일으키는 사고가 개 물림 사고의 76.2퍼센트를 차지한다는 것이다.[5] 미국 질병관리본부CDC와 수의사협회AVMA도 같은 얘기를 한다. 개에게 물리는 사고가 특정 견종과 관련이 있다는 과학적 증거가 없으며, 개의 성향은 유전자보다 사육환경과 자라면서 겪은 경험 등에 따라 형성된다고 말이다.[6]

선진국에서 개에 물리는 사고가 발생했을 때 개를 처벌하는 대신 견주에게 많은 배상금을 물리는 건 이 때문이다. 모든 개를 범죄견으로 취급해 일률적으로 입마개를 씌우기보다, 견주에게 모든 책임을 엄격히 지우는 문화를 정착시키는 게 좀 더 나은 대안이란 얘기다.

앞서 언급했던 판결에서 눈여겨볼 대목이 하나 더 있다. 해당 판사는 견주의 책임을 80퍼센트로 제한했는데, 이는 다음과 같은 이유 때문이다. "사고 당시 A 양을 보호해야 할 부모가 그 자리에 없었던 점, A 양의 부모가 A 양에게 '큰 개 옆에 가까이 다가가지 말라'고 가르치지 않은 잘못이 있다고 봤다."

사람들 중엔 개는 언제 어느 때고 만져도 된다고 생각하는 이가 많다. 하지만 남의 아이가 예쁘다고 함부로 만지는 게 실례인 것처럼, 개들도 다른 이가 쓰다듬고 만지는 게 무섭고 귀찮을 수 있다. 개가 예쁘면 그냥 눈으로 보고, 정 만지고 싶으면 견주에게 허락을 받고 만지자. 주인이 있는 개는 공공의 재산이 아닌 사유재산이니 말이다.

개
물림 사고는
견주 책임이다

　개 입마개를 찬성하는 사람들은 개가 물까 봐 위협을 느껴서 그렇다. 자기 개가 사람을 안 문다고 확신하는 견주들은 모든 개를 잠재적 맹수로 취급하는 것이 불쾌할 수 있다. 사람의 불편함과 개의 불편함 간의 대립. 여기서 사람이 우선이니 무조건 입마개가 정답이라고만 말하지 말자. 다른 이를 절.대.로. 물지 않는 개는 존재한다.

　대표적으로 우리 집 개들이 그렇다. 개공원에서 다른 사람을 만나면 우리 집 개들은 자기를 예뻐해달라고 드러눕는다. 아이가 다가와 괴롭힘에 가까운 터치를 반복하면? 행여 이 녀석들이 맹수로 돌변할까 봐 아내와 난 가슴을 졸이지만 녀석들은 좀 귀찮다 싶으면 잽싸게 의자 밑에 숨거나, 아니면 아이가 쫓아오지 못하는 먼 곳으로 도망치곤 한다. 왜 우리 집 개들은, 비록 자기네끼리 싸우다 주인인 나를 물지언정, 다른 사람을 물지 않을까? 하다못해 으르렁거리며 적대감을 드러내지도 않을까? 그건 우리 집 개들이 충분히 사랑받고 자랐기 때문이다. 이 개들이 가장 흔히 만나는 사람이 아내와 나고, 어쩌다 우리 집에 오는 사람들도 개를 좋아하는 이들이다. 그러다 보니 이 개들에게 사람이란 한없이 자상한 존재일 뿐, 무서운 이들이 아니다.

반면 학대의 경험이 있는 개는 사람을 무서워하고, 심지어 공격하기까지 한다. 태어나서 줄곧 학대를 받았던 '퍼스트 도그' 토리를 보자. 동물권단체 케어CARE 회원들은 토리를 구해주고, 토리에게 생애 처음으로 먹을 만한 식사와 더불어 따뜻한 사랑을 베풀었다. 그런데도 토리는 사람을 믿지 못했다. 자신이 본 사람은 언제나 나쁜 사람이었으니 말이다. 결국 토리는 산책시켜주러 온 자원봉사자를 문 뒤 도망쳐버렸다. 그 뒤 극적으로 구조됐으니 망정이지, 하마터면 청와대 입성은 꿈도 못 꿀 뻔했다.

학대가 무는 개를 만든다는 증거는 차고 넘친다. 2018년 11월 말, 경북 상주에서 일어난 사건을 보자.

머리가 사자처럼 생겨 사자 개라고 불리는 개 한 마리가 경북 상주의 한 마을을 돌며 주민 3명을 공격했습니다. 60대는 물론 70대, 90대 노인들까지 개에 물려 병원 치료를 받았습니다. 손가락과 손목을 물린 60대 주민은 당시 개의 공격이 워낙 사납고 급작스러워 전혀 손을 쓸 수 없었다고 합니다. "신발 신으려고 하는데 갑자기 확하고 떠미는데, 어떤 장사도 소용없었을 거예요." 60대 주민을 덮친 사자 개는 이어서 마을회관을 나가던 79세 할머니의 머리와 얼굴을 물어 큰 상처를 입혔습니다. 개는 또 90세 할아버지의 팔꿈치를 문 뒤 신고를 받고 출동한 119대원의 마취총에 쓰러졌습니다.[7]

이 개는 왜 이렇게 난폭해졌을까? "개는 주인이 없는 사이 목줄을 끊고 우리를 나와 집 밖으로 빠져나온 것으로 보입니다." 그랬다. 이 개는 평소 목줄에 묶여 있었다. 견주가 아무 망설임 없이 안락사를 시켜달라고 한 걸 보면, 평상시 견주는 밥 주는 일 외에는 이 개를 돌보지 않고 내버려 뒀을 가능성이 크다. 위에서 언급한 '폐쇄적 환경'이 무는 개를 만든다면, 이 개도 어쩌면 피해자가 아닐까? 개 입마개보다 필요한 것은 제대로 사랑해줄 사람만 개를 키우도록 하는 법이며, 시민의 안전을 위해서도 이러한 법이 훨씬 더 중요하다. 아울러 사냥, 투견 등 특정 목적으로 개를 번식·사육하는 행위도 규제해야 한다. 이런 것 없이 오직 입마개만 외치는 것은 자신이 '개혐'이라는 얘기밖에 안 된다.

물렸을 땐
견주가 책임지게 하자

2019년 2월, 김해에 살던 40대 여성이 갑자기 달려든 대형견에게 크게 물리는 사고가 발생한다. 여성은 겨울이라 두꺼운 패딩을 입고 있었지만 대형견의 이빨 앞에는 속수무책이었다. 세 차례나 공격받은 피해자는 오른쪽 팔이 심하게 찢어졌고, 몸 군데군데 멍 자국이 선명했다. 그 대형견은 이웃집에서 키우던 개였다. 길을 지나는 사람을 공격했으니 명백한 견주 잘못. 하지만 그가 받은 처벌은 너무도 가벼웠다.

우리나라 형법은 다음과 같이 규정하고 있다. '과실로 인해 사람의 신체를 상해에 이르게 한 자는 500만 원 이하의 벌금, 구류 또는 과료에 처한다.' 생명의 위협을 받고 실제 큰 상처까지 입었는데 500만 원 이하의 벌금이라니, 너무 약소하지 않은가? 이 경우 의존할 것은 민사소송밖에 없다. 하지만 보통 사람들은 법의 힘으로 뭔가를 얻어내기를 극도로 두려워한다. 또한 우리나라 법조계는 이런 보통 사람들의 상처를 보듬고자 하는 의지가 그렇게 크지 않아 피해자를 더 속상하게 만든다. 사정이 이렇다 보니 견주가 '배째라'는 태도를 보이는 경우가 허다하다. 이 사건의 피해 여성이 겪은 수모를 살펴보자.

사건 이후, 순순히 과실을 인정했던 견주가 '법대로 하라'며 입장을 번복하면서 피해를 보상받을 방법도 막막해졌다. 깊은 상처에 일상생활도 힘들었던 피해자에게 갑자기 닥친 '법정 싸움'은 잔인한 결과였다. 그는 지푸라기라도 잡는 심정으로 대한법률구조공단에 상담을 요청했다. 하지만 경미한 사건이라 판단하며 피해자의 판단만 흐리는 비성실한 태도에 망연자실할 수밖에 없었다.[8]

좀 더 앞서 언급했던 7살 A 양이 놀이터에서 개에게 물렸던 사례에서 법원은 견주에게 6,400만 원을 물어주라는 판결을 내린다. 하지만 이 판결이 내려지기까지 3년가량의 긴 시간이 필요했다. A 양과 부모가 그 기간 동안 얼마나 마음고생을 했을지 생각하면 그저 안타깝지만, 그래도 이 경우엔 돈이라도 받았으니 약간의 위로는 될 것이다. 문제는 그마저도 받지 못한 경우다. 건강보험공단 자료에 따르면, 개에 물리는 사고를 당한 이들 중 30퍼센트 정도가 위자료는커녕 치료비조차 받지 못했다고 한다.[9]

외국은 어떨까. 2014년 미 코네티컷주에서는 한 소녀가 개에 얼굴을 물려 13만 달러(약 1억4,679만 원)를 배상받은 사례가 있다. 당시 10세였던 린 톰킨스는 헤더 로페즈의 집에 있다가 개에 공격당했는데, 린 톰킨스는 개에게 장난을 치거나 괴롭히지도 않았던 것으로 밝혀졌다.[10] 이런 판결이 대세가 된다면 비애견인들이 '개 관리 좀 잘하라'고 외치기 전에, 견주 스스로가 조심하지 않겠는가?

개 물림 사고에서 입마개는 최하급 대책에 불과하며, 그보다 나은 대책들이 줄줄이 실패했을 때 고려해봐야 한다. 여러분, 방독면 쓰고 외출하기 싫죠? 개들도 그렇습니다.

이 글에는 천 개가 넘는 댓글이 달렸다. 그만큼 이 글을 불편해하는 이가 많다는 뜻이다. 몇 개만 옮기고 거기에 대한 내 의견을 간단히 쓴다.

— 아니, 개는 짐승이지 사람이 아닙니다. 대중에 내놓고 다닐 때 그 확률
이 1퍼센트라도 다른 사람을 해할 수 있는 요소가 있다면 당연히 입마
개를 해야지. 뭔 되지도 않는 소리를.

연간 사람에게 살해되는 사람이 300명이 넘는데, 산책하는 사
람에게 다 수갑 채울까?

— 한마디로 사람보단 개가 먼저라는 거네. 하던 대로 기생충이나 계속 연
구하시길.

개도 나름대로 존중받아야 할 생명이라고 하면 꼭 '그럼 개가 사
람보다 위냐?'라고 한다. 이런 사람일수록 실제로 다른 사람을 별로
존중하지 않는 경향이 있다. 그리고 기생충 연구는 직업이라 평생
해야 한다. 걱정 안 해줘도 된다.

— 기생충학자 이 양반은 항상 개 편에서 글을 쓴다. 닭장 등, 우리에 가둬
키우는 다른 동물은 생각 안 하고 개만? 에라이~

닭이나 기타 가둬 키우는 다른 동물들이 정 마음 아프면, 그렇게
생각하는 분이 거기 관한 글을 쓰면 된다. 실제 이분은 닭에 별 관심

이 없을 것이고, 물타기용으로 닭 얘기를 꺼냈다는 데 만 원 건다.

— 정말 다 읽기 거북한 글이다. 서민 교수. 당신이 개가 중요하다면 집 안
에 들이지 말고 자연에 방사해라. 입마개 안 해서 생기는 사고는 당신이
다 책임지고!

개가 인간의 곁으로 온 건 꽤 오래전이건만, 아직도 개를 자연에
서 키우는 게 본능에 맞다는 소리를 하는 분들이 있다. 그래서 다음
글은 아파트에서 키우는 개에 관해 써본다.

아파트에서

사는
개

인간과 함께 살게 된 개

"동물은 원래 야생에서 키우는 게 본성에 맞습니다."

"개를 아파트에서 키우는 것 자체가 학대 아닌가요? 사람들의 이기심이란."

개에 관해 글을 쓰면 가끔씩 달리는 댓글이다. 꼭 이웃집 개 때문에 피해를 봐서가 아니라, 실제로 이런 생각을 하는 분들이 의외로 많다. 나 역시 골든 리트리버처럼 큰 강아지가 좁은 아파트에서 사는 모습을 보면 안타까운 마음이 들기도 한다. 하지만 중요한 것은 당사자의 생각. 정말 개들도 야생으로 돌아가고 싶어 할까?

돼지라면 충분히 그런 생각을 할 수 있다. 인간 옆에 있다고 돼지가 누리는 것은 별로 없다. 돼지의 기원은 야생 멧돼지로, 9천 년 전쯤 인간에게 붙잡힘으로써 가축이 됐다. 원래 돼지는 호기심 많고 사교성도 뛰어난 동물이다. 그런데도 돼지는 몸을 돌리지도 못할 만큼 좁은 우리에 갇혀 지내는 신세가 됐는데, 많은 돼지들이 자신의 상황에 극심한 좌절과 절망을 드러낸다고 한다. 이런 시련을 견딘 뒤 좋은 날이 오기라도 하면 그나마 낫겠지만, 다들 알다시피 돼지의 운명은 적당히 살이 올랐을 때 도축됨으로써 돼지고기가 되는 것이다. 돼지가 없었다면 회식이란 것도 존재하지 않았을 테니 인간은 마땅히 돼지에게 미안함과 고마움을 갖고 있어야 한다. 그런데도 사람들은 돼지를 먹는 것만 밝히는 동물이라며 비하하기 일쑤다. 어쩌면 우리에 갇힌 돼지들은 "그 당시 왜 저항하지 않았냐?"며 조상들을 원망하고 있을지도 모르겠다.

하지만 개는 좀 다르다. 서울시립과학관 이정모 관장이 쓴 《저도 과학은 어렵습니다만》을 보면 개는 한낱 '포로'인 돼지와 그 출발선이 달랐단다. "개는 1~4만 년 전에 자신의 의지로 인간을 동반자로 선택하여 인간 사회에 합류했다." 여기서 '자신의 의지'라는 구절에 주목하자. 개가 인간을 선택한 이유로 가장 유력한 설은 추위를 피하기 위해서란다. 털이 있으니 사람만큼은 아니겠지만 개는 추위를 타며, 지속적으로 추위에 노출되면 저체온증으로 목숨을 잃을 수도 있다. 게다가 몇만 년 전에는 지구의 온도가 지금보다 더 낮았고, 이따금 빙하기가 지구를 덮쳤다. 불을 사용하는 종은 오직 인간밖에 없었기에, 늑대들은 아쉬운 얼굴로 인간에게 다가갔다. 이것이 개의 효시다. 덕분에 개는 따뜻함과 더불어 안정적인 식사를 제공받게 됐다. 물론 세상에 공짜는 없고, 개들 또한 날로 먹을 마음은 없었다. 개들은 우리의 사냥을 도왔고, 밤에는 보초를 서며 안전을 지켰다. 양 떼를 돌보기도 하고, 수레나 썰매를 끌기도 했다. 인간이 먹을 게 부족했을 땐 부득이하게 식량이 되기도 했다.

인간의 문명이 발달하면서 개들의 역할은 시나브로 줄어들었다. 차가 있으니 더 이상 개가 짐을 나를 필요가 없어졌고, 경비 시스템이 강화돼 보초를 설 필요도 없게 됐다. 개들은 위기감을 느꼈다. 인간에게서 버려진다면 먹을 것을 찾아 산간벽지를 헤매야 하는데, 혼자 사냥하는 기술은 이미 퇴화한 지 오래고, 인간들의 남획으로 인해 잡아먹을 만한 동물도 별로 없었다. 안 되겠다 싶었던 개들은 인간에게 애교를 부리거나 공을 물어오는 등의 묘기를 선보임으로써 생존을 도모했다. 수많은 인간들이 개의 전략에 넘어갔는데, 이 전략은 제법 성공적이어서 개들은 더 이상 생산적인 일을 안 해도 살아갈 수 있게 됐다. 바야흐로 '견생 시즌 2'가 펼쳐진 셈이다.

인간들은 집에서 기르기 좋게 더 작고 더 예쁜 강아지들을 인공적으로 만들어냈다. 사랑받는 것에만 특화된 그 개들은 낯선 사람이 들어와도 짖기는커녕 예뻐해달라고 꼬리를 흔들어댔다. 사람만 바라보며 사는 삶, 좀 비굴해 보일지언정 자연 상태에 있는 것보다는 이게 훨씬 나았다. 개가 인간 다음으로 흔히 볼 수 있는 동물이 된 것도, 개들이 10년을 넘어 20년까지도 살 수 있게 된 것도 다 인간의 보살핌 덕분이리라. 추위는 물론이고 더위까지 타는 우리 집 개들이 야생에 있었다면 기록적인 더위가 전국을 강타한 2018년 여름을 넘기지 못했을 테니 말이다. 같이 귀화하자는 제안을 거부하고 야생에 남은 늑대들의 냉혹한 현실을 떠올리면 인간을 택한 개 조상들의 선택은 현명했다.

사정이 이런데도 개는 야생에서 길러야 한다고 주장하는 것은 난센스다. 아파트에서 사는 모습이 답답해 보일 수는 있지만 그건 인간의 생각일 뿐, 늑대의 본성이 이미 퇴화된 개들로서는 인간과 더불어 살면서 상호 교감하는 게 훨씬 더 좋다. 설령 그게 좁은 아파트라도, 심지어 몇 평 안 되는 원룸이라 할지라도 개로선 별 상관이 없다. 주인만 같이 있어 준다면 행복한 이들이 바로 개니까 말이다. 실제로 미국에는 마당이 있는 집이 많지만 대부분의 개는 실내에서 길러진다. 밤중에 개를 밖에 두는 것을 법으로 금지한 주도 있을 정도다.

하지만 '개=야생'이란 인식 때문인지 우리나라에는 아직도 개를 마당에서 기르는 집이 있다. 개가 커서 어쩔 수 없다고 이해한다 해도, 목줄까지 묶어놓고 키우는 건 너무 잔인하다. 내가 즐겨 가는 식당의 옆집도 바로 그런 경우인데, 짧은 줄에 묶인 채 슬픈 표정을 짓고 있는 개를 보면 그저 안쓰럽다. 어쩌면 그 개는 '이럴 거면 차라리 야생이 더 낫지 않을까?'라고 생각할지도 모르겠다. 개를 묶어놓고 키우는 견주님들, 개는 인간의 사랑을 먹고 삽니다. 그러실 거면 다음부터는 절대 개 키우지 마세요.

층견소음으로 인한 갈등들

앞서 개는 인간의 사랑을 먹고 산다고 했지만, 사실 아파트에서 개를 키우는 것은 만만치 않은 일이다. 단독주택과 달리 아파트에는 다양한 사람들이 모여 살고, 그들 중에는 개혐, 즉 개를 싫어하는 이들도 많다. 그들은 개가 짖는 것이 싫고, 어쩌다 만나는 것도 싫고, 개가 주변에 있다는 생각만으로도 괴롭다. 이런 분들이 있으니 개를 키우지 않는 것이 옳은 일일까? 그렇게 하기엔 개들의 숫자가 이미 너무 많다. 그러다 보니 이제는 '개를 키우려면 단독주택으로 가라'고 하는 것보다 '개 때문에 그렇게 힘들면 단독주택으로 가라'는 말이 더 그럴듯하게 들릴 지경이다.

당연히 개를 둘러싼 갈등도 끊이지 않는다. 다음 뉴스를 보자.

반려동물과 함께 사는 가구가 많아지면서, 층간소음뿐 아니라 층견소음 갈등도 늘고 있습니다. 잠을 못 자는 것은 물론이고, 환청 증세까지 겪었다는 주민들도 있었는데요. 갈등을 해결하지 못하고 입주 다섯 달 만에 집을 내놓은 경우까지 있었습니다.[11]

개가 밤낮을 가리지 않고 짖어댔다니, 화가 날 법도 하다. 특히 새벽에는 사방이 조용해 소리가 들릴 수밖에 없지 않은가? 그러다 보니 다음과 같은 일도 생긴다.

전북 전주 완산경찰서는 층간소음 시비로 이웃 주민을 흉기로 위협한 혐의로 A 군(15세)을 불구속 입건했다고 밝혔다. A 군은 지난 20일 오후 2시쯤 전주시 완산구의 한 아파트에서 위층에 사는 주민 B 씨(25세)가 찾아오자 흉기로 위협한 혐의를 받는다. 경찰에 따르면 방학 중 집에서 공부하고 있던 A 군은 B 씨가 기르는 개가 짖자, 위층으로 올라가 "개를 조용히 시켜달라"고 항의했다.[12]

A 군의 요구에 대해 B 씨가 미안해하며 개를 조용히 시켰다면 문제가 없었겠지만, B 씨는 분이 안 풀려 A 군의 집을 찾아갔다. A 군이 흉기를 들고나온 건 그 때문이었다. 경찰조사에서 A 군은 "개가 종일 짖어 공부를 할 수가 없었다"고 진술했다. 법에 호소해도 소용없는 것이, 층간소음은 '사람'의 활동으로 생기는 소리라고만 규정돼 있어 개 짖는 소리는 이 법으로 규제가 불가능하기 때문이다.

여기에 대해서는 합당한 대책이 마련돼야겠지만, 이전에 말한 것처럼 개가 자꾸 짖는 것은 견주 책임이 크다. 제대로 사랑을 베풀지 않은 것도 문제지만, 할 도리를 다해도 개가 짖는다면 따끔하게 야단을 쳐서 안 짖는 습관을 갖게 해야 한다. 나나 아내는 개를 누구보다 사랑하지만 지나치게 짖을 때면 호되게 야단을 치곤 한다. 그러면 우리 집 개들은 "아니, 저 다정한 분들이 갑자기 왜?" 이러면서 짖기를 멈춘다. 그렇다 하더라도 산책을 갈 때 신나서 짖어대는 것이나, 퇴근해서 집에 왔을 때 반가워서 짖는 것까지 말릴 수는 없다. 그래서 공동주택에서 개를 키우는 것은 어찌 됐건 타인에게 피해를 주는 행위다. 그게 미안해 우리는 이웃분들에게 늘 공손한 자세로 인사하고, 안색을 살핀다. 개들이 뛰어다닐 때 아래층에 소음을 유발할까 봐 두꺼운 장판을 집 전체에 깔기도 했다. 이런다고 이웃분들이 불편하지 않은 것은 아니겠지만, 이 정도는 노력해야 개를 키울 자격이 있는 게 아닐까? 앞서 언급된 B 씨처럼 조용히 시켜달라는 말에 욱해서는 안 된다는 얘기다.

'개를 키우려면 단독주택에서 키워라'는 말에 대해서도 내가 겪은 경험을 이야기해본다. 언젠가 강의 때문에 통영에 갔을 때다. 하룻밤을 자고 다음 날 아침 목욕탕에 다녀오는데, 개 짖는 소리가 우렁차게 들렸다. 보니까 어느 집 마당에 묶인 셰퍼드가 짖는 것이었다. 내가 개를 좋아하니 망정이지, 싫어한다면 무섭겠다 싶었다. 나중에 숙소로 돌아가 그 얘기를 했더니 통영분이 다음과 같이 말했다. "그 개는 사람이 지나갈 때마다 짖어요. 낮이고 새벽이고 가리지 않고요. 옆집에서 개 짖는 소리에 이골이 나서 집을 내놓았거든요. 근데 몇 년째 안 팔려요. 저렇게 시끄러운데 누가 오겠어요?"

아파트라면 '공동주택인데 너무하다'고 얘기할 수나 있지만, 단독주택일 때는 대체 무슨 얘기를 할 수 있을까? 집을 내놓았다는 그분도 참 안됐구나 싶었다. 그래서 말씀드린다. 아파트건 단독주택이건, 개가 좀 안 짖도록 견주들이 노력하자고요. 당신들 때문에 견주 전체가 욕먹는다니까요.

이 글에도 성난 개혐 한 분이 댓글을 달아주셨다.

— 당신 없는 방 안에서 홀로 외로이 수십 시간을 견뎌야 하는 개가 행복한
지 안 행복한지 당신이 어떻게 알 수 있을까?

개 표정을 보면 안다. 그리고 우리 집엔 늘 아내가 있는 데다 개
도 여섯 마리씩이나 돼서 '홀로 외로이' 수십 시간을 견딘 적이 없다.

반려견과

개
알레르기

"얼마 전에 개를 분양받았는데, 며칠 전부터 저의 온몸에 두드러기 비슷한 게 생겨요. 기침도 나고요. 이거 혹시 개 알레르기인가요? 너무 귀엽고 정들어서 보내고 싶지 않은데."

인터넷에 가끔씩 올라오는 질문이다. 이런 글을 볼 때마다 안타깝기 짝이 없다. 알레르기의 치료 중 첫 번째 원칙이 바로 '회피', 즉 알레르기를 일으키는 대상과 접촉하지 말라는 것이다. 복숭아 알레르기면 복숭아를 먹지 말아야 하듯, 개 알레르기라면 개를 안 키우는 게 맞다. 물론 다음과 같은 사례도 있긴 하다.

지난 8월, 이유를 알 수 없던 아버지 재채기의 원인이 밝혀졌다. 검사 결과 아버지는 개 알레르기 환자였다. 우리 집은 20년째 개를 키우고 있는 유서 깊은 애견 집안이다. 이 사실이 밝혀지자 어머니는 아버지에게 "어쩔 수 없으니 당신이 집을 나가라"고 했다.[13]

물론 이건 농담에 가까운 얘기일 뿐, 실제로 집을 나가는 이들은 대부분 개다. 개는 끝까지 책임져야 한다는 게 내 지론이지만, 개 알레르기 환자가 개를 파양시키는 것은 그래도 이해할 법하다. 자신이 죽겠는데 그걸 참고 개를 키우기란 아무래도 어려운 일이니 말이다. 이렇게 질문할 수도 있겠다. "아니, 알레르기인지 아닌지 미리 알아보고 개를 키웠어야지, 왜 이리 무책임하냐?" 이치상 맞는 말이다. 개 키우는 집에 갈 때마다 콧물이 나고 눈도 빨개지고 재채기가 나오는 사람이라면 절대 개를 키워선 안 된다.

문제는 막상 개를 키우기 전까지는 자신이 개 알레르기인지 알기가 어렵다는 점이다. 게다가 개 알레르기가 뒤늦게 발현되기도 한다. 다음 사례를 보자. "강아지를 5년째 키우고 있습니다. 얼마전, 두 달 정도 두드러기가 나서 알레르기 검사를 했더니 개 알레르기라는 결과가 나왔어요." 이 경우, 왜 알아보지도 않고 개를 입양했냐고 글쓴이를 비난할 수 있을까? 오히려 이런 의심도 든다. '원래 없던 알레르기가 개를 키우면서 생겨난 건 아닐까?' 그러다 보니 출산을 앞둔 가정에선 개를 둘러싼 갈등이 벌어진다.

— 집에서 개를 키우고 있는데요. 몇 달 후면 아이가 태어납니다. 출산 전에 친정에 맡겼다가 애가 백일 되면 다시 데려오려고 합니다. 그런데 아

177

이가 백일이 지나면 안전한 건지 시부모님이 불안해하십니다. 오래 키운 개라 제가 끝까지 책임지려고 하는데요. 같이 키워도 문제없나요?

— 강아지를 5년째 키우고 있는데. 이번 달에 출산합니다. 어차피 아기방은 따로 있으니 개와 마주칠 일이 없을 것 같아 저는 그냥 키우려고 하는데요. 친척 한 분이 난리를 치십니다. 아이는 개랑 절대 같이 키우면 안 된다고요. 어떻게 해야 할까요?

아이와 개, 같이 키워도 될까?

본인이 괜찮다고 해도 주위에서 더 성화를 부리니, 이것 참 난감하다. '애가 죽었는데 폐에 기르던 개의 털이 가득 차 있었다', '개한테서 병균이 옮는다' 같은 괴담이야 가짜뉴스라고 무시할 수 있다. 이러한 괴담에 대해서 반박하자면, 우리 호흡기는 웬만한 크기의 먼지는 붙잡아놨다가 재채기 등의 방법으로 외계로 배출한다. 또 개가 병균을 옮긴다면 반려동물을 키우는 이들의 사망률이 압도적으로 높아야 하지만, 전혀 그렇지 않다.

문제는 알레르기다. 개로 인해 아이에게 알레르기가 생기면 어쩌나 하는 걱정은 전혀 근거 없는 건 아니라서, 이에 대한 논쟁이 시시때때로 벌어진다. 그런데 이와 관련된 논문들의 결론이 제각각이다. 어느 정도 일관성이 있어야 결론을 내릴 텐데, 그게 아니란 얘기다. 예컨대 중국 학자들의 연구 결과를 보자.

아이 때 애완동물을 기르는 게 천식이나 알레르기의 발생과 어떤 관계가 있는지를 알기 위해 중국 텐진에 사는 0~8세 어린이 7,360명을 조사했다. 연구 결과 어린 시절에 애완동물에 노출된 아이들은 기침하거나 비염 진단을 받는 비율이 높았고, 결국 키우던 동물을 다른 곳에 보내야 했다. 어린 나이에 애완동물을 키우면 천식과 기타 알레르기에 걸릴 확률이 높다.[14]

여기까지 읽고 '개 다른 데 보내야겠다'고 생각하시는 분들, 스웨덴 학자들이 한 다음 연구를 보시라.

7~9세 아이들의 알레르기 여부를 조사한 뒤 그들이 어릴 적에 애완동물을 키웠는지를 물었다. 어린 시절 고양이나 개를 안 키운 집 아이들은 거의 절반가량이 알레르기 증상을 보였지만, 반려동물을 키운 집 아이들은 알레르기가 현격히 적었다. 더 신기한 일은 반려동물을 여러 마리 키울수록 알레르기가 줄어들었다는 것으로, 다섯 마리 이상을 키웠던 아이들에선 알레르기가 하나도 발견되지 않았다.[15]

그러니까 개나 고양이 같은 반려동물을 키우는 것이 오히려 알레르기가 생기지 않도록 해주는 효과가 있다는 얘기다. 이 논문에서는 그 이유를 이렇게 분석했다. 알레르기란 면역이 너무 과민해져서 별로 위험하지도 않은 것들에 괜히 흥분하는 현상을 말한다.

그런데 개나 고양이와 접촉을 자주 하다 보면 면역계가 웬만한 자극에는 신경을 안 쓰게 되고, 그 결과 알레르기가 줄어든다. 위 두 논문은 모두 〈PLOS one〉이라는, 제법 괜찮은 학술지에 실렸다.

진짜로 반려견이
원인일까?

다른 논문들도 다 이런 식이다. 어떤 논문은 관계가 있다고 하는 반면, 어떤 논문은 오히려 막아준다고 한다. 이 분야 연구가 계속되는 것도 뚜렷한 결론이 나오지 않았기 때문이다. 하지만 이런 점은 좀 생각해볼 필요가 있다. 1990년대 이후로 우리나라 아이들 사이에서 알레르기 유병률이 급격히 올라갔다. 이 모든 것이 다 반려동물을 키우기 때문일까?

1989년, 영국 의사 데이비드 스트라칸David Strachan은 그 유명한 '위생가설'을 발표한다. 형제자매의 수가 많을수록 알레르기가 덜 발생한다는 내용으로, 그는 여기에 대한 이유를 이렇게 분석했다.

형제자매가 많으면 그중 한 명 정도는 밖에서 놀다가 더러운 것들을 묻혀서 집에 올 확률이 높다. 그리고 그 더러움을 다른 형제자매에게 나누어준다. 이런 것들이 면역계를 좀 더 관대하게 만들어 알레르기가 생기지 않게 된다.[16]

너무 깨끗한 환경에서 아이들을 키우는 것이 알레르기 유병률을 높이는 원인이라는 것이다. 그의 이론이 위생가설로 불리는 것은 이 때문인데, 후대 학자들이 추가적인 연구를 한 결과 그의 말이 옳다는 것을 확인했다. 주말에 한 번이라도 시골 농장에 데려간 아이들의 알레르기 발생률이 그렇지 않은 경우보다 훨씬 더 낮았으니까 말이다.

　　그렇게 본다면 과연 개나 고양이를 키우고, 그들과 산책을 하기 때문에 알레르기가 생기는 것인지 의문이 든다. 오히려 이렇게 물어야 한다. "당신의 자녀가 알레르기 증상을 보이는 게 정말 반려견 때문입니까? 형제자매가 없고, 너무 깨끗한 환경을 고집하는 것이 알레르기 발병의 이유 아닐까요?" 정 반려견 때문이라고 생각한다면, 반려견이 없는 환경에서 알레르기 증상이 사라지는지 한번 확인해보시기를 바란다. 개를 다른 곳으로 입양하는 건 그다음에 해도 늦지 않다.

　　이것도 말씀드러야겠다. 반려견을 키움으로써 얻는 이득은 상당하다. 특히 형제자매가 없는 아이라면 반려견의 존재는 공감능력을 키우는 데 큰 도움이 된다. 아이는 반려견의 친구 또는 부모 역할을 수행하면서 반려견이 뭘 원하는지 파악하기 위해 노력하게 되는데, 이는 타인의 감정을 잘 헤아리는, 공감능력이 풍부한 어른으로 자랄 수 있게 해준다.

　　개는 우리를 하루에도 수십 번씩 웃게 해준다. 웃기 힘든 요즘 세상에서, 내 몸이 엔도르핀으로 점철될 수 있는 것도 다 여섯 마리의 개들 때문이다. 알레르기가 너무 심하다면 어쩔 수 없지만, 그렇지 않다면 무조건 개를 다른 곳으로 입양 보내는 게 능사가 아니라는 얘기다. 그래도 정 알레르기가 걱정된다면, 키우지 않기를 바란다. 반려견을 사랑으로 대하기보다 '저놈이 알레르기를 유발하지 않을까'를 걱정하는 집안에서 개가 제대로 자기 능력을 발휘하기란 힘들 테고, 개 키우면서 얻을 수 있는 장점인 정서적 공감도 제대로 이루어지지 않을 테니까.

널 '강아지별'로 보낸 뒤…

펫로스 증후군
대처하기

"너 벌써 취한 거 같은데?"

2005년 6월 10일 저녁, 선배는 이미 풀려버린 내 눈을 보더니 술 따르기를 주저했다. 괜찮다고, 아주 조금 마셨다고 하면서 난 기어이 한 잔을 다 받았다. 그리고 원샷했다. 아무리 마셔도 취하지 않을 것 같은 날이었다. 그날은 나와 18년을 같이 했던 벤지를 저 세상으로 보낸 날이었으니까. 개를 화장터에 보내고 난 뒤 혼자 술을 마셨고, 그러다 모임에 갔다. 술에는 장사가 없는지라 연거푸 몇 잔을 더 마신 뒤 필름이 끊겼다. 천안역 광장에 큰 대자로 뻗어 있고, 그런 날 알아본 지인이 흔들어 깨우던 기억이 어렴풋이 난다. 그 뒤로도 꽤 오랫동안 술을 마셨다. 슬픔을 이길 방법은 여러 가지가 있겠지만, 혼자서 슬픔을 감당해야 했던 내게 술 이외의 다른 방법은 떠오르지 않았다.

반려견을 떠나보낸 뒤 겪어야 하는 감정을 펫로스 증후군Pet loss Syndrome이라 부르는데, 이는 다음과 같은 이유에서 생긴다. 첫째, 사람과 관계를 맺다 보면 이런저런 일로 다투기도 하는데, 개는 한결같이 주인에게 충성한다. 예컨대 발을 뻗다 실수로 잠자는 개를 깨웠을 때, 화를 내주면 덜 미안할 텐데 오히려 개가 미안해한다. 개와 사람 사이엔 '미운 정'이 끼어들 틈이 없다는 얘기다. 둘째, 개주인의 마음속에 개는 삶의 일부분에 불과한지라 개에게만 헌신할 수 없지만, 개에게 주인은 자신의 전부다. 그러다 보니 개가 떠나고 나면 개에게 좀 더 잘해주지 못한 걸 책망하게 된다. 셋째, 개는 사람이 따라올 수 없는 미모를 지녔고, 애교까지 갖췄다. 귀가할 때마다 검은 눈동자를 빛내며 자신을 반기던 개가 없어지면 그 빈자리는 상상하기 어려울 만큼 크다.

그러다 보니 한 번 개와 이별하고 나면 다시는 개를 키우지 않겠다는 사람들이 제법 있는데, 나 역시 그랬다. 길에서 다른 개들을 보면 멈춰 서서 한없이 지켜보면서도 다시 개를 키울 엄두를 내지 못했다. 하지만 그로부터 2년 뒤 개빠인 아내를 만났고, 결혼과 동시에 예삐를 입양하면서 난 다시 개아빠가 됐다. 예쁘고 똑똑한 예삐와 함께 시간을 보내면서 난 벤지와의 이별로 인한 상처를 달랠 수 있었다.

하지만 예삐는 우리 곁에 오래 머물지 못했다. 산책을 하다 비명을 지르며 쓰러진 예삐를 데리고 병원에 갔더니 심상에 문제가 있단다. 심장이 규칙적으로 뛰어야 하는데, 심장이 뛰지 않는 기간이 존재한다는 것이다. "방법은 인공심장박동기를 달아주는 것밖에 없습니다." 결국 예삐는 강원대병원에서 심박기를 다는 수술을 받았다. 수술비도 비싸고, 춘천까지 왔다 갔다 하면서 진료받는 것도 부담이 됐지만, 가장 마음 아팠던 건 예삐가 고생하는 걸 지켜보는 일이었다. 심박기가 원래 사람에게 쓸 용도로 나온 것이다 보니 소형견인 예삐에게는 지나치게 커서 예삐는 두 번이나 더 재수술을 받아야 했다.

그 힘든 과정을 예삐는 아프다는 소리 하나 없이 견뎠지만, 정신력으로 버티는 것에도 한계가 있는 법. 예삐는 채 다섯 살을 넘기지 못한 채 무지개다리를 건넜다. 벤지가 떠났을 때 그토록 힘들었던 게 나 혼자 이별을 감당해야 했기 때문이 아니라는 걸, 난 그때 알게 됐다. 아내가 곁에 있었음에도 감당하기 힘든 슬픔의 쓰나미를 겪어야 했으니 말이다. 집 여기저기에서, 그리고 산책로에서 예삐가 남긴 흔적을 발견할 때마다 아내와 난 누가 먼저랄 것도 없이 눈물을 펑펑 쏟았다.

인터넷을 찾아보니 펫로스 증후군을 극복하는 방법 중에 '반려동물과 행복했던 순간을 담은 사진들로 스크랩북 및 동영상 만들기'라는 게 있었다. 그래서 아내는 사진과 영상을 자동으로 재생해주는 장치를 사서 살아생전 찍었던 예삐 사진들을 업로드했지만, 이건 슬픔을 극복하는 데 아무런 도움이 되지 못했다. 사진과 영상이, 마치 이렇게 예쁜 개가 더 이상 세상에 존재하지 않는다고 얘기하는 것만 같았다. 그로 인해 아내가 우는 횟수가 더 많아진 탓에 우리는 장치를 폐기할 수밖에 없었다.

더 안타까운 건 어디 하소연할 곳도 없었다는 점이다. 아내와 난 예삐를 자식처럼 생각했지만, 많은 이들은 '그깟 개 한 마리 죽은 것에 왜 이리 유난을 떠냐?'는 식의 반응을 보였다. 아주 드물게 우리의 슬픔에 공감해준 분들이 있었는데, 돌이켜 보면 그분들의 위로가 큰 도움이 됐던 것 같다.

그렇게 7개월이 지났을 무렵, 우리를 안타깝게 여기던 어느 분이 개 한 마리를 추천했다. 보자마자 마음에 들었다. 판다처럼 검은색과 흰색이 섞인 강아지여서 이름을 '팬더'라고 지었다. 혼자면 심심할까 봐 개 한 마리를 더 입양했는데, 그게 바로 '미니미'였다. 영원할 것 같던 슬픔은 그 둘로 인해 조금씩 희석됐고, 우리는 잃어버린 줄 알았던 웃음을 다시 찾을 수 있었다. 개가 여섯 마리로 불어난 지금도 우리 부부는 예삐의 기일마다 제를 올리고, 우리가 다른 개들을 예뻐하는 모습을 보며 예삐가 서운해하지는 않을까 걱정하지만, 그럴 때마다 "아냐, 예삐는 우리가 행복하기를 더 바랄 거야"라며 합리화하곤 한다.

우리처럼 펫로스 증후군을 겪으신 분들이 많을 것이다. 이들 중 상당수는, 벤지가 죽고 난 뒤 내가 그랬던 것처럼, 언젠가 찾아올 이별이 두려워 다시 개를 키울 엄두를 내지 못할지도 모른다. 하지만 난 그럴 필요는 없다고 본다.

첫째, 개의 죽음에 슬퍼한다는 것만으로도 개를 기를 자격이 충

187

분하다. 자격 없는 사람이 개를 키우는 게 문제지, 자격 있는 분들이 개를 새로 입양하는 건 사람과 개 모두에게 윈윈이다. 둘째, 새로 입양하는 개가 펫로스 증후군에서 탈출하는 데 큰 도움을 준다. 물론 곧바로 개를 입양하는 건 역효과가 날 수 있지만, 충분한 시간이 지났다면 입양을 고려하길 권한다. 셋째, 개가 먼저 떠나는 게 걱정돼서 개를 안 키운다는데, 진짜 문제는 개보다 사람이 먼저 떠나는 것이다. 내가 죽으면 이 개가 어떻게 될지 상상해보시라. 생각만으로도 끔찍하지 않은가?

정 이별이 두렵다면 개와 함께하는 동안 개한테 더 잘하면 된다. 살아생전 최선을 다한다고 해서 죽고 난 뒤 슬픔이 덜해지진 않지만, 최소한 죄책감은 덜 드니까 말이다. 그게 지금 내가 개아빠 노릇을 열심히 하는 이유다.

글에 유난히 많은 댓글이 달린다면, 그건 글의 내용에 반대하는 이들이 많아서일 확률이 높다. 댓글은 대개 글이 마음에 안 들 때 달지, 만족했을 때 달지 않으니까. 하지만 이 글은 예외였다. 사람들은 내 글을 읽고 자기가 보냈던 강아지들을 추억했다. 글은 짧지만 그 속에 함축한 사연들이 워낙 절절해 읽다가 눈물이 났다. 그중 몇 개만 여기에서 소개한다.

ji***: 조이야, 꿈아, 잘 있지? 사랑하고 미안해. 다시 만나면 꼭 안아주고 싶다.

cu***: 저도 7살 때부터 집에서 키웠던 몽실이가 생각나네요. 16년 동안 잘 살다가 8년 전에 죽었어요. 저한테 있어 몽실이란 존재는 제 인생의 기억이 또렷하기 전부터 같이 지내 왔던 존재고 늘 항상 곁에 있었는데, 제가 군대 다녀오고 나니 애가 폭삭 늙었더라고요. 그러다 결국 일 년을 못 버티고 갔어요. 정말 많이 슬펐어요. 저한텐 가족이나 다름없었는데. 소중하고 사랑하는 누군가가 없어져버린다는 게 너무 끔찍하고 슬펐지만, 만남이 있으면 이별도 있다는 잔인한 세상 이치를 몽실이 덕에 깨닫고 더 성장한 것 같아요. 지금은 그때의 깨방정과 애교를 사진으로밖에 볼 수 없지만 언젠간 진짜 꼭 다시 한 번 만나고 싶어요. 그랬으면 좋겠어요. 어떤 만화에서 그랬듯이 제가 죽고 나면 우리 몽실이가 절 마중 나왔으면 좋겠어요.

jw***: 개가 죽을 때 슬퍼한다는 게 키울 자격이 된다는 말이 위안이 되네요. 14년 키운 강아지가 3년 전에 죽었는데, 그 후로 항상 내가 너무 못 해준 것 같아서 죄책감에 시달렸거든요.

je***: 애기야. 16년 동안 우리 곁에 있어줘서 고맙고 너무 수고했어. 애기가 보여준 사랑. 언니가 잊지 않고 항상 기억할게. 정말로 많이 사랑했고, 더 오래 지켜주지 못해서 미안해. 언니는 애기 너무너무 사랑해. 언니한테 꼭 돌아와!

he***: 우리 애기들 11살인데 이별 생각하면 벌써부터 눈물이 납니다.

br***: 내가 눈물 나는 게 낫겠죠. 우리 강아지가 나 기다리면서 우는 것보다. 먼저 보낼 수 있는 게 낫다고 생각해요.

sz***: 사진, 동영상. 떠나보낸 지 며칠, 몇 달, 몇 년이 지나도 잊지 못하고 볼 때마다 눈물이 나요. 너무 그리워서 사진을 못 보겠네요.

al***: 18년을 자식으로 살아준 아이가 무지개다리를 건넌 지 4년이 지났지만 아직도 페키니즈만 보면 눈물이 나요.

pe***: 일 년이 다 되어가도 잊히지 않네요. 전 지금도 너무 힘들게 살아요. 남들은 시간이 지나면 잊을 수 있다는데 두 번 다시 개는 안 키울 겁니다. 털이라도 좀 남겨뒀으면 얼마나 좋았을까 합니다. 작년 여름은 저에게 너무 가혹했고 지금도 가혹합니다. 펫로스 증후군 겪으시는 분들은 혼자 감당해야 하기에 더 고통스러운 것 같네요. 혼자 감당하지 마시고 같은 처지에 있는 분들과 함께 슬픔을 나누면 좋을 듯합니다.

ya***: 우리가 하늘나라 가면 기다리던 반려견이 제일 먼저 마중 나온다는 말, 전 믿으려고요. 내 개아들 몽실이, 잘 있지? 엄만 지금도 항상 네가 보고 싶어. 네가 기다리는 천국에 갈 수 있게 더 착하게 살도록 노력할게. 사랑하는 할아버지. 할머니랑 잘 지내. 그리고 나아중에 보리라고 네 여동생이 가면 잘 보살펴줘. 항상 사랑해~~~♡

자신의 떠나간 반려견을 추억하며 남긴 추모의 글들

4장

개 아픔,
개들만의 것일까?

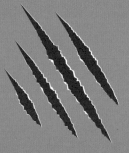

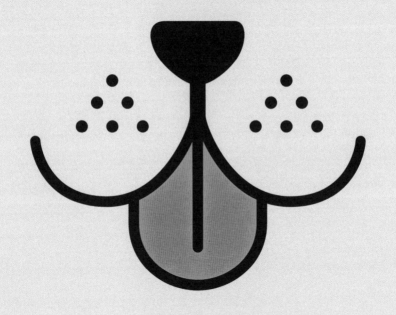

하남

개지옥
사건

2018년 겨울, 신촌에서는 동물권단체 케어가 주최한 '700마리 동물들의 겨울나기'라는 이름의 자선 바자회가 열렸다. 안락사 논쟁으로 그 위상이 추락하긴 했지만, 케어는 유기동물을 구조하고 보호하며, 또 입양도 보내주는 단체다. 그런데 케어가 이 행사를 개최한 데는 이유가 있었다. 원래 케어는 회원들이 보내주는 후원금을 가지고 운영하는데, 케어가 감당할 수 있는 것보다 훨씬 더 많은 개를 구조 및 보호하게 된 탓에 자금이 모자랐기 때문이다. 케어가 개를 많이 구조했다는 얘기는 위기에 처한 개들이 그만큼 많았다는 뜻도 된다. '개팔자가 상팔자'라는 말이 회자되는 시대, 하지만 그건 어디까지나 견주를 잘 만난 일부 개에 국한되는 것일 뿐, 비참한 환경에 놓인 개들은 지금도 차고 넘친다.

"저희가 개들을 잡으려 했지만 개들은 피골이 상접한 채 도망쳤습니다."

행사 도중 상을 받으러 연단에 오른 한 여성은 수상소감을 말하던 도중 울음을 터뜨렸다. 그녀는 소위 '하남 개지옥' 현장에서 오랜 기간 자원봉사를 했는데, 그때의 끔찍한 광경이 떠올라 감정이 복받쳤던 것이다.

5년 전, 경기도 하남에 있는 부지 3천 평에 아파트가 들어선다는 소식이 들렸다. 개발 소식이 들리면 땅값이 뛰기 마련. 모란시장에서 개고기를 팔다가 퇴출당한 상인 60여 명은 하남시 개발을 통해 한몫 챙기기로 마음먹는다.

그들은 개발지역에 몰래 들어가 뜬장을 만들었고, 거기다 개 수백 마리를 집어넣는다. 개발지역 안에서 장사하는 이들에게 상가용지를 우선적으로 분양하는 등의 보상제도가 있는데, 상인들은 이런 '생활대책용지'를 노리고 개들을 이용해 알박기를 한 것이었다. 뜬장마다 각자 하나씩 간판을 세운 이들은 1인당 1억 원씩, 총 60여억 원의 보상금을 요구하며 시위를 벌였다.

개를 수단으로 삼는 이들이 개에게 합당한 대우를 해줄 리 없었다. 상인들이 개들에게 준 것은 음식물 쓰레기가 고작이었다. 그마저도 양이 충분치 않아 개들은 하나둘씩 죽어갔지만 상인들은 그 시체조차 치워주지 않았다. 그래도 일정 숫자의 개들이 있어야 '영업 중이다'고 우길 수 있으니, 개가 모자라면 다른 개를 데려와 숫자를 맞추는 게 고작이었다.[1] 죽은 동료의 시체 옆에서 상한 쓰레기로 연명해야 했던 개들의 마음은 얼마나 비참했을까?

안타깝게도 저 상인들의 파렴치한 행위를 처벌하기란 쉽지 않았다. 〈동물보호법〉에 이를 뒷받침할 만한 법적 근거가 없기 때문이다. 다만 지나치게 학대받는 개들을 긴급 격리할 수 있다는 조항이 있는데, 케어가 하남시에 요구한 것도 바로 이것이었다. 그 뒤 케어는 전국에서 모인 활동가들과 함께 구조를 시작했다. 구조된 개들은 생전 처음으로 제대로 된 곳에서 잠을 자고 제대로 된 음식을 먹을 수 있게 됐지만, 사람을 믿지 못했다. 평생 본 게 학대하는 사람뿐이라, 개들은 활동가들을 보자마자 달아나려 애썼다. 철망을 뜯으려고 물어뜯다 입에서 피가 나는 개도 있었고, 도망치려고 땅굴을 미친 듯이 파던 개도 있었다고 한다. 하지만 활동가들의 정성 덕분에 결국 마음을 열었고, 건강과 미모를 되찾은 개들은 하나둘씩 입양을 갔다.

물론 이게 끝은 아니다. 크기가 크거나 믹스견인 경우에는 입양이 쉽지 않았으니까. 게다가 다른 개들이 굶어 죽어갈 때 용감하게 철장을 뛰쳐나간 개들은 개발지역을 터전으로 삼아 떠돌이생활을 하는 중이다. 지금도 활동가들은 현장을 방문해 그 개들에게 먹을 것을 제공하고 있다. 케어 측의 말을 들어보자. "우리 눈앞에서 왔다 갔다 하는 저 녀석들을 보면 쉽게 발길을 돌려버릴 수가 없습니다. 더욱이 하루라도 우리가 오지 않으면 녀석들은 밥조차 먹을 수가 없습니다."

이런 짓을 한 이들이 제대로 처벌받기라도 하면 좋겠지만, 우리나라 법은 결코 그러지 않으며, 심지어 가해자의 편을 들기도 한다. 예컨대 2018년 7월, 개들에게 사료와 물을 주지 않고 폐가에 방치한 견주가 있었다. 동물보호단체 '제주동물친구들'이 현장을 확인할 당시 발견된 개는 총 37마리였지만, 그 뒤 찾아갔을 때는 4마리가 숨졌고, 남은 개들은 뼈만 앙상하게 남은 채 사체와 분변더미 위를 나뒹굴고 있었단다. 제주동물친구들은 견주를 고발했다. 견주는 경찰에 불려갔고, 개들은 동물보호센터로 구조됐다.

그 개들에게 좋은 날이 왔을까? 놀라운 일이 벌어졌다. 경찰 조사도 제대로 끝나지 않은 상태에서 견주는 시에 개를 돌려달라고 요구했고, 시는 견주에게 개를 돌려줄 것을 명령한 것이다.[2] 결국 개들은 견주의 품으로 돌아갔으니, 해피엔딩인 것일까? 시는 현행 〈동물보호법〉 제18조에 '견주가 보호조치 중인 동물에 대해 반환을 요구할 경우 반환해야 한다'고 명시하고 있어 어쩔 수가 없었다고 하는데, 여기에 더해 견주도 무혐의로 풀려났으니, 〈동물보호법〉이 왜 있는지 알 수가 없다.

하남 개지옥에서 구조된 개들도 끝이 그리 좋지 않았다. 하남시청은 입양되지 않은 개들 60여 마리를 '묻지 마 입양' 처리해버렸다! 입양을 갔으니 좋은 게 아니냐고 하겠지만, 시에서 입양 보낸 곳은 애니멀호더로 정평이 나 있는 사람이 대표로 있는 단체. 그곳이 하남 개지옥과 다를 게 뭐가 있겠나 싶다. 우여곡절 끝에 케어 측이 13마리를 도로 찾아와 제대로 된 곳에 입양 보내고 있지만, 나머지

47마리의 행방은 알 길이 없다.[3]

떠돌이생활을 하던 개들은 여전히 하남 현장에 남아 있다. 안타까운 것은 이들이 지낼 생활 터전이 사라지고 있다는 사실이다. 아파트를 짓기 위한 시멘트 골조가 곳곳에 세워지고 있어서다. 공사가 더 진척되면 개들은 결국 자신들의 터전이었던 그곳을 떠날 수밖에 없다. 그들은 과연 어디로 가게 될까. 야생동물에 적대적인 우리나라의 환경을 감안했을 때, 차에 치여 생을 마감하는 게 고작이리라.

그들에게 묻고 싶다. 개로 태어난 것, 그것도 개의 권리가 무시되는 대한민국에서 태어난 것을 원망하고 있지는 않으냐고. 개팔자 상팔자라는 말, 함부로 하지 말자. 이 나라엔 지옥에서 사는 개들이 훨씬, 훨씬 더 많으니 말이다.

〈동물보호법〉은
정말 동물을
보호하는가?

2019년 1월, 새벽 0시 50분. 부산의 한 오피스텔에서 무언가가 땅으로 떨어졌다. 뭔가 싶어 행인들이 다가가 보니 하얀색 강아지 세 마리가 죽어 있었다. 확인 결과, 그 강아지들은 18층에서 던져졌다. 범인은 27세 여성으로, 지인들에게 개를 죽이고 자신도 죽겠다고 했단다. 해당 사건을 담당한 경찰이 말한다. "〈동물보호법〉 위반 여부는 추후에 안정이 되면 입건해서 조사할 예정입니다."[4]

그로부터 한 달이 지난 2월, 강릉의 모 애견센터에서 한 여성이 분양받은 강아지를 집어던졌다. 강아지는 바닥에 떨어졌고, 뇌출혈로 죽었다. 그녀는 개가 배설물을 먹는다며 환불을 요청했다가, 사장이 이를 거부하자 던진 것이라고 했다. 경찰은 그녀가 〈동물보호법〉을 위반했다고 보고 사실관계를 확인 중이란다. 사건이 이슈화

되자 그녀는 "평생 반성하며 유기견 센터에서 봉사활동을 하겠다"고 말했다.[5] 이에 네티즌들은 "반성은 감옥에 가서 해라"고 했지만, 실제로 그녀가 감옥에 갈 것 같지는 않다.

이들 외에도 개를 죽음에 이르게 한 사람들은 차고 넘친다. 가장 엽기적인 사건은 2012년 4월, 경부고속도로에서 벌어졌다. 에쿠스 승용차가 개를 트렁크에 매단 채 질주하는 바람에 개가 사망한 사건으로, 네티즌들은 이를 '악마 에쿠스 사건'이라 불렀다.[6] 그는 "차가 더러워질까 봐 개를 트렁크에 실었다. 트렁크에 개를 싣고 달리자니 산소가 부족할 것이 염려돼 트렁크를 열고 달렸는데 차량에 속도가 붙으니 강아지가 창밖으로 떨어진 것이다"라고 해명했다. 이 사건은 놀랍게도 그 뒤 여러 차례 반복되고 있다.

2016년 9월, 전북 순창경찰서는 4일, 차에 강아지를 매단 채 차량을 운행한 혐의로 A 씨(50세)를 조사할 예정이라고 밝혔다. A 씨는 전날 오전 8시 50분께 순창군 적성면 한 도로에서 검은색 강아지 한 마리를 트렁크에 매달고 시속 80킬로미터로 달린 혐의를 받고 있다.[7]

2017년 7월, 제주도에서 60세 전후의 남성이 개를 차에 매달고 질주했다. 다른 차들이 항의해 경찰이 출동했지만, 그는 죽은 개를 태연히 트렁크에 넣고 다시 갈 길을 갔다. 경찰에 따르면 그는 개를 산책시킨 것이며, 평소에도 이런 식으로 산책했다고 말했단다. 경찰이

할 수 있는 것이라곤 앞으로는 도보로 산책하라는 권고가 다였다.[8]

제주도에서 백구 두 마리를 SUV 차량 뒤에 묶어 무참히 끌고 다닌 사건이 발생해 경찰이 수사에 나섰다. 동물권단체 제주동물친구들은 사건을 제보받고 경찰에 고발장을 접수했으며, 이후 현장 사진과 용의자와 인터뷰한 내용을 페이스북에 게시했다. 백구 두 마리의 행방이 묘연하지만, 용의자는 "개를 바로 풀어줬으며, 자신은 개를 먹지 않고 사랑하는 사람"이라고 주장하고 있다.[9]

2019년 2월, 달리는 트럭 조수석 옆에 하얀 물체가 매달려 있었다. 알고 보니 그 물체는 한 마리의 백구였는데, 그 개는 목줄이 트럭에 묶인 채로 끌려가고 있었다. 경찰이 출동했을 때는 이미 백구가 죽은 상태였는데, 이런 야만적인 짓을 저지른 운전수 박모 씨(67세)는 다음과 같이 증언했다. "짐칸에 실어놨던 개가 스스로 빠져나온 것 같다."[10]

이 밖에도 오토바이에 개를 매달고 질주한 이들이 몇 명 더 있는데, 이쯤 되면 재미 삼아 개를 학대한다고 해도 과언이 아니다. 이들을 막을 방법은 정녕 없는 것일까. 물론 우리나라에는 〈동물보호법〉이라는 아주 훌륭한 법이 있긴 하다. 훌륭하다고 한 건 결코 비아냥이 아닌데, 그 내용을 뜯어보면 좋은 말이 아주 많기 때문이다. 동물 소유자가 동물을 버려서는 안 되며, 도구 등을 사용해 학대해선 안 된다 등의 미사여구가 〈동물보호법〉을 수놓고 있다.

문제는 처벌수위가 너무 낮다는 점이다. 동물학대 시 처벌에 관한 규정을 담은 〈동물보호법〉 8조에서는 '목을 매다는 등의 잔인한 방법으로 동물을 죽음에 이르게 하는 행위, 노상 등 공개된 장소에서 죽이거나 같은 종류의 다른 동물이 보는 앞에서 죽음에 이르게 하는 행위, 고의로 사료 또는 물을 주지 아니하는 행위로 인하여 동물을 죽음에 이르게 하는 행위' 등을 금지하고 있으며, 이를 위반할 시 2년 이하의 징역 또는 2천만 원 이하의 벌금을 물리도록 규정돼 있다. 그나마도 2017년 법 개정을 통해 형량이 두 배 오른 것이라는데, 최대형량이 이 정도니 실제 판결은 벌금형이 고작이다. 재판이 끝난 사례 몇 가지만 살펴보자.

먼저 들고양이에게 끓는 물을 붓거나 자신이 키우던 개에게 물어뜯기게 하는 등 잔인하게 살해하고 이 장면을 촬영해 인터넷에 올린 20대 남자가 있었다. 학대뿐 아니라 학대 장면을 게시까지 했음에도 그는 징역 4개월, 집행유예 2년, 벌금 300만 원을 선고받는 데 그쳤다. 초범인 게 고려됐다지만, 재범이었다고 해서 이 남자에게 징역형을 내렸을지는 의문이다.

앞서 언급한 악마 에쿠스 사건의 범인은 고의성이 없다고 무혐의 판결을 받았다. 원조가 이랬으니 짝퉁범죄를 저지른 이들이라고 무슨 대단한 처벌을 받았겠는가? 피고인들이 반성하고 고령이라 건강도 좋지 않고 고의성이 없었고 어쩌고 하면서 죄다 풀어준 재판부에 경의를 표한다.

자기 개를 죽인 건 백번 양보해 그렇다 쳐도, 주인이 있는 다른 개를 죽인다면 형량이 좀 달라지지 않을까? 하지만 술에 취해 쇠파이프로 이웃집 개를 때려죽인 남성에게 내려진 판결은 갯값을 물어주고, 견주에게 정신적 고통을 위로하는 차원으로 얼마간의 돈을 주라고 한 게 고작이다. 여기에 적용된 법률은 재물손괴죄로, 남의 집 개를 죽인 걸 물건 망가뜨린 것과 같이 취급하고 있다. 그래도 이 법은 최대형량이 징역 3년이니 조금 낫지만, 실제로 징역을 살게 하는 판결은 나오지 않는다. 다른 이의 진돗개에게 공기총을 쏴서 쓰러뜨리고 그 위를 차로 짓밟아 죽게 한 이는 벌금 150만 원, 타인의 개를 아무런 이유 없이 찔러 주방용 칼로 내장이 다 쏟아지게 만든 이는 벌금 400만 원.[11] 사정이 이러니 개를 함부로 대하는 이들이 많을 수밖에 없다. 동물학대에 대해 엄중한 처벌을 요구하는 목소리가 높은 이유다.

물론 처벌이 세진다고 동물학대가 아주 없어지는 건 아닐 것이다. 하지만 공공장소에서 대놓고 학대를 자행하는 지금보다는 상황이 나아지지 않겠는가? 동물학대를 처벌해야 하는 또 다른 이유는 동물학대가 사람을 해치는 범죄로 이어질 확률이 높기 때문이다. 경찰청에서 프로파일러로 활동했던 권일용 교수의 말을 들어보자. "외국의 연쇄살인범들을 보면 어릴 적 동물학대가 있었다, 이런 연구 결과가 있어요." 이는 한국도 마찬가지로, 연쇄살인마의 상징인 유영철은 개를 상대로 살인 연습을 했단다. 또 다른 연쇄살인마 강호순은 시베리안 허스키를 키워 애견가로 알려지기도 했지만 실제로 그는 개농장을 운영하며 동물을 학대했고 수십 마리의 허스키들을 고의로 굶겨 죽이기도 했다. 만약 이들이 동물을 죽였을 때 미리 감옥에 넣었다면, 최소한 수감 기간만큼이라도 사람을 못 죽이지 않았을까? 동물학대죄의 형량을 높이고 처벌을 강하게 하는 게 필요하다는 얘기다.

다른 나라는 어떨까. 웬만한 나라들은 동물을 물건이 아닌, 보호받아야 할 대상으로 규정하고 있으며, 동물학대범의 신상을 공개하는 나라도 있다. 동물의 권리가 존중받는 나라라야 사람도 존중받는다. '개니까 학대해도 된다'는 생각이 지배하는 사회에선 사람에 대해서도 '쟤는 못생겼으니까 괴롭혀도 돼', '약하니까 죽여도 괜찮아' 같은 위험한 생각이 잉태될 수 있기 때문이다.

인간이 만물의 영장이란 말의 의미도 다시 생각해보자. 이는 다른 동물도 두루 배려하라는 뜻이지, 학대할 권리가 있다는 게 결코 아니다. 자기보다 힘이 약하다고 다른 동물을 괴롭힌다면 그건 만물의 영장이 아닌, 양아치일 뿐이다.

개가
질병을

옮긴다고?

'애완동물의 대소변은 사람에게 기생충 등 질병을 옮길 수 있으므로 금지합니다.'

내가 사는 아파트에 붙어 있던 푯말이다. 그때는 내가 아파트 단지 내 정원에서 개 산책을 시키던 때였기에 그 푯말은 스트레스로 작용했다. 푯말이 나를 겨냥한 것임을 알았기 때문이다.

푯말이 붙기 바로 전날, 개 산책을 시키다가 난 부녀회 실세 한 분과 약간의 언쟁을 벌였다. 개혐으로 유명한 그분이 "도대체 왜 개를 데리고 바깥에 나오느냐? 너나 개 좋아하지, 다른 사람들도 다 좋아하는 것은 아니다"라고 말을 하기에 발끈해서 맞받아친 게 언쟁으로 이어졌다. "그런 논리라면 실세님은 왜 바깥에 나오십니까? 실세님이야 나와서 좋으시겠지만, 다른 사람들도 다 실세님을 좋아하는 것은 아니잖습니까?" 생각해보면 좀 유치한 대응이긴 했다. 그분으로부터 "나한테 너 같은 아들이 있다!"는 말까지 나왔으니 화가 단단히 났던 모양인데, 다음 날 푯말이 세워진 게 나 때문이라고 의심하는 것도 어찌 보면 당연했다.

경위야 어찌 됐건 푯말의 내용이 꼭 필요한 것이라면 수긍할 수 있지만, 그런 것도 아니다. 야외에서 생활하던 과거의 본성 때문인지는 모르겠지만, 원래 개들은 바깥에 나가면 대소변을 본다. 이건 견주가 어찌할 수 없는 부분이다. 특히 소변은, 이건 어디까지나 내 주장이지만, 개들끼리 소통하는 아주 중요한 수단이다. 하지 말란다고 될 문제가 아니라는 얘기다.

특히, 여기서 짚어볼 대목은 '개의 대소변이 기생충 등 질병을 옮긴다'이다. 교수만 따진다면 우리나라에 기생충학자는 50명가량이 있다. 그중 40퍼센트가 서울에 사는 걸 고려하면, 지방의 자기 동네에 기생충학자가 살 확률은 정말 미미하다. 그러니 내가 사는 아파트는 기생충학자가 사는 아주 드문 아파트다. 게다가 그 기생충학자는 나대는 걸 좋아해서 거의 기생충학의 상징처럼 돼 있다. 그렇다면 이런 푯말을 만들 때 나에게 자문 정도는 구할 수 있지 않았을까? 전화까지도 필요 없고 인터폰으로 물어보기만 해도 됐을 텐데, 아쉽기 그지없다.

일단 소변은 질병을 옮기지 않는다. 개나 사람이나 비뇨기계에 심각한 감염이 있지 않은 한, 소변에는 세균이 없다. 문제는 대변이다. 대변을 통해 기생충에 감염되는 것은 실제로 가능하니까. 여기에 관해 이야기해보자.

개회충,
사람에게 전염될까?

개를 통해 사람에게 전파될 수 있는 대표적인 병원체는 개회충 Toxocara canis이다. 이는 비교적 흔한 기생충이며, 인터넷을 잠깐만 뒤져도 개한테서 개회충이 나왔다는 글이 굉장히 많이 나온다.

— 강아지가 구토했는데 기생충이 나왔어요. 연가시처럼 지렁이 같은 기생충이.
— 우리 집 개가 방금 똥을 쌌는데 흰색 연가시 같은 기생충이 열 마리 넘게 우글거리고 있는 거예요. 저희 어머니 넘어가시고….
— 생후 3개월 된 강아지 변에서 기생충이 나왔어요. 아침에 변을 치워주다가 발견했는데요. 국수면 같은 흰색 기생충이 한 마리 나왔어요.

연가시, 지렁이, 국수…. 모두 개회충을 지칭하는 단어다. 형태는 사람 회충과 비슷하지만, 크기가 10센티미터 내외로, 30센티미터에 달하는 사람 회충에 비하면 좀 작다. 사진 중 위에 있는 게 암컷, 아래 있는 게 수컷인데, 수컷은 크기가 작고 끝이 꼬부라져 있어서 구별이 가능하다.

개회충은 좀 걱정해야 하는 기생충이 맞다. 사람 회충은 사람에

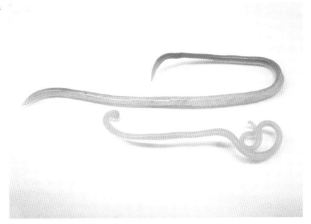

게 들어갔을 때 작은창자 안에 얌전히 있는 경우가 대부분이다. 개에 개회충이 있을 때도 마찬가지라, 개가 특별한 증상을 호소하진 않는다.

　문제는 개회충이 사람에게 들어왔을 때다. 개회충은 개의 몸 안에서만 어른이 될 수 있는데, 알에서 부화해 유충이 되고 보니까 이건 좀 이상한 거다. "어? 여기는 내게 익숙한 곳이 아니네? 여기서 빨리 나가야겠다." 그래서 개회충은 우리 몸 여기저기를 돌아다닌다. 간이 가장 흔하게 침범되는 장소지만, 간 이외에도 원하는 곳은 어디든지 간다. 그중 한 곳이 폐로, 모 아이돌 그룹의 멤버는 TV 프로그램에서 건강검진을 받았다가 "폐에 기생충이 있다"는 얘기를 듣고 혼비백산했던 경험을 이야기하기도 했다.

　하지만 사람의 간이나 폐에 개회충이 있는 경우, 숫자가 아주 많지 않다면 증상이 그리 심하진 않다. 가볍게 몸살을 앓고 마는 성도? 문제는 눈이나 뇌 등 치명적인 곳으로 가는 경우로, 이럴 땐 한 두 마리만 가도 바로 증상이 나타난다. 개회충이 눈에서 염증을 일으키는 경우는 아주 흔해서, 눈에 염증이 생긴 환자 100명을 조사한 결과 그중 38퍼센트가 개회충에 의한 것이었다는 보고도 있다.[12] 심지어 망막박리를 일으킨 예도 있으니, 예상외로 만만한 기생충은 아니다. 뇌로 가는 경우는 드물지만, 일단 가기만 하면 뇌수막염이라는 치명적인 병을 일으킬 수도 있다.

한국,
개회충의 천국

환자 수로 보면, 우리나라는 가히 개회충의 천국이다. 이게 다 반려견으로부터 옮은 게 아니냐고 생각하겠지만, 실상은 이와 다르다. 개를 키우는 게 개회충의 원인이라면, 집에서 개를 키우는 견주들은 죄다 개회충에 걸려 있어야 한다. 반면, 개회충 환자 대부분은 개를 키우지 않는 이들이다. 어떻게 된 일일까?

개회충에 감염되려면 개회충의 알을 먹어야 한다. 그 알은 개가 대변을 볼 때 밖으로 나온다. 그런데 나온 지 얼마 안 된 알은 사람에게 감염되지 못한다. 사람 몸에서 부화할 수 있으려면 최소 2주가량 흙 속에서 발육하는 과정을 거쳐야 한다. 이 과정은 적당한 수분과 온도를 필요로 하는지라, 집 바닥에 2주간 대변을 방치했다고 개회충이 감염력을 가진 알이 되진 않는다. 게다가 집에서 사는 개들은 개회충에 걸려 있는 경우가 드물다. 왜일까? 개가 개회충에 걸리려면 개가 흙 속에 있는 개회충의 알을 먹어야 하기 때문이다. 그런데 집에서 키우는 개들은 주로 사료를 먹지, 흙에 있는 너러운 깃들을 먹는 일이 드물어 개회충의 알이 몸에 들어가기 힘들다. 그렇다면 개회충에 걸리는 개들은 어떤 개들일까? 집에서 쫓겨난 버려진 개들, 즉 유기견들이다. 앞서 언급된 개회충 사례들도 유기견을 입양한 경우였다.

유기견은 개회충을 얼마나 가지고 있을까? 축산물위생검사소 연구팀이 2014년 한 해 동안 유기동물보호소에 들어온 개들의 대변에서 기생충의 알이 얼마나 나오는지 검사했더니 5.9퍼센트가 개회충에 감염돼 있었다.[13] 5.9퍼센트라니 얼마 안 되네, 라고 생각할지도 모르겠다. 하지만 연간 발생하는 유기견이 8만 마리에 달한다는 사실을 떠올리면, 이들로부터 나오는 개회충 알의 수가 전 국토를 커버하고도 남는다는 것을 추측할 수 있으리라. 사람이 이 알을 손에 묻힌 뒤 입으로 가져가면 개회충에 감염된다.

미국 보건복지부에서는 개회충을 다음과 같이 소개한다. '주로 아이들이 감염되며, 흙장난을 통해 감염되는 것이 주요 경로다.'[14] 이걸 다행이라고 해야 할지 모르겠지만, 요즘 우리나라 아이들은 웬만해서는 흙장난을 하지 않는다. 학교가 파한 후엔 학원에 가야 하니 흙장난을 할 시간도 없거니와, 남는 시간이 있어도 다들 스마트폰만 하기 바쁘다. 그런데 우리나라는 왜 개회충 환자가 많을까? 어른들이 걸리기 때문이다. 설마 어른들이 흙장난을? 그런 사람이 없다고 장담할 수는 없지만, 어른들의 감염경로는 흙장난이 아니다. 그들은 '소간'을 먹고 걸린다. 소간이라니 좀 뜬금없겠지만, 잠시만 설명을 들어보시라.

초식동물인 소는 풀을 먹고 자란다. 유기견들은 어디든 갈 수 있기에, 풀밭에도 대변을 보고, 그 풀밭은 개회충의 알들로 오염된다. 소가 풀을 뜯든, 아니면 그 풀을 베서 소 사료를 만들든, 개회충의 알들은 소에게 섭취된다. 소의 몸 안에서 부화된 개회충의 유충은 여러 곳으로 갈 수 있지만, 사람에서 그랬듯이 주로 간으로 가서 유충 상태로 머무르고, 소간을 먹으면 이 유충이 사람에게 넘어온다. 앞서 언급한 아이돌 스타가 개회충에 감염된 것은 곱창을 좋아하는 그가 식전 서비스로 주는 생간을 먹은 탓이었다. 물론 소간만이 개회충의 감염원은 아니다. 땅에 있는 것들을 마구 주워 먹는 오리와 닭의 간을 먹어도 걸릴 수 있고, 개회충으로 인해 뇌수막염에 걸린 한 환자는 타조 간을 먹은 게 원인이었다. 또한 제주도에서는 말의 간을 먹고 걸리기도 한다.

개를 통해 전파되는 기생충은 꼭 개회충만이 아니다. 눈을 침범하는 동양안충도 있고, 사람에게 감염 시 피부를 침범하는 개 심장사상충도 있으니 말이다. 사람 몸에서 천천히 자라서 나중에 심각한 문제를 일으키는 포충이란 기생충도 있다. 하지만 이것들은 개회충만큼 빈도가 높지 않으며, 포충은 우리나라에선 아예 유행하지도 않으니, 너무 신경 쓸 필요가 없다.

정리해보자. 우리나라는 개회충의 천국이다. 우리가 소간을 비롯한 동물의 간을 즐겨 먹는다는 것도 여기에 큰 공헌을 하지만, 보다 근본적인 이유는 우리나라 사람들이 개를 내다 버리는 경우가 많기 때문이다. 그로 인해 병원에서 개회충으로 진단되는 환자가 많아지니, 국가에서 유기견이 발생하지 않도록 대책을 세울 필요가 있다.

한 가지만 더. 개회충은 집 안에서 사람으로 바로 전파되지 않다. 게다가 개회충은 2주간 구충제를 먹음으로써 완치할 수 있다. 개회충을 빌미로 개를 버린다면, 당신은 이 사회에 개회충 감염자를 더 만드는 결과를 초래하는 것이다.

만들어진

개의
비극 (1)

합스부르크 가문은 오스트리아 왕실을 오랫동안 지배한, 영향력 있는 집안이다. 정략결혼이 횡행하던 시대였던 만큼 대부분의 유럽 왕실은 합스부르크가와 관계가 있는데, 우리가 잘 아는 마리 앙투아네트도 이 가문 출신이다. 그런데 이 가문 출신들의 초상화를 보면 아래턱이 길고 아랫입술이 축 늘어져 있다. 미모와는 거리가 좀 있다는 얘기인데, 마리 앙투아네트가 미녀로 그려진 것은 화가가 '뽀샵'을 했기 때문이란다.

합스부르크가 사람들이 기다란 턱과 축 늘어진 입술을 갖게 된 이유는 무엇일까? 당시엔 이게 '왕가의 저주'라고 불렸지만, 유전학의 발달은 그들이 왜 그런 특징을 갖게 됐는지를 알게 해줬다. 사람의 DNA는 두 쌍으로 돼 있다. 유전자는 DNA에 위치하므로, 모든

합스부르크 가문의
카를로스 2세(좌)와
펠리페 2세(우)

사람은 마주 보는 DNA에 각각 한 개씩의 유전자를 갖게 된다. 이
구조가 좋은 이유는 모든 유전자가 다 멀쩡하지는 않다는 데 있다.

눈의 크기를 결정하는 유전자가 있다고 치자. 그런데 어떤 이의
유전자 하나가 눈을 기형적으로 작게 만드는 돌연변이 유전자다.
그럼 이 사람은 작은 눈을 가진 채 살아야 할까? 꼭 그렇지만은 않
다. 반대편 유전자가 정상이라면, 그리고 이것이 우선하여 힘을 발
휘하는 '우성' 유전자라면, 이 사람은 큰 눈을 가지고 사는 게 가능
하다. 하지만 반대편 유전자마저 돌연변이가 일어난 것이라면? 나
같은 사람이 만들어진다!

물론, 마주 보고 있는 두 유전자가 동시에 돌연변이를 갖는다는
건 쉬운 일이 아니다. 하지만 근친혼이라면 얘기가 다르다. 친척 중
에는 눈 크기 유전자 한 개, 혹은 두 개 모두 돌연변이를 가진 분들
이 많을 것이다. 그런데 그들끼리 결혼을 한다면, 눈이 작은 후손이
태어날 확률이 아주 높아진다. 합스부르크가가 바로 이런 경우다.
그들은 가문의 순수성을 유지하는 방편으로 근친혼을 주로 했고,

그러다 보니 긴 턱과 축 늘어진 입술이 대대로 유전될 수밖에 없었다.

순종 제일주의

개가 더 이상 집을 지키지 않게 되면서 사람들은 개에게 공격성 이외의 특징들, 그러니까 충성심이랄지 미모, 보호 본능을 일으키는 작은 체구 등을 요구하게 됐다. 이 과정에서 선택교배라는 일종의 유전자 조작이 이루어졌다.

"이 예쁜 개를 저 예쁜 개와 교배시키면 더 예쁜 개가 나오지 않을까?"

"피부가 쭈글쭈글한 개를 한번 만들어볼까?"

"나는 코가 납작한 개가 좋더라. 쟤랑 쟤를 교배시키면 가능할 것 같은데."

태어난 개가 기대에 미치지 못하면 버려졌고, 업자의 마음에 든 개들은 살아남아 소위 '순종견'이 됐다. 우리가 아는 견종의 90퍼센트는 지난 백여 년 사이에 이런 방식으로 만들어졌다. 예컨대 1868년 마조리뱅크스라는 부동산업자는 곱슬대는 털을 가진 '누스'라는 이름의 리트리버와 스코틀랜드산 트위드워터스패니얼인 '벨르'를 교배시켰는데, 그로 인해 만들어진 개가 바로 많은 사랑을 받고 있는 골든 리트리버다. 한국에서 특히 선호되는 시추는 중국 황실에서 키우던 페키니즈와 티베트의 라사압소를 교배시킴으로써 만들어졌다.

　더 좋은 개를 만들려는 노력이 꼭 나쁜 것만은 아닐 수 있다. 문제는 이 개들이 유전적으로 취약하다는 점이다. 골든 리트리버가 마음에 든 마조리뱅크스는 같은 방식으로 몇 마리의 골든 리트리버를 더 만들어냈다. 당연한 얘기지만, 그들은 먼저 태어난 리트리버와 부모가 같은 형제자매. 그다음 수순은 형제자매 간의 근친교배를 통해 개체 수를 불리는 것이다. 순종견들이 다 그렇듯, 혈통 보존을 위해서는 근친교배를 할 수밖에 없으니 말이다. 개체 수가 많아지면서 형제자매, 부모자식 간의 교배는 없어졌겠지만, 어차피 그 개들 모두 돌연변이 유전자를 가지고 있었고 이는 사라지지 않고 후손들에게 전파됐다. 이로 인한 대표적인 질병이 '고관절 이형성'이다. 고관절이 발달되지 않아 걷고 달리는 데 문제를 일으키는 병인데, 진단도 어렵지만 특별한 치료법이 없어 견주들의 마음을 아프게 한다.

　고관절 이형성에 시달리는 개는 골든 리트리버만이 아니어서, 셰퍼드나 세인트버나드 등 만들어진 큰 개들에서도 이 유전병의 빈도가 높단다. 이는 작은 개들도 마찬가지인데, 슬관절 탈구는 너무 자주 발생해서 펫보험 보장항목에서 제외되기까지 했다. 지인이 기르는 개는 태어난 지 채 일 년도 안 됐는데 앞다리의 선천성 기형이 발견돼 얼마 전 큰 수술을 받았다. 멀리 갈 것도 없이 우리 집 강아지 은곰이도 앞다리 검사 결과가 좋지 않아 조만간 수술을 해야 한다.

과거 기억을 돌이켜보면, 내가 키운 개 중 가장 건강했던 개는 소위 말하는 잡종개였다. 진돗개와 다른 개의 교배로 태어난 그 개는 뭐든지 잘 먹었고, 아픈 데도 거의 없었던 데다 머리까지 좋았다. 그런데도 난 그 녀석이 순종이 아니란 이유로 그다지 사랑하지 않았고, 심지어 부끄러워하기까지 했다. 이게 꼭 어릴 적 문제만은 아닌 것이, 지금의 나 역시 순종 제일주의에서 자유롭지 못하기 때문이다. 다른 이들에게 우리 집 개가 비싸다고 자랑하고, 어떤 개가 믹스견이라고 하면 나도 모르게 떨떠름한 표정을 짓는 걸 보면 문제가 좀 심각하다.

이게 비단 나만의 문제일까? 순종을 증명하는 용도로 변질된 혈통서가 판을 치고, 최고의 순종을 가리려는 취지의 도그쇼가 수시로 열리는 이유는 나같이 순종에 집착하는 인간이 많아서가 아닐까? 자기네 개가 순종이라고 우쭐해하는 것도 웃긴 일이고, 믹스라고 부끄러워할 필요도 없다. 어차피 개를 키우는 목적이 삶을 더 풍요롭게 하기 위함이라면, 그들의 혈통을 이리저리 따지고 차별의 기준으로 삼는 것은 미개한 일이다. 이 글의 결론. "나는 미개하다."

이 글에 달린 댓글들에는 순종 지상주의에 대한 날카로운 비판이 많았다.

cr***: 순종이건 잡종이건 강아지는 다 예쁨. 혈통 따지는 사람들 솔직히 이해 안 됨. 우리 집 강아지는 흔히 말하는 똥개인데 너무너무 예쁨.

yo***: 시골 본가 마당에서 13년째 무단취식 중인 뿌리를 알 수 없는 누렁이 한 놈이 있는데 여태껏 크게 아픈 적 한 번 없고 집도 잘 지키고 가끔씩 나오는 간짜장에 밥 비벼준 특식을 최고 별미로 치는 녀석이지. 한 번씩 집에 내려가 이젠 나이 들어서 움직이기도 싫어하는 놈을 보니 가슴이 아프네. 어릴 때 어머니한테 혼나면 부둥켜안고 같이 컸으니 말이다.

yu***: 순종 지상주의, 믹스견이라 외면받는 세상이라니, 이게 인종 차별과 다를 게 뭐가 있을까요?

aj***: 순종 따지는 행위는 명품가방 취급하는 행위와 동일합니다. 개가 가족이네 하는 소린 변명이고 소유물에 불과한 행위들이죠. 진정한 애견가가 아니죠. 그 사람들 족보가 궁금함.

77***: 도그쇼 보고 충격받음. 완전 동물학대임. 목줄 묶어놓고 높은 선반 위에서 꼼짝 못 하고 앉지도 못하고 계속 서 있게 함. 전시된 개들을 보며 도그쇼는 인간들의 학대 쇼일 뿐이라는 걸 깨달음.

na***: 개에게 순종이 어디 있나? 다 잡종이지. 몇 대, 몇십 년, 길어봐야 백 년 가까이 순종이겠지. 오로지 개만 혈액형이 사람보다 많은 16개나 있다. 사람이 개를 수없이 교배시켜 이렇게 만든 거다. 이렇게 다양한 종류가 있는 동물은 지구 상 어디에도 없다. 사람도 순종이 없는데 어디에서 순종을 찾나? 개는 순종이라는 개념 자체가 사기다. 공룡시대부터, 아니 만 년 정도라도 원형 그대로 내려왔으면 인정한다.

or***: 부르는 이름부터 바꾸면 된다. 순종→근친종 반면에 다음과 같은 의견도 있었다.

ki***: 믹스견은 먼 옛날, 인간들이 새로운 종을 만들고 생명을 갖고 놀면서 생겨난 것과 다름없어요. 도그쇼에 믹스견도 참가하게 허용한다면, 어쩌면 다시 예전처럼 인간들이 생명을 갖고 놀면서 그저 보기에 예뻐 보이는 종을 만들기 위한 수단이 될 수도 있다는 생각이 들어서 조심스럽네요.

si***: 도그쇼고 뭐고 순종들이 그렇게들 싫으면 한국에 있는 진돗개, 풍산개, 삽살개 등부터 없애고 말하세요. 애초에 진돗개라는 말처럼 개를 품종으로 구분하는 말부터 없애세요.

이 말들에 일리가 있다 해도, 순종만을 우대하고 믹스견을 차별하는 문화는 사라지는 게 좋을 것 같다. 단일민족 신화를 신봉하는 나라에서 그리 쉽지는 않아 보이지만 말이다.

만들어진
개의
비극(2)

뽀삐의 진실

결혼 전, 아내는 흰색 페키니즈 뽀삐를 키웠다. 결혼 후 아내와 난 이런 생각을 했다. '한 마리만 있으면 놓고 나가기 찜찜하니, 한 마리를 더 입양하자.' 우린 페키니즈를 한 마리 더 입양했고, 그게 바로 예삐였다.

같은 페키니즈지만 뽀삐와 예삐는 극명한 대조를 이뤘다. 뽀삐는 활동성이 거의 없다시피 하고 먹는 것만 밝히는 반면, 예삐는 영리한 데다 노는 것을 아주 좋아했다. 그런 예삐를 볼 때마다 안타까운 마음이 들었다. 예삐는 뽀삐에게 같이 놀자고 끊임없이 보챘지만, 뽀삐는 그런 예삐에게 화만 냈다. 아내와 내가 시간이 있을 때마

뽀삐

다 놀아주긴 해도, 개들은 자기네끼리 놀아야 더 재미있는 법이잖은가? 그래서 난 뽀삐를 볼 때마다 답답해했고, 예삐한테 쏟는 것만큼의 애정을 주지 않았다. 뽀삐가 왜 그렇게 움직이지 않았는지를 알게 된 건 뽀삐와 예삐 모두 무지개다리를 건너고 난 뒤였다. 슬픔에 잠겨 있던 우리는 팬더를 시작으로 모두 여섯 마리의 개를 입양했고, 여섯 번째로 입양한 강아지가 은곰이었다.

은곰이는 같이 태어난 네 마리 중 맏이였다. 나머지 세 마리 중 둘은 A라는 여성분에게 입양됐고, 한 마리는 B라는 남성분에게 입양됐다. 이 인연으로 아내는 A와 강아지 키우는 이야기를 하며 친분을 쌓았다. 그러던 중 A의 강아지에게 일이 생겼다. 가만히 있을 때 앞다리를 자꾸 드는 게 이상해서 병원에 데려가 엑스레이를 찍었더니 앞다리 뼈가 어긋나 있다는 것이다. 짚을 때마다 앞다리가 아프니, 자기도 이상해서 앞다리를 들었던 모양이다. 엑스레이 결과를 본 의사는 이렇게 말했다.

"이거 이거, 총체적 난국이네요."

혹시나 싶어서 데려간 또 다른 강아지도 같은 진단을 받았다. 앞다리 굽이관절 탈구. 두 마리 전부 다리가 활처럼 휜 안짱다리인데, 탈구가 심하니 그럴 수밖에 없다는 것이다. A의 얘기를 들은 아내는 덜컥 걱정됐다. 은곰이 또한 앞다리가 휘었는데, 은곰이도 혹시 뼈가 어긋난 게 아닐까? 아내는 A의 강아지가 진단받은 병원으로 은곰이를 데려가, 떨리는 마음으로 엑스레이를 찍었다.

사람의 팔이 그런 것처럼, 개의 앞다리는 위쪽에 있는 다소 큰 뼈와 아래쪽에 있는 두 개의 뼈가 맞물려 관절을 이루어야 한다. 하

은곰의
엑스레이 사진

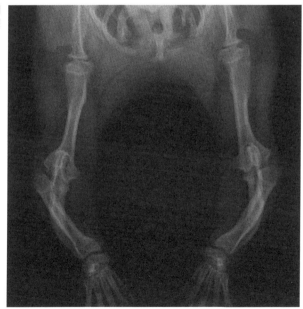

지만 사진을 보면 뼈 하나가 관절을 이루는 대신 따로 놀고 있다. 돌이켜 보면 은곰이는 산책을 조금만 심하게 해도 앞다리를 절었는데, 그게 다 탈구 때문이었던 것이다.

의사는 말했다. "A네 강아지들보다 상태가 더 심각하네요. 이거야말로 총체적 난국입니다." 의사는 수술밖에 방법이 없지만, 수술해도 성공 여부를 장담할 수 없고, 재활하는 데만도 꽤 긴 시간이 필요하단다. 그래도 탈구된 상태로 놔둘 수는 없는지라 우리 부부는 결국 은곰의 수술 날짜를 잡았다.

수술을 기다리던 어느 날, 갑자기 뽀삐 생각을 했다. 은곰만큼은 아닐지라도 뽀삐 역시 앞다리가 휜, 안짱다리다. 엑스레이를 찍어 보지 않아서 몰랐을 뿐, 뽀삐도 앞다리 굽이관절에 탈구 혹은 아탈구가 있었을 것이다. 앞발을 내디딜 때마다 통증을 느낀다면, 활동성이 떨어지는 것은 너무도 당연하다. 내가 '미련함의 증거'라고 생각했던 뽀삐의 식탐은 그게 유일한 삶의 낙이었기 때문은 아니었을까? 갑자기 미안함이 몰려왔다. 아파서 못 뛰는데 말을 못 하니 어디 하소연할 곳도 없었을 것이다. 더 미안한 건, 내가 그런 사실도 모른 채 운동을 과하게 시켰다는 점이다. 그때는 내가 지금처럼 뜨기 전이라 시간이 좀 있었는데, 퇴근 후 밤이면 거의 매일같이 개들을 데리고 인근 공원으로 산책을 갔었다. 너무 산책을 안 하는 것도 개에게 스트레스지만, 아파 죽겠는데 스파르타식으로 운동을 시키는 건 더 큰 스트레스다. 매일 밤 공원을 걸으면서 뽀삐는 생각했을 것이다. 삶이란 건 왜 이리 힘드냐고.

예삐의 진실

은곰이를 진단했던 의사가 뽀삐를 봤다면, '이건 한술 더 뜬 총체적 난국'이라고 하지 않았을까 싶다. 앞다리 탈구뿐만이 아니라 뽀삐는 뒷다리 쪽에도 문제가 아주 많았다. 고관절 아탈구로 수술을 받았고, 슬관절도 탈구 때문에 결국 수술받아야 했다. 이것 말고도 발바닥의 누공 때문에 병원 신세를 진 것도 여러 차례. 누공fistula은 외상 등의 이유로 발바닥 표면에서 몸 안쪽으로 통로가 생긴 것으로, 이를 통해 세균이 들어갈 수 있으므로 치료가 필요하다. 우린 뽀삐의 병원비를 대느라 허리가 휠 지경이었다. 하지만 예삐와 비교하면 뽀삐는 매우 검소한 강아지였다. 앞글에서도 예삐의 심장 문제에 대해 잠깐 언급한 적 있지만 여기에서 좀 더 자세히 기술해 보겠다.

예삐는 뽀삐와 달리 비교적 곧은 앞다리를 가지고 태어났다. 뒷다리 쪽에도 특별한 문제는 없었던 것 같다. 그랬으니 운동능력이 그리도 좋았으리라. 문제는 전혀 엉뚱한 곳에서 터졌다. 산책을 하던 중 예삐가 갑자기 비명을 지르며 그대로 쓰러졌던 것이다. 아내와 나는 이게 별문제가 아니길 바랐다. 일시적으로 기도가 막혀 쓰러진 게 아닐까, 하는 돌팔이성 진단을 내리기도 했다. 하지만 며칠 지나지 않아 똑같은 일이 발생하자 안 되겠다 싶었던 우리는 예삐를 병원에 데려갔다. 예삐를 면밀히 진찰한 동물병원 원장님은 심전도 그래프를 우리에게 보여주며 말했다.

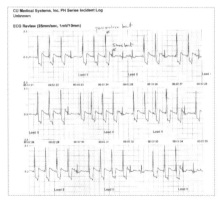

예삐의
심전도 검사 결과

"심장이 일정한 간격으로 뛰어야 하거든요. 그런데 예삐는 심장 박동이 지체되는 경우가 자주 있어요. 이 기간이 조금만 더 길어지면 바로 쓰러지죠."

굳이 의대를 나오지 않았다 해도, 예삐의 심전도가 정상이 아니라는 것을 쉽게 알 수 있을 정도였다. 사람 같으면 이럴 때 인공심장박동기를 몸에 설치한다. 심박기에서 나오는 전기신호가 심장을 규칙적으로 뛰게 하는 것이다. 그런데 개한테도 그런 수술이 가능할까? 동물병원 원장님은 강원대학교 수의대에서 그런 수술이 가능하다고 알려줬다. 물론 개에게 쓸 용도로 만들어진 심박기가 있을리 없기에, 사람에게 쓰는 심박기를 달아야 했다. 5킬로그램 남짓한 작은 개였던 예삐에게 심박기는 너무도 컸고, 고정이 제대로 안 되는 바람에 두 번이나 더 수술을 받았다. 개들은 대개 참을성이 강하다. 웬만큼 아파서는 티를 잘 내지 않는다는 뜻이다. 그중에서도 예삐는 인내심이 아주 센 강아지였고, 그래서 몇 차례의 힘든 수술을 잘 견뎌냈다.

"심박기 수명이 10년 정도 되거든요. 그때 다시 수술해야 해요."

강원대 교수님의 말을 들었을 때 난 이런 생각을 했다.

'10년 있다가 또 수술하라니, 이것 참 심란하군.'

하지만 그건 너무도 한가한 생각이었다. 예삐는 수술하고 채 2년도 버티지 못하고 우리 곁을 떠났으니까. 심박기를 단 지 일 년 후부터 예삐는 발작을 하기 시작했다. 원인을 알아내기 위해 뇌 MRI까지 찍었지만 원인이 될 만한 병변은 찾을 수가 없었다. 만약 MRI로 뇌의 종양을 발견했다면, 수술이 가능했을까? 당시의 우리는 집을 팔아서라도 수술비를 댔을 테지만, 아쉽게도 간질의 원인은 찾지 못했다.

간질 예방을 위해 예삐가 먹은 약에는 스테로이드가 있었는데, 스테로이드에는 식욕을 증진시키는 부작용이 있다. 그렇게 똑똑했던 예삐가 미친 듯이 먹기만 하는 걸 보니 그렇게 속상할 수가 없었다. 먼 훗날 예삐가 죽고 난 뒤 예삐 사진을 봤더니, 죽기 직전의 예삐는 그전의 예삐와 많이 달랐다. 털도 거칠었고, 얼굴을 가득 채우던 아름다움과 영리함이 없어진 상태였다. 하지만 당시의 난 그런 변화를 알아채지 못했는데, 그건 내가 예삐를 매일 봤던 탓이었다.

약을 먹여도 간질은 시시때때로 재발했다. 발작하는 예삐를 바라보는 게 슬픈 이유는, 내가 해줄 수 있는 게 없기 때문이었다. 그러던 어느 날, 예삐가 쉬야 실수를 했다. 세탁기가 있는 다용도실에 소변을 본 것이다. 생후 두 달여 만에 소변을 가린 뒤 단 한 번도 실수해본 적이 없는 예삐였기에, 그 사실은 아내나 나에게 충격이었다. 아내는 예삐를 야단쳤다. 이것 역시 거의 처음 있는 일이었다. 예삐는 야단맞을 일이란 단 한 번도 해본 적이 없는 개였으니까 말이다.

그날 오후, 학교에 있는데 아내로부터 전화가 왔다. 아내는 울먹이고 있었다.

"여보, 예삐를 보내야 할 것 같아."

차를 몰고 병원으로 가는 내내 눈물이 흘러내렸다. 병원에 도착했을 땐 이미 예삐의 몸이 싸늘히 식어가고 있었다. 예삐를 붙잡고 바닥에 주저앉아 엉엉 울었다. 그런 내게 수의사 선생님은 이렇게 말했다. "저, 여기서 이러시면 안 됩니다. 다른 곳으로 좀 가주시겠어요?" 그 뒤 그 병원을 다시 안 가게 된 것은 예삐가 죽은 곳이기 때문도 있지만, 그 당시 수의사가 너무 매정하게 대했던 게 더 큰 이유다.

예삐는 그렇게 무지개다리를 건넜다. 훗날 아내와 함께 예삐를 추억하면서 소변 실수 이야기를 했다. "그날 말이야, 예삐가 다용도실에 소변봤잖아. 그거 어쩌면 정을 떼려고 일부러 그런 거 아닐까?" 아내는 내 말에 전적으로 동의했다. 그 똑똑한 예삐라면 충분히 그랬을 거라고, 그게 아니면 도대체 말이 안 된다고. 얼굴도 예쁘고 영리한 데다 인사성도 밝고 또 참을성까지 많은, 강아지로서 가져야 할 모든 것을 갖춘 예삐는 딱 한 가지, 건강을 갖지 못했다. 좀 덜 영리하더라도, 싸가지가 없더라도, 건강한 편이 훨씬 더 좋았다.

하지만 누굴 탓하겠는가. 이게 다 우리가 저지른 일인데 말이다.

페키니즈는 원래부터 존재하던 종은 아니었다. 정확한 연대는 알지 못하지만 페키니즈는 중국에서 만들어졌다. 진시황 때부터 사랑받았다는 설도 있고, 8세기 당나라 때부터 왕족의 총애를 받았다는 설도 있다. 나무위키에 나온 내용이라 사실 여부는 알 수 없지만, 일반 평민이 페키니즈를 훔치면 사형에 처한다는 말도 있다. 아편전쟁이 일어났을 때 중국은 페키니즈가 외국으로 퍼지는 게 싫어서 그냥 죽여버렸다고 한다. 그래도 살아남은 몇 마리가 영국에 건너갔고, 이후 전 세계로 퍼졌다.

우리나라에서 페키니즈는 인기견이 아니다. 개에 관심이 많던 내가 아내를 만나기 전까지 종의 이름도 몰랐을 정도였으니 말 다 했다. 절대적인 마릿수가 부족하다 보니 근친교배는 필연적이었으리라. 팬더를 내게 분양해준 브리더처럼 다른 나라에서 종견을 데려온다면 좀 낫겠지만, 그렇지 않은 경우 꼭 근친교배가 아니라도 혈연적으로 연결된 개체 간 교배가 이루어질 수밖에 없고, 이는 유전병으로 이어지지 않았을까? 나무위키에 따르면 중국에서 페키니즈를 묘사한 기록 중 '그의 앞발은 구부러져 있어서 궁궐 주위에서 멀리 떨어지거나, 도망갈 수 없다'라고 쓴 걸 보면, 이 유전병이 근친교배를 통해 대대로 전해 내려왔던 모양이다.

이 밖에도 페키니즈가 잘 걸리는 질환으로 심장병이 있는데, 아마도 예쁘는 이 유전자를 받았음이 틀림없다. 예쁘가 다음 생애에 태어날 수 있다면, 그리고 또 개로 태어난다면, 이번엔 튼튼한 심장을 가지고 태어나기를, 그리고 우리 앞에 다시 나타나길 빈다. 이미 여섯 마리가 있는 탓에 더 이상 새로운 개를 입양하지 않겠다고 선언한 우리 부부지만, 예삐만은 예외니까. 영화 〈베일리 어게인〉의 남자 주인공과 달리 우리는 예삐가 어떤 모습으로 나타나도 알아볼 수 있다.

심장박동기 위치를 교정하는 수술을 받은 예삐.
겨우 일 년여 더 살려고 이 고생을 했다는 게 마음 아프다.

유기견과

안락사

한 유기견 보호소 이야기

한 유기견 보호소를 후원한 적이 있다. 나이 든 할아버지가 운영하던 그 보호소엔 120마리 정도 되는 개들이 살았다. 할아버지는 개를 사랑했다. 지나친 개 사랑에 지친 가족들이 모두 할아버지 곁을 떠나는 바람에 할아버지는 혼자서 그 개들을 돌봐야 했다. 문제는 할아버지의 벌이가 많지 않다는 것. 기초생활보장 대상자였던 할아버지의 수입은 국가에서 나오는 보조금이 고작이었다. 할아버지는 나름대로 최선을 다했고 또 몇몇 분들이 후원도 해주셨지만 개들의 삶은 그다지 좋지 않았다. 간식은 고사하고 사료를 배불리 먹이기도 쉽지 않았으니 말이다. 어쩌다 간식이라도 사가면 서로 먹겠다고 난리를 치던 녀석들의 모습이 지금도 눈에 선하다.

더 안타까운 것은 다음이었다. 할아버지에게 개를 맡기는 사람들이 나타났다. '사정상 개를 절대 키울 수가 없으니 할아버지가 좀 맡아주시면 좋겠다, 대신 매달 사룟값이라도 보내겠다.' 당연한 얘기지만, 이런 분들 중 단돈 얼마라도 보내는 이는 없었다. 심지어 보호소 앞에 개를 묶어두고 도망가는 사람도 한둘이 아니었다. 할아버지는 이들을 외면하지 못했기에, 그가 감당해야 할 개들은 갈수록 늘어났다.

그 개들 중 페키니즈가 한 마리 있었다. 내가 페키니즈를 키우는지라 그 개가 특히 더 안쓰러웠다. 아내와 상의해서 페키니즈를 지인에게 입양시키기로 했다. 그 개를 차에 태우고 가는 내내 녀석에게서 냄새가 진동했다. 오랜 기간 목욕을 하지 못했을 테니 냄새가 나는 것은 어쩔 수 없는 일이었다. 하지만 동물병원에 데려갔을 때 의사가 한 말엔 놀라지 않을 수가 없었다. "다른 곳은 다 괜찮은데, 옴진드기가 있네요." 옴진드기는 진드기의 일종으로, 피부에 굴을 파서 기생하며 심한 가려움증을 일으킨다. 전염력이 높아 사람에게 감염되기도 하는데, 그 녀석에게 옴진드기가 있었다는 얘기는 보호소 개들 중 상당수가 감염됐다는 얘기였다.

혹시 우리 집 개들에게 옮을까 봐 병원에 입원시킨 채 치료를 했고, 치료비를 대기 위해 아내는 시집올 때 가져온 반지를 팔아야 했다. 치료가 끝난 뒤 우리는 지인에게 그 개를 양도했다. 지인은 페키니즈 한 마리를 키우고 있었는데, 다행히 먼저 있던 개가 우리가 맡긴 녀석과 잘 논다고 했다. 선뜻 유기견을 받아준 지인이 고마워서 우리는 사룟값 조로 매달 얼마씩의 돈을 보냈다. 이것은 내가 했던, 드물게 좋은 일이었다.

이렇게 유기견 한 마리를 구조했지만, 이건 태평양에서 물 한 그릇을 퍼내는 차원이었다. 유기견 한 마리가 빠져나간 그 보호소엔 훨씬 더 많은 개들이 들어오니까 말이다. 수용할 수 있을 만큼의 개만 받아주면 되지 않느냐는 얘기는 원칙론에 불과할 뿐, 보호소를 운영하는 분들은 자기에게 온 개를 뿌리치지 못한다. 당연히 보호소는 점점 더 어려워진다.

동물권단체 케어

내가 후원하는 동물권단체 케어도 다르지 않다. 케어의 보호소에는 600여 마리의 개가 있다. 케어가 감당할 수 있는 한계를 벗어난 수치다. 많은 이들이 케어에게 후원하고 있고, 기사에 따르면 그 액수는 연간 20억 원에 달한다고 한다. 하지만 개들에게 들어가는 기본 경비와 치료비, 직원들의 인건비 등을 고려하면 그 돈은 언제나 모자란다. 그럼에도 구조할 개들은 끝없이 생겨난다. 2018년만 해도 '하남 개지옥'에서 구조한 개들이 수십 마리에 이른다. 그 개들을 치료한 뒤 입양시키는 게 케어의 목표지만 우리나라의 유기견 입양률은 미미하기 짝이 없다. 구조할 개는 많고 수용시설은 부족하다면 남은 방법은, 안타깝지만, 입양 안 되는 개를 안락사시키는 게 현재로선 유일하다. 통계에 의하면 지자체에서 운영하는 보호센터는 293곳이 있는데, 거기서 수용할 수 있는 개는 2만여 마리에 불과하다. 반면 버려지는 개는 적게 잡아도 8만 마리를 넘는다. 보호소에서 일정 기간 입양되지 않으면 안락사를 시키는 건 그들이 잔인해서가 아니라, 다른 방법이 없기 때문이다.

2019년 1월, 케어에서 안락사를 시킨다는 내부고발자의 폭로가 나온 이후 많은 분들이 후원을 중단했다. 그들은 말한다.

"내가 낸 후원금으로 사료를 산 게 아니라 안락사를 할 약을 샀다니 참을 수 없다."

"몇 년간 후원했던 것이 안락사에 동참한 것 같아서 가슴 아프다."

물론 케어 측이 '안락사 없는 동물권단체'를 표방하며 후원자들을 끌어모은 것은 비난받아 마땅하다. 하지만 그렇게 하지 않았다면 오늘날의 케어가 가능했을까? 확실한 것은 케어에 들어오는 후원금이 줄어들면 그들이 돌보던 개들 중 상당수가 어디론가 떠나야 한다는 사실이다. 무지개다리를 건너든, 야생으로 내몰리든 간에 말이다.

이와 관련해 가장 코미디 같은 일은 케어의 안락사가 보도된 후 식용견 농장주들이 청와대로 몰려가 시위를 한 해프닝이었다. 그들은 "적어도 우리는 개를 안락사시키지는 않는다"며 "구조한 개를 안락사시키는 케어에 비해 우리가 훨씬 동물을 사랑하는 것"이라고 주장한 바 있다.[15] 평소 개농장을 악의 온상으로 보는 케어가 얄미웠을 수는 있지만, 아무리 그래도 이건 망발에 가깝다.

케어의 안락사 보도 이후 많은 분들이 케어를, 그리고 박소연 대표를 비난했다. 그들의 주장처럼 박 대표를 구속하고, 케어를 없애 버리면 개들이 더 행복해질까? 케어 사태의 진짜 문제는 유기견이 끝없이 나온다는 점이다. 소위 개농장에선 개들이 쉴 없이 찍혀 나오고, 그 개들은 펫숍을 통해서 아주 싼값에 팔린다. 사람들은 편의점에서 껌 한 통을 사듯 충동적으로 개를 사고, 개가 아프거나 싫증 나면 버린다. 연간 유기견 8만 마리는 그렇게 만들어진다. 이런 상황에서 "왜 케어는 안락사를 하느냐?"며 목소리 높이는 건, 이해는 하지만 번지수를 잘못 찾은 비난에 불과하다. 그 분노의 일부를 개농장으로 돌리자. '그들에게도 엄연히 직업인데'라며 개농장 주인들을 옹호하는 대신, 그들이 커다란 사회 문제를 일으키는 주범임을 직시하자.

물론 개농장에만 모든 책임이 있는 건 아니다. 끝까지 책임질 마음도 없으면서 개를 입양하는 사람들도 이 사태의 공범이다. 이런 근원적인 문제를 내버려 둔 채 박소연 케어 대표를 비난하는 것만으로 끝난다면, 유기견 지옥 대한민국은 앞으로도 반복될 수밖에 없다.

나는

케어의
홍보대사다

어느 분이 댓글로 이런 질문을 했다.

— 　서민 교수님은 케어 홍보대사로 활동하셨죠. 진심으로 이 사태의 문제
　점이 '구조 후 안락사'에 있다고 생각합니까. 아님 홍보대사로서 옹호하
　는 겁니까?

앞글에서 케어에 대해 설명한 바 있지만, 여기서는 케어의 활동을 좀 더 자세히 설명함으로써 대놓고 옹호하고자 한다.

케어나 카라 같은 동물보호단체는 위험에 처한 동물들을 구조하고, 그들의 심신을 안정시킨 뒤 다른 주인에게 입양 보내는 일을 한다. 그러다 보니 케어 활동의 주 대상은 개농장일 수밖에 없다. 형

편없는 식사를 공급받고 쇠파이프로 두들겨 맞는 개들이 모여 있는 곳이 바로 개농장이니 말이다.

이런 질문을 할 수 있겠다. "개농장에서 개를 구조한다는데, 그럼 개농장 주인들은 가만히 개를 빼앗기나?" 환경부에서 담당하는 〈가축분뇨법〉에 따르면 면적이 60제곱미터 이상인 개농장은 무조건 신고를 해야 한다. 신고 의무를 몰라서 안 하는 경우도 있지만, 구린 구석이 많아서 신고를 안 하는 경우가 훨씬 더 많다. 게다가 이런 곳일수록 개들에게 제대로 된 대우조차 해주지 않는다. 다음은 남양주에 있는 개농장의 실태에 관한 기사다.

개들의 모습은 처참했다. 개들은 제대로 서 있기도 힘든 뜬장 안에서 음식물 쓰레기를 먹고 잠을 잔다. 뜬장 아래에는 배변과 음식물 쓰레기가 섞여 정체불명의 악취가 났다. 오물은 쌓일 대로 쌓여 뜬장 바로 아래까지 솟아 있었다. 대부분 농장주가 개들에게 음식물 쓰레기를 먹이는 이유는 사룟값을 아끼기 위해서다. 음식물 쓰레기는 모두 썩어 파리가 들끓었다.[16]

이곳을 방문한 수의사는 개들이 생존하기 힘든 환경이며, 특히 여름철이라면 항생제 없이 생존하기가 더더욱 힘들어 보인다고 말했다. 수의사가 아닌 농장주가 항생제를 주는 것은 불법이지만, 많은 농장에서 개한테 자체적으로 항생제를 투약하고 있다고 한다. 자신이 하는 짓이 불법이라는 것을 너무도 잘 알기에, 개농장 주인들은 구조팀이 나타나면 도망가거나 얼마간의 돈을 받고 쉽게 소유권을 포기한다. 돈을 벌 목적으로 개를 키우던 이들인지라 개에 대한 책임감 같은 게 있을 턱이 없다. 경북 포항에 있는 개농장도 그랬다.

알고 보니 국유지를 무단으로 점거하고 있을 뿐 아니라 바로 옆에 있는 하천에 오폐수를 무단 투기하고 있었다. 또한 200미터 이내에 초등학교가 있는 곳에서 개를 도살하는 건 불법이다.[17]

이 사실이 드러나면서 결국 해당 개농장은 폐쇄됐고, 주인도 소유권을 포기했다. 문제는 그곳에 70마리의 개가 여전히 남아 있다는 점이다. 40여 마리는 어찌어찌 지자체가 운영하는 보호소로 갔지만, 피부병과 심장사상충을 비롯해 각종 질병에 걸린 그들이 제대로 입양될지는 의문이다. 제대로 치료를 하기 위해서는 개 한 마리당 수십만 원의 돈이 드는데 말이다. 무한정 개를 보호할 수 없는 보호소 측은 일정 기간이 지나면 안락사를 시행할 테니, 그 개들의 앞날은 매우 어둡다. 더 큰 문제는 25마리의 개가 여전히 개농장에 남아 있다는 사실이다. 그 안에서 그들끼리 무분별한 교배가 이루어질 테니, 이대로 놔둔다면 숫자가 기하급수적으로 늘어날 수밖에 없다. 어쩌면 그 개농장은 개들끼리 서로를 잡아먹는 끔찍한 현장으로 변할 수도 있다.

이렇듯 개농장은 우리 사회에 커다란 해악을 선사한다. 요약하면 이렇다. 첫째, 개들을 처참한 환경에서 키운다. 둘째, 무분별한 번식으로 값을 떨어뜨려, 충동적인 개 구매를 가능하게 한다. 셋째, 값이 싸다 보니 개를 쉽게 버리게 되고, 이는 유기견의 증가로 이어진다. 넷째, 유기견 때문에 지자체는 보호소를 운영하고, 우리가 낸 세금이 여기에 쓰인다. 2017년 지방자치단체의 유실·유기동물 구조와 보호 및 동물보호센터 운영비용은 155억5천만 원으로 2016년과 비교해 40억7천만 원(35.5%) 늘었다. 다섯째, 개 식용으로 우리나라의 이미지를 실추시킨다.

사정이 이러니 개농장은 없애는 게 답이지만, 정부는 폐쇄는커녕 불법 개농장이 몇 개나 있는지 그 현황조차 파악하지 못하고 있다. 환경부는 전국적으로 개농장이 3천 개 정도 있다고 하지만, 동물보호단체는 식용을 위해 키우는 개농장이 1만5천 개, 번식을 위한 개농장이 3천 개가량 있다고 추정한다. 케어 같은 단체가 할 일이 많을 수밖에 없다. 그래서 케어는 계속해서 개농장을 찾고, 거기서 동물들을 구조한다. 그 동물들이 다시 건강을 되찾게 하고, 새 주인에게 입양 보내는 것도 케어의 몫이다. 지금 케어의 홈페이지에는 다음과 같은 문구가 나온다.

— 하남시 개지옥에서 살아남은 개들에게 또 다른 기회를 주세요.
— 폭행으로 인해 실명까지 이른 개들을 따뜻하게 안아주세요.

물론 이들의 입양은 쉽지 않다. 그렇다고 해서 케어 본연의 임무인 '개농장에서 개 구조하기'를 안 할 수도 없다. 케어에서 운영하는 보호소가 개들로 인해 북적이는 것은 너무도 당연하다. 보호소와 인력을 더 확충하면 좋겠지만, 개인들의 후원에 의존하는 케어에게 이는 쉽지 않은 일이다.

그래서 비슷한 상황에 놓인 지자체 보호소들은 안락사를 한다. 보호소에 들어온 지 한 달 이내에 시행하는 경우가 54퍼센트, 3개월까지 기다려주는 경우를 합치면 80퍼센트니, 보호소 개들에게 남은 시간은 길어야 석 달이 고작이다. 하지만 세금으로 운영되며 공공연하게 안락사를 표방하는 지자체 보호소와 달리 케어는 안락사를 한다고 얘기할 수가 없었다. 안락사를 한다고 하면 '지자체 보호소랑 뭐가 다른가?' 하는 질문이 따라올 것이고, 지금처럼 많은 이가 후원을 할 리 없기 때문이었다.

케어에게 남은 길은 두 가지였다. 구조활동을 덜 하고 있는 동물을 지키는 것과 구조활동을 이전처럼 하면서 안락사를 몰래 하는 것. 케어는 후자를 택했다. 개농장의 개들을 구조하는 것이 더 중요하다고 생각했기 때문이다. 여기에 대해 "안락사 안 한다면서!"라며 케어를 비판하는 건 아주 쉬운 일이지만, 이런 의문이 든다. 케어를 욕하는 그 많은 이들은 정말 개를 사랑하는 사람들일까? 물론 케어의 행동에 배신감을 느껴서 그러는 분들도 없진 않겠지만, 케어의 개 사랑이 마음에 안 들었던 사람들이 이때다 싶어 증오를 쏟아내는 경우가 더 많은 것 같다. 케어 안락사 관련 기사에 달린 댓글들을 보시라.[18]

2018년 초, 난 케어의 홍보대사가 됐다. "이름만 건 홍보대사가
되지 않겠다"고 포부를 밝혔지만, 실제로 한 일은 거의 없다. 그래
도 두 차례 정도 케어의 행사에 참여했고 그게 기사로 나갔으니 내
가 홍보대사라는 걸 아는 분도 있을 것이다. 그래서 어떤 분은 내가
그 이유로 케어를 옹호하는 게 아니냐고 묻는다. 이는 '메시지를 반
박할 수 없을 때는 메신저를 공격하라'는 유명한 전략을 실천하는
차원일 뿐, 절대 동의할 수 없는 얘기다. 무엇보다 저 질문은 선후
관계가 바뀌었다. 개농장을 운영하며 주당 1회는 개고기를 먹는 사
람이 케어의 홍보대사가 될 수 없다. 그 사람의 평소 언행이 케어의
취지와 일치해야만 홍보대사가 된다. 케어에서 날 주목한 것도 내
가 전 국민의 1퍼센트 안에 들 정도의 개빠이자 유기견이 대량으로
양산되는 현실에 문제의식을 갖고 있었기 때문이다.

케어가 숱하게 욕을 먹는다 해도, 난 케어의 홍보대사라는 게 자

랑스럽다. 모르긴 해도 케어를 후원하는 분들 중 상당수가 나와 같은 마음이리라고 믿는다. 안락사 사건으로 잠시 위축되겠지만, 케어가 다시 일어나 철창 안에서 고통받는 개들을 위해 달릴 것이라고 믿어 의심치 않는다. 케어의 몰락에 가장 기뻐할 사람들은 바로 개 농장 주인들이니 말이다.

유기견을
입양하는
사람들

    개 산책을 하면서 많은 개를 만났지만, 우리 개들만큼 예쁜 개들은 드물다. 그도 그럴 것이, 내가 개를 입양하는 기준에서 절대적인 비중을 차지하는 것이 바로 미모이기 때문이다. 당연히 출신도 좋아, 한 녀석의 아버지는 미국 챔피언, 또 다른 녀석은 인터내셔널 챔피언, 나머지도 도그쇼에서 수상 경력이 있는 소위 명문세가의 자식들이다. 그러다 보니 값도 비쌀 수밖에 없어서, 내가 나온 지 19년 된 차를 끌고 다니는 이유 중 하나가 개 사는 데 돈을 워낙 많이 썼기 때문이란 소문이 있다.

    미모가 뛰어나고, 또 비싼 돈을 들여서 입양된 개들. 늘 그런 건 아니지만 이들의 삶은 대체로 탄탄대로다. 우리 집 개들만 해도 도둑을 지킨다는 개 본연의 임무는 망각한 채 낯선 사람에게도 스스

럼없이 다가가 애교를 부린다. 나와 아내로부터 평생 사랑만 받으며 자랐기에, 사람들이 다 자기들을 예뻐한다고 생각하기 때문이다. 이들에게 세상은 그저 따뜻한 곳이다.

검은 개 토리는 이들과 전혀 다른 삶을 살아야 했다. 동료견 누렁이와 함께 짧은 줄에 묶인 채 쉰내가 풀풀 나는 썩은 밥으로 허기를 채웠다. 몸이 아파도 병원에 가는 건 꿈도 꾸지 못했다. 토리의 주인은 기분이 좋지 않을 때면 개들을 발로 걷어차며 스트레스를 풀었다. 그 와중에 누렁이는 주인이 휘두른 쇠막대에 찔려 목숨을 잃었다. 토리에게 세상은 두렵고 냉혹한 곳일 수밖에 없었다. 다행히 토리는 케어에 의해 구조돼 보호소에 들어간다. 수십 마리의 유기견이 있는 그곳에 가자 토리는 처음으로 사는 재미를 느낀다. 작은 공간에 갇혀 있긴 해도 묶여 있는 것보단 훨씬 나았고, 거기서 주는 밥은 냄새가 나지 않고 맛있었다. 그곳에서 토리는 생전 처음으로 '목욕'이란 걸 경험하기도 했다. 하지만 그보다 더 생소한 것은 사람들의 친절이었다.

그래서였을까. 오랜 기간 받았던 학대의 경험은 토리로 하여금 쉽게 마음을 열지 못하게 했다. 산책을 담당하는 자원봉사자가 토리에게 목줄을 매려고 했을 때, 토리는 다음과 같은 반응을 보인다.

"시, 싫어. 다시는 목줄에 묶이고 싶지 않아!" 주춤주춤 뒤로 물러서던 토리는 구석에 몰리고 말았어요. 더 이상 도망갈 곳이 없다는 걸 깨달은 토리는 날카로운 이빨로 남자의 다리를 와락 물었어요.[19]

케어의 자원봉사자들은 토리가 학대받은 기억 때문에 이런 행동을 한다는 사실을 잘 알았고, 토리의 마음을 돌리기 위해 인내와 사랑을 베풀었다. 한 차례 보호소를 탈출하는 해프닝을 벌이기도 했지만, 토리는 결국 그들의 진심을 받아들이고 원래의 착한 개로 돌아갈 수 있었다. 그 뒤의 일은 모두가 아는 그대로다. 토리는 대통령에게 입양돼 '퍼스트 도그'가 됐다. 삶의 대부분을 학대 속에서 자란 토리에게 이런 말을 하기가 미안하지만, 그래도 토리는 운이 좋은 경우다. 꼭 대통령에게 입양돼서가 아니라, 보호소 개들이 입양되는 일 자체가 그리 흔하지 않기 때문이다.

태어난 지 얼마 안 된 개를 입양하는 건 쉬운 일이다. 어린 개들은 다 예쁘니까 말이다. 게다가 그들은 도화지와도 같아서, 견주가 대하는 태도에 따라 어떤 개로 자랄지가 결정된다. 견주가 사랑을 주면 매사 긍정적이고 애교도 잘 부리는 개가 될 수 있다는 얘기다. 하지만 유기견은 다르다. 아무리 예쁜 개라고 해도 떠돌이생활을 하면 꾀죄죄해지며, 본래의 미모를 잃어버린다. 더 심각한 것은 버림받은 기억 탓에 여간해선 마음을 잘 열지 않는다는 점이다. 반쯤 망쳐진 도화지에 그림을 그리는 게 쉽지 않은 것처럼, 유기견이 진심으로 사람을 믿고 따르기 위해서는 수많은 인내와 사랑이 있어야 한다. 이건 아무나 할 수 있는 일이 아니다.

몇 년 전, 후원하던 유기견 보호소에 갔다가 내가 기르는 개들과 같은 페키니즈를 만났다. 앞서 언급했던 것처럼 그 개가 거기 있는 게 안타까워 데려오긴 했지만, 내가 기르지는 못했다. 녀석의 마음을 돌릴 만큼 사랑을 베풀 자신이 없었기 때문이었다. 결국 난 매달 얼마씩을 보내는 조건으로 지인에게 그 개를 맡겼는데, 이런 걸 보면 난 예쁜 개에게만 헤벌레 웃는 뜨내기 애견인이다.

입양된 개에게 주인은 부모고, 그 집은 자신이 아는 세계의 전부다. 개는 앞으로도 쭉 거기서 견주와 함께 살아갈 것을 의심하지 않는다. 그래서 개는 자신이 버려졌을 때 큰 충격을 받는다. 현실을 부정하고 버려진 곳에서 주인이 다시 오기를 기다려 보지만, 결국 다른 유기견들처럼 먹을 것을 찾아 헤매는 신세가 된다. 그 개는 수없이 되물을 것이다. 주인은 왜 나를 떠났을까? 내가 무슨 잘못을 했지? 물론 답을 들을 수는 없다. 어쩌면 그편이 더 나을지도 모른다. 주인의 변덕 때문에, 또는 납득할 수 없는 이유로 인해서 자신이 버려졌다는 걸 안다면, 훨씬 더 슬퍼질 테니까.

유기견을 입양하는 분들은 자신의 세상으로부터 축출된 개들에게 새로운 세상을 만들어주는, 신과 같은 분들이다. 이분들이 존경받아 마땅한 이유다.

아무나
번식을 할 수 있는
사회

번식장

"지금 상황은 아무나 번식을 할 수 있기 때문에 생긴 결과야."

유기견에 관심이 있다면 꼭 읽어야 할 책, 《아무도 미워하지 않는 개의 죽음》에서 동물보호단체 '행강'의 박운선 대표가 한 말이다.

무슨 의미일까? 앞서 말한 것처럼 우리나라에는 개농장이 1만 8천 개쯤 있는데, 1만5천 개는 식용을 위한 개농장, 나머지 3천 개는 번식을 위한 개농장이다. 전자는 우리나라가 개를 먹는 야만국이라고 욕을 먹는 데 기여한다면, 후자는 우리나라가 개를 함부로 버리는 야만국이라고 욕을 먹는 데 기여한다. 여기선 후자에 관해 이야기해보자. 편의상 번식을 위한 개농장을 '번식장'이라고 부르겠다.

이 나라에선 아무나 번식업자가 될 수 있다. 농축산부에 신고만 하면 된다. 그런데 농축산부에 신고된 번식장은 2017년 기준 545개에 불과하다. 전체 번식장이 3천 개라는 사실에 비추어본다면 70퍼센트 이상이 불법이다. 신고하지 않는 이유는 세금을 내지 않기 위해서이기도 하지만, 더 근본적으로는 그래야 마음껏 개를 학대할 수 있기 때문이다. 더러운 환경, 더러운 먹이, 그리고 뜬장은 신고되지 않은 번식장 대부분에서 벌어지는 기본적인 요소들이다.

그런 곳에서 태어난 개들의 운명은 가혹하다. 생후 일 년이 되기 전에 번식을 시작해, 쉴 틈 없이 새끼를 낳아야 하니까. 주인으로부터 버려진 개들 중 일부도 번식장으로 흘러들어와 번식견이 된다. '강아지 무료분양 원합니다' 같은 게시물을 보면 "아! 이런 데 보내면 잘 키워주겠지"라고 생각하겠지만, 그런 곳은 십중팔구 번식장이라고 한다. 번식견 몸에 병이 생기거나 생식능력이 떨어지면? 걱정할 필요가 없다. 늙고 병든 개들은 개 식용에 환장한 이들의 몸보신 음식이 되니까 말이다. 이렇게 3천 개나 되는 번식장에서 개가 쏟아져 나오고, 그들은 전국에 20개쯤 있는 것으로 추정되는 경매장에서 거래된다. 동물보호시민단체 카라에 의하면 매달 2만 마리, 매년 24만 마리의 개가 경매에 부쳐진다고 한다.[26]

그렇게 나온 개들은 펫숍으로 가서 주인이 나타나기를 기다린다. 이런 질문을 할 수밖에 없다. 24만 마리나 되는 개가 다 분양될까? 물론 그렇지 않다. 예전에 다니던 강아지 용품점에 슬픈 눈을 한 개가 한 마리 있었다. 그곳에 갈 때마다 그 개가 있었다. 처음 봤을 때부터만 따져도 5개월이 넘으니, 그렇게 나이 든 개가 분양이 될지 의문이었다. 분양이 안 되면 그 개는 어떻게 될까? 아마도 번식장으로 가서 번식견이 되는 게 유일한 길이리라.

그런데 분양이 안 된 개가 과연 그 녀석뿐일까? 수요보다 공급이 압도적으로 많은 세상에서 값은 내려갈 수밖에 없다. 값이 싸니 충동적인 구매를 하게 되고, 다른 이에게 개를 선물로 주는 일도 벌어진다. 들인 돈이 얼마 안 되니 수틀리면 개를 버린다. 매년 발생하는 유기견 숫자가 8만 마리를 훌쩍 넘는 것은 필연적인 귀결이다. 이 유기견 중 원래의 소유주를 찾는 경우는 14.5퍼센트, 새 주인에게 분양되는 비율은 30퍼센트에 불과했고, 나머지 절반은 자연사하거나 안락사된다.[21] 이 모든 과정에서 돈이 든다. 통계에 의하면 유기동물을 보호하고 안락사하는 데 드는 비용은 매년 100억 원이 넘는다는데, 차라리 이 돈으로 번식장을 제대로 관리한다면 유기견도 덜 발생할 것이고, 그로 인해 돈도 절약되지 않을까 싶다.

가정견 분양

척박한 환경에서 태어난 개들은 병에 걸려 있을 확률이 높다. 내가 기르는, 펫숍 출신의 미니미를 보자. 키운 지 얼마 안 돼서 우리는 미니미 얼굴 한쪽이 이상하게 붉은 것을 발견했다. 이 병원 저 병원을 다녔더니 알레르기 때문이라고 하는 곳도 있었고, 혀가 길다 보니 스스로 얼굴을 핥아서 그렇다는 곳도 있었다. 하지만 내가 아는 최고의 명의 디오빌동물병원의 최용훈 원장님은 대번에 진단을 내렸는데, 그건 바로 '모낭진드기'였다.

모낭진드기는 얼굴의 피지선에 주로 사는데, 가려움증과 화끈거림 등의 증상을 유발하고, 피부염의 원인이 되기도 한다. 이거야 비교적 경미한 병이고, 더 심한 병을 앓는 개들도 많아 분양받고 얼마 안 돼서 앓아눕거나 심지어 죽는 경우도 있단다. 이게 다 번식장의 비극인 바, 개를 키우려는 사람들이 가정견을 선호하게 된 것은 당연한 귀결이었다. 이런 수요를 반영해 펫숍에서는 '이 개는 가정에서 태어난 개'라고 선전하는 모양이다. 한 대형 인터넷 애견 카페는 견주들이 서로 정보를 공유하고 입양을 하기 위해 만들어졌지만, 소위 업주들이 워낙 분양 글을 많이 올려 카페 본래의 의미가 퇴색할 지경이 됐다. 그래서 다음과 같은 일이 생긴다.

부산에 사는 하모 씨(42세)는 지난해 12월 31일 인근 애견 전문점(애견숍)에서 비숑 프리제 강아지 한 마리를 분양받았다. 애견숍은 분양하는 강아지가 가정에서 태어난 애견이며 동물병원 검진을 모두 거치고 예방접종까지 받은 강아지라며 하 씨를 안심시켰다. (중략) 문제는 강아지를 데려온 지 일주일여가 지난 때였다. 일반적인 강아지들보다 자주 귀를 긁고 이물질도 많이 나오는 모습에 이상한 낌새를 느낀 하 씨는 평소 자주 찾던 동물병원에 검진을 맡겼다. 강아지를 진찰한 수의사는 하 씨에게 "일반 가정견에게서는 나오기 어려운

귀 진드기가 있다"며 "귀 진드기는 보통 농장견들에게서 발견된다"고 전했다.[22]

이런 사기극이 자주 발생하자 사람들은 그 개가 진짜 가정견인지 확인하는 차원에서 어미 개와 그 개가 있는 환경 등이 담긴 사진을 요구하게 됐다. 하지만 이때도 다른 개 사진을 도용한다든지, 합성을 한다든지 하는 자들이 있기 마련이라, 좀 더 꼼꼼한 분들은 직접 그 집을 방문해 어미 개를 확인하고 개를 분양받는다. 이렇게 한다면 적어도 번식장에서 탄생한 강아지를 사는 일은 없으리라.

그런데 가정견은 마냥 바람직하기만 할까? 원래 가정견 분양은 다음과 같아야 한다. 내가 키우는 개가 어찌하다 보니 새끼를 세 마리 낳았다. 다 키우고 싶은데 형편상 어려워서 한 마리는 내가 키우고 두 마리는 분양한다. 그 두 마리가 좋은 주인을 만나서 잘 자라기를 바라니, 분양할 때 좀 깐깐하게 한다. 견주가 돈은 좀 있는지, 책임지고 끝까지 키울 사람인지 등을 말이다. 그리고 이 말을 덧붙인다. "만일 개를 키우다 말 거라면, 다시 내게 주시오."

하지만 가정견 분양이 다 이런 건 아니다. 개를 팔아 보니 마리당 몇십만 원이던데, 이게 세금도 안 내는 쏠쏠한 돈벌이더라. 그래, 이 길로 가자! 그러면서 수시로 교배시키고, 거기서 나온 애들을 다 분양으로 내몬다. 세금을 안 내는 문제를 떠나서, 개를 돈벌이 수단으로 생각한다면 그가 번식장을 운영하는 업자와 무슨 차이가 있단 말인가? 더 큰 문제는 경제가 어려워서인지 이런 사람이 한둘이 아니며, 이렇게 태어나는 가정견들이 개 공급을 증가시켜 값을 떨어뜨리고, 유기견이 늘어나는 데 큰 몫을 차지한다는 점이다. 한 인터넷 카페에 올라온 어느 분의 절규를 들어보자.

"교배해서 새끼를 낳으면 다 키우지도 못할 거면서 왜 자꾸 교배하나요? 도대체 누구를 위한 교배인가요? 다 돈 벌려고 그러는 것 아닙니까? 그러면서 개 키워줄 좋은 분 찾습니다, 라니 그 사람이 좋은 사람인지는 어떻게 압니까?"[23]

반려동물 생산 허가제와
전문 브리더

야만의 상징인 번식장에 대한 동물보호단체들의 끊임없는 문제제기가 받아들여져, 2018년 3월, 농림축산식품부는 동물생산업의 등록제를 허가제로 전환시켰다. 이에 따라 생산업 등록을 하지 않고 반려동물을 생산·판매하는 자에게는 500만 원의 과태료가 부과된다. 언론들은 이 조치가 개농장을 근절시킬 수 있으리라 보도했지만, 아직은 시기상조다. 허가제 전환 후 10개월이 지난 2019년 1월, 다음과 같은 일이 벌어졌으니 말이다.

동물자유연대에 따르면 지난 28일 제보를 접수, 경기도 평택시 불법 번식장 현장을 찾았다. 현장에는 60여 마리의 장모 치와와가 방치돼 있었다. 개들은 오물로 범벅된 집 안에서 생활하고 있었으며,

집은 마당에서부터 방 안까지 전부 개들의 배설물들이 쌓여 있었다. 마당에는 죽은 지 얼마 되지 않는 것으로 보이는 사체 1구와 사체의 머리 부분이 발견됐다.[24]

그러니까 평택의 주택가에 불법 번식장이 있었다는 것인데, 수십 년 쌓인 적폐가 하루아침에 고쳐질 리는 없다. 정부 당국이 불법 개농장에 대한 감시를 강화해야 하는 이유다. 그렇다면 이 조치로 가정견 분양도 불법이 되는 것일까? 아직은 아닌 것 같다. 일회성이 아닌 연속적인 교배를 하는 경우, 그리고 돈을 받고 분양하는 경우는 불법이라고 규정돼 있지만, 이런 걸 일일이 적발해낼 만큼 우리나라 반려견 담당 부서가 제대로 작동하진 않으니 말이다. 그래도 먼 훗날에는 번식장도 없고, 가정견 분양도 한정적으로만 이루어지는 그런 세상을 꿈꿔본다.

여기까지 읽은 분이라면 이런 질문을 할 법하다. 번식장도 안 된다, 가정견도 안 된다면 개를 어디서 분양받으란 말이냐? 바로 전문 브리더다. 내가 분양을 받은 곳은 페키니즈만을 전문적으로 분양하는 '○○ 페키니즈'라는 곳이다. 이곳을 운영하는 전문 브리더 A 씨는 동물을 다루는 TV 프로그램에 자주 나왔고, 해외 도그쇼에 참가해 숱하게 우승했다. A 씨 덕분에 페키니즈가 드라마 〈백일의 낭군님〉이나 〈엽기적인 그녀〉에 출연해 미모를 뽐낼 수 있었다. 사극에 페키니즈가 등장하는 것은 아무래도 이 견종이 과거 중국 황실견으로 길러졌던 덕분인 듯한데, 그 결과 일반 사람들에게 좀 생소했던 페키니즈가 대중에게 널리 알려질 수 있었다. A 씨는 십수 마리의 페키니즈를 데리고 있으며, 그중 일부가 교배를 나가 강아지를 낳는다. 개들도 한 미모 하는 데다, 이들이 교배하는 대상은 해외 도그쇼에서 미모를 뽐내던 애들이다 보니, 거기서 태어난 개들의 미모는 정말 하늘을 찌른다. 당연히 가격이 비싸다.

"아니, 개 번식장이랑 전문 브리더랑 도대체 뭐가 달라? 다 돈 벌자고 하는 거잖아?"

전혀 그렇지 않다. 이곳은 개 분양을 자주 하지 않는다. 교배를 그리 자주 시키지 않기 때문이다. 사람들은 개가 임신을 했을 때 미리 예약을 하는지라 개가 분양이 안 되는 일은 일어나지 않는다. 팬더와 황곰 등은 이런 치열한 경쟁을 뚫고 데려온 보물들이다.

값이 비싸다는 것도 나쁜 일이 아니다. 우리나라 개들이 버려지는 이유가 공급이 넘쳐 값이 싸기 때문이라는 점을 상기해보시라. 돈이 있는 사람이 개를 길러야 한다는 점에서, 이런 건 오히려 바람직하다. 게다가 ○○ 페키니즈에서는 아무리 돈이 많은 사람이라도 개를 사랑하지 않으면 절대 분양을 시키지 않는다. 혹시 개를 데려간 집에서 파양하면, 그 개는 당연히 ○○ 페키니즈에서 거둔다. 이러다 보니 분양과 동시에 연락이 끊기는 펫숍과 달리 전문 브리더는 개를 분양해준 사람들과 관계가 좋다. 수시로 정모를 하면서 친분을 다지기도 한다.

A 씨는 페키니즈만 다루지만, 이분처럼 특정 견종만 다루는 전문 브리더들이 여럿 있다. 이런 곳에서만 개 분양이 이루어진다면

우리나라에서 개로 인한 사회 문제는 더 이상 발생하지 않을 것 같지 않은가? 실제로 미국은 펫숍에서 반려동물을 구매하는 경우가 전체의 6퍼센트에 불과하단다. 유기견 입양률이 높기도 하지만, 그 나머지도 전문 브리더에게 동물을 구입하기 때문이다.[25]

이 글 첫머리에 인용한 행강 박 대표의 말을 다시금 상기해보자. "지금 상황은 아무나 번식을 할 수 있기 때문에 생긴 결과야." 맞다. 개를 사랑하는 전문 브리더만 분양이 가능하게 하자. 유기견 없는 세상을 꿈꾼다면.

5장

개답게?
사람답게!

─ 사람과 개, 함께 살아가기

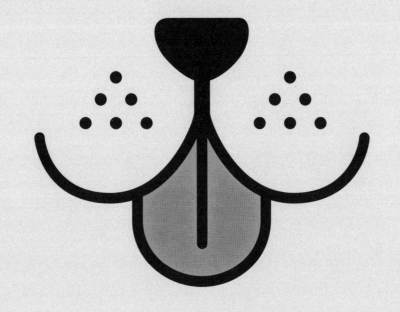

팬더야, 미안하다

귀엽기 짝이 없는 팬더. 하지만 난 팬더에게 미안한 게 있다. 우리 집에 온 지 5개월쯤 됐을 때 그의 고환을 떼는, 세칭 중성화수술을 했기 때문이다. 흑백의 조화가 돋보이는 팬더의 유전자가 후대에 전해지지 못하게 된 건 분명 아쉬운 일이지만, 당시 우리에게 중성화는 어쩔 수 없는 선택이었다.

가장 큰 이유는 숫자의 문제였다. 팬더 혼자서 심심할까 봐 같이 놀 개로 미니미를 데려왔는데, 미니미가 암컷인지라 그냥 놔두면 둘이 짝짓기를 할 것은 불 보듯 뻔했다. 첫 출산에서 세 마리를 낳았다고 해보자. 믿을만한 집에 보낼 수 있으면 좋지만, 그게 쉬운 게 아니다. 개를 잘 키워줄 집이라면 이미 개를 키우고 있을 확률이 높으니 말이다. 할 수 없이 우리가 그냥 키우기로 한다. 하지만 그중 암컷이 섞여 있다면? 10마리, 20마리 되는 건 순간이다! 성욕을 잃은 팬더가 안쓰럽게 보일 때면 난 이렇게 말하곤 한다. "팬더야, 아빠도 금욕적으로 살고 있으니 네가 이해해주라."

이른 중성화가 필요한 두 번째 이유는 수컷의 행동에 문제가 생기기 때문이다. 내가 결혼 전에 키웠던, 지금은 무지개다리를 건넌 몰티즈 강아지 벤지는 중성화를 하지 않았다. 어차피 한 마리만 키울 거라 필요성을 느끼지 못해서였다. 그래서 벤지는 기력이 떨어지기 전까지 매일 한 번씩, 컨디션이 좋을 때는 하루에 두세 번씩 내 팔에 대고 붕가붕가를 했다. 그것도 계속하다 보면 기술이 좋아지는지, 나중에는 사정까지 해댔다. 물론 그 당시 난 그게 당연한 내 의무라고 생각했다. 장가를 보내주지는 못할망정, 팔 대주는 것 정도는 해야지 않겠는가? 나야 그럴 수 있지만, 견주에 따라서 이런 걸 견디지 못하는 분들도 있을 테고, 그분들이 계속 개를 키우려면 중성화밖에 답이 없다. 게다가 벤지는, 중성화를 안 한 수컷들이 다 그렇듯 영역표시를 즐겼다. 화장실은 물론이고 마루, 창문 근처, 현관 안쪽 등등 후미진 곳에선 늘 벤지의 소변 냄새를 맡을 수 있었다.

그렇다면 중성화를 한 팬더는 어떨까? 일단 팬더는 내 팔에 거의 매달리지 않는다. 다른 암컷들에게 붕가붕가를 할 때가 없는 건 아니지만, 그래 봤자 일 년에 몇 번 정도다. 영역표시를 하는 일도 일절 없고, 늘 배변패드에 예쁘게 앉아서 소변을 본다. 신기한 건 벤지와 달리 팬더의 소변에선 역한 냄새가 나지 않는다는 점이다. 이 것 역시 중성화의 효과라는 것을 나중에야 알았다.

마음 놓고 개 산책을 할 수 있는 것도 중성화의 이점이다. 산책하다 보면 다른 개를 만나게 되고, 개중에는 암컷도 있기 마련이다. 암컷에게 어떻게든 한번 해보려고 난리를 친다면 산책이 엉망이 된다. 그 암컷이 마침 발정기라면 난데없이 그 집과 사돈을 맺어야 한다. 직접 마주치지 않더라도 개는 후각이 고도로 발달한 동물이라, 몇 킬로미터나 떨어진 발정기 암컷의 냄새를 맡을 수 있다. 집을 나가려는 개를 필사적으로 말려보지만, 그 경우 욕구 충족에 실패한 개의 분노를 다 감당해야 한다. 중성화가 동물의 본성을 억압하는 행위인 건 분명하지만, 그것도 개를 집 안에서 키우기 위한 고육지책이다. 여기에 더해 고환암, 전립선비대증, 항문선종 등의 질병도 예방할 수 있고, 내시가 오래 산 데서 보듯 개 수명도 길어진다니 중성화에도 나름의 장점이 있는 셈이다.

그렇다면 암컷은 어떨까? 암컷의 중성화가 수컷보다 더 꺼려지는 건, 수컷의 중성화보다 훨씬 더 큰 수술이기 때문이다. 수컷은 외부로 돌출된 고환을 떼면 되는데 암컷은 배를 열어서 난소와 자궁을 떼어내니, 그 후유증이 만만치 않다. 게다가 중성화를 하면 기초대사량이 낮아져 개가 살이 찐다. 폐경 이후 엄마들이 '안 먹어도 살이 찐다'고 하는 것과 비슷한 이치다. 이를 극복하려면 운동을 더 열심히 시켜야 하지만, 아파트에 사는 우리나라 개들의 특성상 비만을 막기가 쉽지 않다.

중성화를 안 하는 것에도 불편이 따른다. 가장 큰 불편은 생리. 물론 사람처럼 매달 하는 것도 아니고 양도 그리 많지 않지만, 개주인에 따라서 견디기 어려운 경우도 있다. 우리 집 암컷들은 다 중성화를 안 했는데, 생리 주기가 올 때마다 아내가 열심히 바닥을 닦고 이불을 빨지만, 이건 아내가 전담해서 개를 보기 때문에 가능한 것일 뿐, 개를 혼자 놔두는 집에선 이게 쉽지 않다. 퇴근하고 왔더니 집 안 곳곳에 피가 묻어 있다면 힘들지 않겠는가?

수컷의 중성화가 질병을 예방하듯, 암컷의 중성화도 자궁축농증과 유선종양을 예방할 수 있다. 중성화를 안 했다고 다 이 병에 걸리는 건 아니지만 나이가 들수록 그 확률이 높아진다니 중성화를 고려하는 것도 나쁜 선택만은 아니다.

중성화를 안 하는 게
진정한 학대다

이렇듯 중성화에는 장점과 단점이 모두 존재하며, 그 결정은 개를 기르는 주인의 몫이다. 개의 본능을 존중한다면 안 하면 되는 것이고, 개주인의 편의를 더 우선시하겠다면 중성화를 하면 된다. 다 나름의 상황을 고려해서 내린 결정일 테니 다른 이가 왈가왈부해선 안 되지만, 우리나라 네티즌들이 어디 그런가. "개는 본능대로 살아야 행복하다"는 말부터 "개주인부터 중성화해라"는 말까지, 인터넷을 보면 중성화를 불편해하는 수많은 말들을 만날 수 있다. 어떤 분

팬더

은 이 글에 대해 다음과 같은 댓글을 달았다. "중성화를 합리화하다니, 동물학대범의 뇌피셜이군요!" 이런 글을 쓰는 분들은 십중팔구 개를 키워보지 않은 분들이다. 설령 키워봤다 하더라도, 한 마리 정도를 잠깐 키우지 않았을까? 그래서 그분들은 중성화가 고육지책이라는 우리의 말을 좀처럼 들으려 하지 않는다.

경우는 좀 다르지만 《당신에게 고양이》를 쓴 이용한 작가의 말을 들어보자. 그는 길에서 '랭보'라는 이름의 암고양이를 입양했다. 그 뒤 지인으로부터 '랭이'라는 수컷 고양이를 입양했다. 둘은 늘 치고받고 싸웠지만, 세상에, 언제 그랬는지 랭보가 임신을 한 것이다. 그 결과로 새끼 고양이 두 마리가 새 식구가 됐다. 안 되겠다 싶어서 랭보와 랭이를 중성화시켰다. 새끼 고양이도 암수여서 애네도 중성화를 시켜야겠다 생각하고 있는데, 세상에나, 또 언제 그랬는지 새끼 고양이가 임신했고, 거기서 세 마리가 태어났다. 셋 중 둘이 죽고 한 마리만 살아서 총 다섯 마리가 됐는데, 여기서 중성화를 하지 않는다면 고양이 숫자는 기하급수적으로 늘어날 터였다. 결국 그는 모두에게 중성화수술을 시킨다.

함께 사는 다섯 마리 고양이의 중성화수술을 다 끝마칠 즈음에야 나는 중성화수술에도 적당한 시기가 있고 수술로 인해 고양이의 삶의 질도 훨씬 높아진다는 것을 알게 되었다. 특히 암컷의 경우 수술을 미루어 임신과 출산을 반복하게 되면 온갖 질병에 노출돼 결국 힘든 여생을 살아야 한다는 것도 알았다. 말하자면 중성화수술은 선택이

아니라 필수이며, 함께 살기 위한 통과의례 같은 것이다.[1]

여기서 주목해야 할 대목이 있다. 임신과 출산을 반복하면 힘들어진다는 것 말이다. 사람이 중성화수술을 하지 않는 건 피임이 가능한 동물이기 때문이다. 피임이 뭔지도 모르던 과거, 여성들은 열 명이 넘는 자식을 낳고 그 후유증으로 일찍 죽어갔다. 피임법이 대중화된 지금은 여성들이 더 이상 그런 삶을 살지 않아도 되지만, 피임이 제대로 자리 잡지 못했던 과거에는 다음과 같은 일이 벌어지기도 했다.

1970년대 당시 한국 정부는 폭발적으로 늘어나는 인구 때문에 골머리를 앓고 있었다. 60년대의 가구당 출산율이 6.3명이었다니 그런 걱정을 할만도 했다. 셋만 낳아 기르자는 구호를 외치던 정부는 70년대 들어서 '딸 아들 구별 말고 둘만 낳아 잘 기르자'는 유명한 표어로 전국을 뒤덮지만, 인구는 계속 늘기만 했다. 표어만으로는 안 된다고 생각했던 정부는 산아제한정책의 일환으로 소위 가족계획사업을 벌인다. 그중 가장 널리 사용된 것이 바로 정자의 통로인 정관을 묶는 정관수술이었다. 말이 권장이지 실상은 강요에 가까웠던 것이, 정관수술에 따르는 혜택이 너무도 달콤했기 때문이다. 한번 들어가면 2박 3일간 하릴없이 시간을 죽여야 하는 예비군훈련을 면제해주고, 당시 하늘의 별 따기에 가까웠던 아파트 입주권을 우선해서 주기도 했다. 인구가 줄어든 지금은 정부가 나서서 정관수술하는 일은 없어졌지만, 더 이상 아이를 낳지 않겠다는 사람들은 스스로 정관수술을 한다. 이렇게 본다면 사람과 달리 피임 자체가 불가능한 개들에게 고환을 떼어내는, 소위 중성화수술을 하는 게 그리 이해 안 가는 일은 아닐 것이다. 다음 기사를 살펴보자.

2018년 7월, 동물권 행동단체인 카라와 한국고양이보호협회 활동가들은 경기도 안산시에 있는 한 노부부의 집에서 고양이 30마리를 구조했다. "구더기와 악취가 넘치는 좁은 집에 갇힌 고양이들은 굶주림과 질병에 시달리고 있었다. 눈에서 진물을 흘릴 정도로 상태가 심각했던 고양이들은 치명적인 전염질병인 범백혈구 감소증을 앓고 있었다. 비위생적인 환경에 방치된 결과였다. 결국 구조 2주 만에 8마리가 세상을 떠났다."[2]

사람들은 노부부를 비난했다. 능력도 없으면서 웬 고양이를 그렇게 많이 키웠냐고 말이다. 하지만 그들이 일부러 이런 일을 벌인 것은 아니다. 4년 전만 해도 이들이 키우는 고양이는 단 3마리에 불과했으니까. 진짜 문제는 그 3마리에 암컷과 수컷이 섞여 있었단 거다. 수컷에게 중성화를 해주지 않은 탓에 이들은 임신과 출산을 거듭했고, 불과 4년 만에 30마리라는 감당하기 어려운 숫자로 늘어나버린 것이다. 중성화를 통해 고양이 숫자를 조절하는 것과 생기는 대로 놔두는 것 중 어느 것이 학대인지를 구별하는 데는 그리 뛰어난 판단력이 필요하지 않다.

그렇다면 중성화수술이 개 학대라고 주장하는 이들은 무슨 이유에서일까? 위에서 말한 대로 그들이 개를 키워보지 않아서일까? 그건 아니다. 중성화수술이 개 학대라고 말하는 그들은 개가 제대로 숨을 쉬지 못하게 하는 입마개를 반드시 착용해야 한다고 주장하고, 개 짖는 게 시끄럽다며 성대수술을 시키라고 하며, 전통이랍시고 개 식용을 적극 찬성한다. 일견 모순되는 이 주장들을 하나로 관통하는 것은 개에 대한, 그리고 그 개를 끔찍이 아끼는 견주에 대한 혐오다. 개는 자연 상태 그대로 놔둬야 행복하다는 주장 역시 개를 생각해서가 아니라, 개가 꼴 보기 싫다는 자신의 혐오를 발산하는 것에 불과하다. 그분들께 말씀드린다. "님들은 본능대로 피임 안 하고 생기는 대로 다 낳으실 거죠?"

펫보험의
현재와
미래

펫보험 의무화가 필요하다

'개 치료비가 사람보다 훨씬 비싸다.'

병원에 한 번이라도 개를 데려가 본 사람이라면 이 명제에 동의할 것이다. 개 치료비가 비싼 이유도 다들 알고 있다. 우리나라 사람이라면 모두 의료보험에 들었겠지만, 개를 위한 의료보험에 든 이는 거의 없다. 2017년 기준 반려동물의 의료보험 가입률은 0.02퍼센트로, 영국의 20퍼센트는 물론이고 일본의 8퍼센트에도 크게 미치지 못한다. 게다가 우리나라는 건강보험에서 정해놓은 사람 치료비가 매우 싼 나라다 보니, 개 치료비가 상대적으로 더 비싸게 느껴질 수 있다. 개가 무슨 의료보험이냐고 하겠지만, 지금이 반려견 천만시대임을 고려하면 이제는 펫보험 활성화를 논의할 때다. 개를 버리는 이유 중 상당수가 개가 아픈데 치료비가 없어서였으니 말이다.

그래서인지 2017년 대선에서 반려동물 의료보험을 도입하겠다고 밝힌 후보가 둘 있었다. 자유한국당의 홍준표 후보와 정의당 심상정 후보였는데, 우리나라엔 이미 펫보험이 들어와 있다. 문제는 턱없이 낮은 가입률이다. 우리나라의 1인당 국민소득이 3만 달러를 넘어섰다고는 하지만, 개에 대한 인식은 1천 달러 수준에도 미치지 못하고 있다. 개농장이 존재하고, 개를 학대·살해한 이가 별반 처벌을 받지 않는 현실도 그렇지만, 개를 먹는 동물로 인식하는 사람의 수가 절반을 넘는다. 반려인들 중에서도 개에게 돈 쓰기 아까워하는 사람이 제법 많다. 이런 상황이니 펫보험 활성화는 매우 지난한 일이다.

그래서 난 정부가 다음과 같은 일을 해야 한다고 본다. 일정 기간의 유예를 두고 펫보험 의무화, 즉 모든 견주가 개를 위해 최소한 하나 이상의 펫보험에 가입해야 하는 제도를 시행하는 것이다. 갑자기 웬 뚱딴지같은 소리냐고 물을 수도 있지만, 내 설명을 듣다 보면 어느 정도 동의할 수 있을 것이다.

모든 개는 일생에 몇 번은 병원에 가기 마련이다. 그런데 보험이 없다면 병원비는 비쌀 수밖에 없다. 펫보험에 들지 않은 사람은 개한테 그렇게까지 돈을 쓰고 싶지 않은 사람이니, 비싼 병원비를 감당할 확률도 그리 높지 않다. 결국 그는 나을 수 있는 병에 걸린 개를 방치함으로써 죽음으로 이끌거나 장애를 갖고 여생을 살도록 한다. 좀 더 마음이 독한 이라면, 아픈 개를 쓰레기봉투에 넣어서 버릴 수도 있다. 개 한 마리를 입양하는 행위는 그 개의 삶을 전반적으로 책임지겠다는 약속을 하는 것인데, 아프다고 내팽개치는 건 그 약속을 위반하는 행위며, 다른 좋은 곳으로 갈 수도 있었던 개의 삶을 피폐하게 만드는 결과를 낳는다. 그런데 그가 강제적으로라도 보험에 들었다면 치료비의 30퍼센트 정도만 내면 될 테니, 병원에 데려갈 확률이 높다. 전 국민 의료보험이 시행된 이유가 돈의 유무와 관계없이 모든 국민이 적절한 치료를 받도록 하기 위함이듯, 펫보험 의무화가 시행된다면 그건 개의 생명과 건강을 중요하게 생각하라는 취지에서일 것이다. 여기서 '굶어 죽는 사람이 얼마나 많은데' 같은 얘기는 하지 말자. 그런 말을 하는 이들 대부분이 평상시 굶는 사람들에겐 관심이 없고, 단지 개에 대한 혐오를 드러내기 위해 도움이 필요한 이들을 이용하는 것에 불과하니까. 이 글을 쓰는 나 역시 사람의 생명이 더 중요하다는 명제를 부정하진 않는다. 다만 개 키우는 사람들이 펫보험료를 안 낸다고 해서 그 돈이 굶는 이들에게 돌아가는 건 아니라는 얘기다.

펫보험 의무화의 또 다른 장점은 개를 키우려는 사람들에게 진입장벽이 될 수 있다는 점이다. 내 건강보험료 내기도 바쁜데 개를 위해서 따로 의료보험을 들라니, 이럴 거면 안 키운다고 생각하는 분이라면 키우지 않는 게 본인은 물론 개를 위해서도 더 좋다. 사실 이 책을 쓰게 된 것도 개를 키우기 전에 좀 더 신중하게 생각한 뒤 결정하라는 취지에서였는데, 국가가 앞장서서 신중함을 강요해준 다면 그보다 더 좋을 순 없겠다.

다시 말해서 펫보험 의무화는 자격 있는 사람만 개를 키우라는 국가의 요구다. 당장 하면 반발이 심하겠지만 10년쯤 뒤에 시행하면 상황이 조금 나을 것이고, 이미 개를 기르는 사람은 예외로 해주는 조치도 뒤따라야 할 것이다. 그 경우 대략 15년쯤 후에 입양되는 개들은 최소한 의료 면에서 좀 더 나은 대우를 받지 않을까?

물론 이건 어디까지나 내 희망 사항일 뿐인 것이, 우리보다 개의 권리를 더 중시하는 외국에서도 모든 반려동물이 다 가입하는 의무 보험은 없으며, 가장 높은 스웨덴도 40퍼센트에 불과하고, 영국이 20퍼센트, 독일이 15퍼센트 정도에 그치고 있다. 우리나라의 가입률 0.02퍼센트에 비하면 어마어마하게 높은 수치지만, 역설적으로 이는 펫보험 의무화가 갈 길이 먼, 꿈같은 얘기임을 말해준다.

우리나라 펫보험의 실태

가입률 0.02퍼센트의 비극은 쌓아놓은 적립금이 부족해 개들에게 혜택을 많이 주기 어려워지는 결과로 이어진다. 2017년의 상황을 보자. 이때는 삼성화재와 롯데손해보험, 현대해상 등 3곳이 반려동물을 대상으로 한 보험을 판매했다. 치료비의 60~70퍼센트를 부담하는 것은 건강보험과 비슷하지만, 7세가 넘은 개는 보험 가입이 불가능했다. 사실 보험이 필요한 때는 나이가 들어서인데, 정작 나이 든 개는 받지 않는다니 이런 보험에 들어야 할지 망설여진다. 게다가 이 보험들은 슬개골 탈구 등 소위 순종견에게 흔한 질환에 대한 보상을 거부했고 중성화, 귓병, 알레르기 등에 대한 지원도 하지 않았다. 한 번 보험금을 받으면 보험계약이 만료되는 경우도 있었다. 그러다 보니 다음과 같은 반응이 나올 수밖에 없다.[3]

> **또***:** 적금 드는 게 낫대요. 보험은 생긴 지 얼마 안 돼서 아직은 별로라고 들었어요.
>
> **가***:** 저희도 보험 알아봤는데 그냥 적금 드는 게 낫겠다는 판단으로 5만 원씩 매달 넣고 있어요.

이런 상황을 극복하려면 보험적립금이 많아져야 하고, 이를 위해선 가입자들에게 보험료를 비싸게 받아야 한다. 이 경우 "이렇게 낼 거면 적금 든다"로 귀결될 확률이 높다. 2013년 펫보험 시장에 진출했던 메리츠화재가 결국 철수한 것도 펫보험이 아직 시기상조임을 말해주는 단적인 사례였다.

2년이 지난 2019년엔 상황이 좀 달라졌다. 메리츠화재가 펫보험을 다시금 출시했고, 현대해상, 한화손보, DB손보, KB손보 등 내로라하는 보험사들이 뛰어들어 펫보험 경쟁이 제법 뜨거워졌다. 그도 그럴 것이, 한국펫사료협회KPFA가 발표한 〈2018 반려동물 보유 현황 및 국민 인식조사 분석〉에 따르면 가구 중 27.9퍼센트가 반려동물을 키우고 있으니 말이다.[4] 전체를 2천만 가구로 본다면 최소

500만 가구가 반려동물을 키우고 있으니, 잘만 하면 수익을 올리겠다고 생각할 만하다. 다음 기사를 보자.

보험사들은 어려운 경영환경을 극복하기 위해 새로운 먹거리 발굴에 나서고 있다. (중략) 또 하나는 반려동물보험이다. 반려동물산업은 최근 3년간 연평균 14.1퍼센트 성장하는 반면, 국내 반려동물보험 시장 규모는 현재 약 10억 원에 불과하다. 보험연구원에 따르면 지난해 기준 펫보험 가입은 2,600건으로 등록된 반려동물 107만 마리 대비 0.24퍼센트에 불과하다. 영국(20%)이나 독일(15%)은 물론 일본(8%)에 비해 한참 낮은 수준이다.[5]

문제는 보험사의 서비스가 어떤 것이냐인데, 확실히 2년 전에 비하면 좋아졌다. 예컨대 호평을 받는 메리츠화재의 '펫퍼민트'는 가장 수요가 높은 슬개골 탈구와 알레르기, 구강질환을 기본으로 보장하고, 의료비를 연간 500만 원까지 보장한다. 한 번 가입하면 만 20세까지 거의 평생을 보장하는 것도 기존 보험과 다른 점이다. 또한 개가 다른 사람을 물었을 때 1천만 원까지 보상해주기도 한다. 보험료는 월 42,000원이니, 적금보단 낫다. 한 가입자의 후기를 요약해 옮긴다.

— 며칠 전 아이들을 펫퍼민트에 가입시켰다. ○○는 48,560원. ○○는 38,849원이다. 그래도 한 번 병원에 갈 때마다 진료비의 70% 보장,

1회에 15만 원까지 지급해준단다. 수술비는 200만 원까지 연간 500만 원까지 보장. 3년마다 갱신이라 혜택이 갈수록 좋아지지 않을까 기대해본다.[6]

물론 펫보험이 가야 할 길은 아직도 가시밭길이다. 일단 대부분의 보험이 국가에 등록된 동물에 한해서만 가입을 받고 있는데, 뒤에서 얘기하겠지만 상당수의 견주는 개에게 칩을 심는 것에 저항감을 보이고 있다. 펫퍼민트의 선전에는 미등록 동물도 보험 가입이 허용된 덕도 있는데, 사실 등록 여부는 매우 중요한 문제다. 개가 다 비슷하게 생기다 보니 두 마리 중 한 마리만 보험에 가입시킨 뒤 '이 개가 그 개다'고 우길 수 있고, 동물병원 측이 같은 동물을 두 번 진료한 뒤 두 마리 했다고 보험금을 이중청구할 수도 있다. 또한 동물병원마다 진료비가 제각각인 것도 보험의 활성화를 방해하는 요인이 된다. 하지만 이건 어디까지나 부차적인 문제다. 개는 기르고 싶은데 돈은 쓰기 싫어하는 견주들이 주를 이루는 한 펫보험 활성화는 한낱 꿈에 불과할 것이다.

'개고기 반대'에
시비 거는
사람들

"십여 년 전이면 복날엔 꽉 찬 예약 손님들로 분주했지만 이제는 그런 모습을 찾을 수 없어요."

한 기사에 따르면 영등포에서 보신탕집을 하는 김 아무개 씨는 개고기 반대 여론으로 인해 매출이 갈수록 떨어진다고 한탄했다. 그의 한탄이 아니더라도 개고기는 점차 사라지는 추세다. 보신탕집은 하나둘 없어지고 있고, 젊은이 중엔 개고기 먹는 이가 그리 많지 않다. 개고기가 몸보신에 좋다는 이상한 믿음을 가진 아저씨들만이 사양산업이 된 보신탕집을 지키는 최후의 보루라는 얘기다.

그런데도 인터넷 여론은 개고기를 옹호하는 목소리가 이상하리만큼 높다. 물론 목소리만 높을 뿐, 그들에게 무슨 대단한 메시지가 있는 것은 아니다. 그들의 주장을 몇 개만 보자.

첫째, 소·닭·돼지도 생명인데 왜 먹느냐?

개고기 관련 기사마다 지긋지긋하게 나오는 주장이다. 개고기 찬성파들이 즐겨 쓰는 '업진살 살살 녹는다'라는 말은, 개고기는 반대하면서 소는 왜 먹느냐는 비아냥거림이다. 하지만 이는 번지수가 틀린 소리다. 개고기를 반대하는 이들은 개가 반려동물이지 먹는 게 아니라고 한다. 실제로 많은 이들이 개를 인간의 친구로 키운다. 반면 소·닭·돼지는 대부분 먹기 위해 길러진다. 우리나라 어딘가에는 반려동물로 소·닭·돼지를 키우는 사람이 없진 않겠지만, 그 수는 극히 적다. 개와 소가 차지하는 위치가 같지 않다는 얘기다. 게다가 개고기 반대론자들은 개를 먹지 말자고 주장할 뿐, 모든 고기를 먹지 말자고 말하진 않는다. 그런데도 개고기 찬성파들은 "오직 채식주의자만이 개고기를 반대할 자격이 있다"는 이상한 소리를 해댄다. 또한 개고기 반대파들이 소·닭·돼지를 사랑하는 것도 아니다. 그저 개의 식용을 정당화하기 위해 소·닭·돼지를 갖다 붙이는 것인데, 이런 걸 전문용어로 '물타기'라고 한다.

사실 무엇을 먹을지는 사회적 합의에 따라 달라진다. 개가 지금의 위치에 오른 것도 반려견의 숫자가 천만 마리에 육박할 만큼 많아진데다, 〈TV 동물농장〉을 비롯해서 개가 나오는 프로그램이 인기를 끈 덕도 있다. "개는 소·닭·돼지와 다르다"는 주장이 나오고, "개를 먹지 말자"는 주장으로 이어진 것은 이 때문이다. 훗날 시대가 달라져 소나 닭, 돼지를 반려동물로 키우는 사람이 많아진다면 이 동물들도 먹지 말자는 주장이 나오겠지만, 지금은 아직 그런 시대가 아니지 않은가?

둘째, 개인의 자유다?

"좋아하는 사람은 먹는 거고 싫은 사람은 안 먹으면 되는 거지, 왜 먹지 말라고 하나요?" 초등학생도 아는 사실이지만, 자유는 필요에 따라 제한되기도 한다. 아주 옛날엔 고속버스 안에서 흔하게 담배를 피웠지만 지금은 안 피우는 게 상식이다. 담배 연기가 다른 이들에게 피해를 준다는 주장이 힘을 얻은 까닭이다. 개고기도 고속버스 내 흡연과 비슷하다. 과거와 달리 사람들의 인식이 변했지 않은가. 잠깐, 담배야 그렇다 쳐도 개고기가 무슨 피해를 주냐고? 다음 사건을 보자.

경북 구미경찰서는 17일 인적이 드문 심야 시간대 가정집에서 키우는 개를 훔친 혐의(상습절도)로 A 씨(50세)를 붙잡았다. A 씨는 지난달부터 최근까지 심야 시간 구미 외곽 농촌 지역 가정집 7곳에 몰래 들어가 진돗개 등 개 9마리를 훔친 혐의다.[7]

A 씨가 개를 훔친 이유는 돈 때문이었다. A 씨는 마리당 20~30만 원씩 받고 보신탕집에 팔았다는데, 걸린 것만 이 정도일 뿐 경찰은 A 씨가 이 같은 범죄를 훨씬 더 많이 저질렀을 것으로 추측했다. 심지어 주인이 옆에 있는데도 개를 가져가는 소위 '개 퍽치기'가 일어나기도 한다.[8] 물론 이런 사건들은 개인의 일탈에서 비롯됐지만, 이

런 일이 벌어지는 근본적인 원인은 우리나라가 개를 먹는 나라라는 데 있다.

꼭 큰 개만 표적이 되는 것은 아니다. 큰 개가 수육이나 보신탕으로 만들어지는 반면, 작은 개는 개소주로 만들어지니 수요는 늘 있다. 또한 사람들 중엔 보신탕집 앞을 지날 때마다 불쾌감을 호소하는 이들도 있는데, 이것 역시 피해라면 피해가 아닐까? 하지만 가장 큰 피해는 개의 식용이 개농장을 존속하게 한다는 것인데, 이에 대해서는 다음 글에서 언급하기로 하자.

셋째, 우리 전통이다?

과거 먹을 게 없을 때야 개고기를 먹었을 수도 있다. 이런 걸 전통이라 해야 하는지 모르겠다만, 설사 그렇다 쳐도 국제사회의 욕을 먹어가면서까지 지키는 게 맞는지 의문이 든다. 전통이란 어디까지나 시대를 반영하는 것일 뿐, 금과옥조처럼 고수해야 하는 것은 아니다. 웬만큼 사는 나라들치고 개를 먹는 나라가 없다는 점에서 개고기 금지는 이제 글로벌 스탠다드다. 프랑스 배우 브리지트 바르도 여사가 우리나라의 개 식용에 거품을 무는 것이야 워낙 유명하지만, 2018년 평창올림픽 때도 미국 방송사 CNN은 〈올림픽 그늘에 가려진 잔혹한 개고기 거래〉라는 기사에서 "평창 동계올림픽에서 선수들이 스케이트와 스키를 타며 역사를 만들어갈 때 1만 7천여 곳이 넘는 개농장에서 식용개들이 도살당하고 있다. (그 개들은) 목 졸리거나 맞거나 감전사 당한다"는 보도를 내보낸 바 있다.[9]

일부에 의해 저질러지는 개 식용 때문에 우리 국격이 떨어지는 걸 계속 내버려 둬야 할까? 게다가 우리 동지들도 하나둘씩 배신을 때린다. 개를 먹는 나라였던 대만은 2017년 식용 목적으로 개나 고양이를 도살하는 것을 금지시켰는데, 이를 어길 시에는 수백만 원의 벌금을 물리거나 2년의 징역형을 선고한다고 한다.[10] 이게 대만의 일만은 아니어서, 태국과 홍콩, 싱가포르, 필리핀도 차례로 개고기 식용을 금지했다.[11] 이제 개를 먹는 나라는 우리나라를 비롯해 중국과 베트남만 남아 있는데, 베트남의 하노이 인민위원회는 "외국인 관광객과 하노이에 거주하는 외국인에게 부정적인 반응을 초래하고 도시 이미지를 망친다"며 개와 고양이 식용을 자제해달라고 권고했단다. 사정이 이럴진대 언제까지 다른 이들의 비판에 "냅둬! 이건 자랑스러운 우리 문화야"라며 버티기를 할 것인가? 내가 학교 다닐 때 은사가 늘 하던 말이 생각난다. "비록 우리가 1등은 못하더라도, 꼴등은 하지 말아야 하는 거 아니냐?"

나야 개빠라서 개의 입장에서만 이야기하지만, 동물보호단체 중 많은 수가 소·닭·돼지가 좀 더 고통 없이 도축돼야 한다고 주장하며, 그 실천을 위해 노력한다. 최소한 개고기 찬성파보다는 소·닭·돼지에 관심이 더 많다는 얘기다. 우리나라에서 가루가 되도록 까이는 브리지트 바르도는 "너네는 푸아그라에 환장한다며? 그거 만들 때 거위를 고통스럽게 학대한다는데, 그건 왜 뭐라고 안 해?"라는 한국인들의 반응에 "그래, 맞다. 그건 프랑스의 수치다. 프랑스 자체로도 할 말은 없다"라고 답했다. 출처가 나무위키라 이 말이 사실이 아닐 수도 있지만, 아무튼 이 말 때문에 프랑스에서도 바르도를 욕하는 목소리가 높았다는데, 이걸 보면 바르도의 동물 사랑은 진정성이 있다고 봐야지 않을까 싶다.

넷째, 개고기만 한 보신 음식이 없다?

개고기가 몸에 전혀 도움이 되지 않는 건 아니겠지만, 그렇다고 몸을 특별히 좋게 해주는 능력도 없다. 영양학적으로 소·닭·돼지보다 못하다는 연구 결과도 있던데, 이것보다 더 큰 문제는 개고기로 팔려 가는 개들 중엔 병든 개들이 다수 있다는 사실이다. "번식장 개들은 다 피부병을 기본으로 갖고 있어요. 온몸에서 피고름을 줄줄 쏟아내는 상태예요.", "끊임없이 임신과 출산을 강요당한 개들은… 장기가 망가질 대로 망가져요."[12] 누구한테 줄 수도 없는 이런 개들은 도축업자에게 팔려 간 뒤 보신탕이란 이름으로 사람들 앞에 놓인다. 홍삼을 비롯해 좋은 보신 음식이 많아진 시대에, 굳이 병에 걸린 개를 먹으며 몸이 좋아졌다고 착각하는 건 시대에 뒤떨어진 일이 아닐까.

이렇듯 개고기 찬성파들의 주장은 매우 허약한 근거에 바탕하고 있으며, 얼마든지 반박이 가능하다. 게다가 그들 중엔 실제로 개고기를 먹는 사람도 별로 없는 것 같다. 개고기를 옹호하는 댓글 중 상당수가 "나는 개를 안 먹지만"으로 시작하기 때문이다. 그런데도 그들은 개고기 관련 기사가 나올 때마다 필사적으로 "안 돼! 개고기 먹을 거야!"는 댓글을 앵무새처럼 반복하면서 마치 개고기 식용이 보편적인 일인 것처럼 착시효과를 일으키고 있다. 대체 왜 이러는 것일까? 이건 내 추측이지만, 그들은 개에 대한, 그리고 개주인들에 대한 자신들의 증오심을 그런 식으로 표출하는 것일 게다. 얼마 전 〈개고기 식용 금지법〉에 대한 리얼미터의 여론조사에서 반대(51.5%)가 찬성(39.7%)보다 더 많이 나온 것도 그런 사람들이 많기 때문이 아닐까?

개고기 찬성파 여러분, 그렇게 해서라도 개보다 우위에 서고 싶나요? 인간의 위대함은 개고기를 먹어서 증명되는 게 아니라, 좋은 일을 많이 함으로써 입증되는 것입니다. 득보다 실이 많은 개고기 찬성보다, 좀 더 가치 있는 일을 해보시는 게 어떠신지요?

6,262개. 이 글에 달린 댓글의 숫자는 실로 어마어마했다. 물론 대부분은 개고기 찬성파들의 분노에 찬 댓글이었다. 가장 공감을 많이 받은 댓글은 "소·닭·돼지는 먹으면서 개만 먹지 말라고 하는 댁들의 이중 잣대와 위선적인 행동을 비판하는 거야"였다. 이런 댓글을 보면, 그리고 이 댓글이 9,522개의 공감을 얻는 것을 보면 좀 허탈하다. 소·닭·돼지로 물타기를 하지 말라는 게 원글이었지 않은가? 개와 소·닭·돼지가 같으냐 다르냐는 애당초 정답이 없는 문제다. 개는 다르다고 생각하는 사람이 많아지니 이제 새로운 합의안을 만들어야 한다는 게 개 식용 문제의 본질인데, 여기다 대고 계속

소·닭·돼지만 읊어대고 있으니 답답하다. 개가 소·닭·돼지와 다를 바 없다면, 사람이 소·닭·돼지와 다를 건 또 무엇일까?

또 다른 공감을 많이 얻은 댓글은 다음이었다. "그냥 먹을 사람은 먹고 안 먹을 사람은 안 먹으면 되지, 개인의 자유를 침해하는 건 먹지 말자고 운동하는 사람들 아닌가?" 이 글도 4,452개의 공감을 받았는데, 역시 답답하다. 자유라는 것은 사회적 합의에 따라 제한될 수도 있다고 원글에 써놨는데 말이다. 개고기에 관한 글을 한 편 더 쓴 이유는 이런 답답함 때문이었다.

개
광우병이
두렵지 않나요?

농구계의 전설적 스타 허재는 연관검색어로 '뱀'이 나올 만큼 뱀을 많이 먹었다. 뱀이 몸에 좋다는 믿음 때문이다. 최근 좋은 활약을 펼치는 메이저리거 추신수도 보신을 위해 뱀을 먹은 적이 있단다. 하지만 요즘에는 뱀을 먹는 게 쉽지 않다. 정부에서 뱀 포획을 금지한다는 〈야생생물보호법〉을 만들었기 때문이다. 여기에 대해 반발하는 이는 거의 없었다. 그게 당연한 것이, 뱀을 먹는 사람 자체가 워낙 드물기 때문이었다.

이렇듯 사람들은 자기 삶과 관계가 없는 일에는 큰 관심을 보이지 않는다. 그런데 개고기 문제만 나오면 사정이 달라진다. 개고기를 반대한다는 내 글에 댓글을 단 분들은 하나같이 이렇게 말했다. "나는 개고기 안 먹어. 하지만 다른 사람이 개고기 먹을 자유를 침해하면 안 돼." 정말 이상하지 않은가? 자신은 이 일로 피해 보는 것도 없는데, 왜 그토록 격한 어조로 개고기 반대파들을 공격하는 것일까? 개고기 찬성파들이 타인의 자유를 유독 존중하는 분들일 수도 있지만, 그런 분들이 뱀 먹을 권리와 오늘의 박지성 선수를 만든 개구리 먹을 권리는 왜 그리 쉽게 포기했으며, 그토록 남을 배려하는 분들이 개 식용으로 인해 마음 아파하고 또 국제적으로 쪽팔려 죽겠다는 개고기 반대파들의 마음은 전혀 헤아리지 않는 것인지. 그분들을 위해 개고기를 금지해야 하는 이유를 몇 가지만 더 말씀드리고자 한다.

첫째, 개고기 식용은 우리나라 개 문제의 온상이라 할 개농장을 존속하게 만든다.

개농장은 개공장이라고도 불리며, 말 그대로 암컷 개들을 데려다가 개를 마구 찍어대는 곳이다. 그렇게 만들어진 개들은 개고기로 소비된다. 자라는 동안이라도 행복하면 좋으련만, 개농장 주인들은 더 많은 수익을 위해 개들을 열악한 환경에서 키운다. 발을 디딜 수도 없는 뜬장에 가두고, 다 썩은 음식물 찌꺼기를 먹으라고 준다. 개농장 주인의 말을 들어보자. "개 키우는 건 다른 짐승과 달리 돈이 안 들어가. 야들 먹는 짬밥이 말이여, 내가 되레 돈 받고 가져오는 거여. 구청에서 음식물 쓰레기 수거해갈 때 백만 원 이백만 원씩 받아가. 근디 우리는 오십만 원만 받고 수거해준다고."[13] 더운 날에는 그 짬밥이 썩어 거품이 나지만 개들은 배고픔을 이기기 위해 그 쓰레기를 먹는다.

이런 개농장이 우리나라에 몇 개나 있는지는 아무도 모른다. 개농장이 음성적으로 영업하기 때문인데, 일부에서는 이런 개농장이 무려 1만5천 개에 달하는 것으로 추정하기도 한다. 개농장의 환경이 워낙 끔찍하다 보니, 평창올림픽 때 우리나라에 온 미국 스키 선수 구스 켄워시는 경기도 시흥의 한 개농장을 방문한 뒤 다음과 같이 말하기도 했다. "나는 개고기를 먹지 않고, 개고기를 먹는 것에 확고하게 반대한다. 내가 다른 사람들처럼 말할 수는 없지만, 이곳이 동물을 키울 수 있는 조건이 아니라고는 말할 수 있다."[14]

혹자는 다음과 같이 말한다.

"개고기가 문제가 되는 건 '개라서'가 아니라 그 개를 '사육하고 도축하는 환경'이 잘못되었기 때문인 겁니다. 불법 개 사육장을 없애고 정식으로 등록시킨 농장에서만 개를 키울 수 있게 하고, 그 도축법을 다른 소나 돼지처럼 인도적인 방법으로 바꾸면 되는 이야기죠."

나는 이분과 전제 자체가 다르다. 개고기가 문제가 되는 것은 반려견을 키우는 사람의 수가 많아졌기 때문이라고 생각하니 말이다. 잔인함을 따질 때 늘 거론되는 프랑스 요리 푸아그라가 그렇게까지 문제가 되지 않는 것도 거위를 집에서 키우는 이가 별로 없기 때문이지 않은가? 게다가 이분 말처럼 개고기를 합법화해서 깨끗한 환경에서 키우도록 하는 것은 우리 현실에선 불가능한 얘기다. 그렇게 하면 개농장이 도저히 수익을 내지 못하니까 말이다. 소 한 마리를 팔면 사룟값을 뽑고도 남지만, 개는 소에 비해 값이 너무 싸다. 값이 높았을 때도 한 마리에 20만 원이 고작이었고, 지금은 10만 원도 받을까 말까다. 여기에서 수익을 남기려면 개에게 거의 돈을 써서는 안 된다! 위에서 언급한 개농장 주인의 말을 다시금 보시라. 개농장을 하는 이유가 개를 키우는 데 돈이 별로 들지 않기 때문이라고 하지 않는가?

둘째, 그 개가 무슨 병을 전파할지 모른다.

시중에 유통 중인 개고기 65.6퍼센트에서 항생제와 세균·바이러스 등이 무더기로 검출됐다는 조사 결과가 나왔다. 특히 시·도 축산물 시험기관의 검사를 받는 소·돼지 등 일반 축산물 항생제 검출 비율인 0.47퍼센트와 비교할 때 96배에 이르렀다. (중략) 특히 전통시장에서 판매하고 있는 개고기에서 세균과 바이러스 같은 미생물이 검출되는 등 세균 오염이 심각했다고 밝혔다. 검출된 세균 중에는 패혈증과 방광염을 일으키는 '프로테우스 불가리스'가 포함돼 있었다. 전문가들은 항생제와 세균이 검출된 원인으로 '잔반 사육'을 꼽았다. 개들에게 먹이는 잔반 출처가 확실하지 않은 데다 여러 사람의 타액이 섞인 음식물 찌꺼기나 도축장 폐기물 등이 섞여 있다 보니 다수의 병원균이 포함될 수 있다는 얘기다.[15]

이전 글에서도 말한 바 있지만, 이렇게 먹은 개고기가 무슨 보신 음식이 된다고 하는지 이해할 수 없다.

　문제는 이것만이 아니다. 해마다 6월 21일이 되면 중국의 위린이란 곳에서 개고기축제가 열린다. 산천어축제, 고래축제 등 동물을 주제로 한 축제들이 다 그렇듯, 개고기축제도 사람들이 단체로 모여 개고기를 먹는 게 전부다. 그런데 2010년 중국 위생부의 발표에 의하면 위린시에서 광견병을 앓고 있는 사람의 비율이 전국 3위를 차지하고 있단다.[16] 이것은 개를 비위생적으로 도살한 탓인데, 우리나라에서도 이런 일이 벌어질 가능성은 얼마든지 있다.

　광견병보다는 더 드문 확률이지만, 개에게 비위생적인 음식을 먹게 하다간 뇌를 침범하는 새로운 질환이 만들어질 수도 있다. 파푸아뉴기니 원주민들에겐 사람이 죽으면 그 뇌를 먹는 풍습이 있었다. 그런데 그들 중 일부가 몸을 떨며 웃다가 죽었고, 죽은 이들의 뇌에는 스펀지처럼 구멍이 뚫려 있었다. 그들은 이 병을 '쿠루kuru'라고 불렀는데, 이는 '웃는다'는 뜻이다. 나중에 알고 보니 쿠루의 원인은 죽은 사람의 장기, 특히 뇌를 사람이 먹는 데서 비롯됐다. 자기 종족을 먹는 행위가 뇌에 병변을 일으켜 사망에 이르게 한다는 얘기. 눈치 빠른 분이라면 여기서 광우병을 떠올릴 것이다. 소의 뇌에 스펀지처럼 구멍이 뚫리는 광우병은 쿠루의 사촌쯤 되며, 이것 역시 소에게 동물성 사료를 준 게 원인이었다. 양의 광우병이라 할 스크래피scrapie 역시 양에게 동료의 사체를 사료로 만들어 먹인 결과였다.

　개농장에서 사육되는 개들의 일부는 개 내장을 비롯한 장기를 먹는단다. 같은 종에 속하는 동물을 먹어서 생기는 게 광우병류의 질병이라면, 대한민국은 '개 광우병'을 탄생시킬 만한 가장 유력한 후보다. 참고로 여기서 개 광우병이란 말을 쓴 것은 바이러스에 의해 발생하는 '광견병'이란 질병이 이미 있기 때문이다.

셋째, 먹는 개는 따로 있는가?

개고기를 옹호하는 이들은 말한다. "나도 개 사랑해. 하지만 기르는 개와 먹는 개는 다른 거야." 절대 그렇지 않다. 앞서 소개했던 개농장 주인을 다시 불러보자. "발바리들을 갖다 놓은 이유는 쪼깨만한 것들이 맛있다고 고것만 찾는 사람들이 있어. 각자 입맛이 다르잖아. 다리 밑에서 서너 명씩 둘러앉아 먹기에 딱 좋잖여."[17] 하지만 '근수=가격'으로 치는 개고기 시장에서 발바리 같은 작은 개를 직접 키우는 것은 사치다. 따라서 모자라는 소형견들은 외부에서 충당하며, 개주인이 옆에 있는데도 개를 훔쳐 가는 소위 '강아지 펙치기'가 일어나는 건 이 때문이다. 이전 글에서 말한 것처럼 대형견이라고 해서 여기서 자유롭지 않아, 시베리안 허스키나 진돗개같이 반려견으로 사랑받는 개들도 절도범들에 의해 납치돼 보신탕집에 팔린다. 개고기가 있는 한 주인이 있는 반려견들도 안전하지 못하단 얘기다.

법이란 사회구성원들의 합의로 만들어지는바, 오래지 않아 개고기가 법으로 금지되는 날이 올 것이다. 개고기 식용은 시대에 뒤떨어진 행위니 말이다. 만일 정부가 어느 날 갑자기 개 식용을 금지

한다고 해보자. 그로부터 십 년쯤 지났을 땐 이런 대화가 오갈 것이다.

> **아빠:** 아주 옛날, 우리가 개를 먹던 시절이 있었지.
>
> **아이:** 정말요? 말도 안 돼. 개를 어떻게 먹어요? 저 귀여운 녀석을.
>
> **아빠:** 허허. 내가 왜 거짓말을 하겠어. 신문에 개고기 금지하자는 글이 올라오면 말도 안 된다고 난리 치는 사람들이 한둘이 아니었다니까.
>
> **아이:** 오오, 우리가 그런 야만의 나라였다니. 제가 다 부끄럽네요.

어차피 이런 날이 올 거라면, 그날을 좀 더 앞당기면 안 되는 것일까? 언제까지 개들이 개농장에서 비참하게 길러져야 할까.

이 글에도 1,055개의 댓글이 달린 걸 보면, 개고기 글은 댓글을 부르는 마법사라고 할 수 있겠다. 가장 공감을 많이 받은 댓글은 다음과 같다.

> — 개를 입양한 뒤 개가 죽을 때까지 같이 하는 이들이 전체의 12퍼센트밖에 안 되는데, 애완견 버리는 걸 금지시키는 게 먼저 아닌가?

개 먹지 말자는데 '개 버리는 게 더 문제다'라고 얘기하다니, 이

것도 물타기의 일종이다. 나를 비롯한 소위 개빠들은 개 버리는 문제에 대해서도 지속해서 목소리를 내고 있으며, 제대로 된 동물등록제를 시행하자고 주장하고 있으니까.

제대로 된
등록제가
필요하다

등록제가 필요한 이유

    1968년, 김신조를 비롯한 북한 공작원 31명이 청와대에 침투했다. 이에 정부는 북한 공작원을 우리 국민과 구분할 목적으로 국민 개개인에게 고유한 신분증을 만들어주는데, 이것이 바로 주민등록증이다. 이게 없으면 내가 아무리 "서민이에요!"라고 우겨도 그 사실을 인정받지 못하는, 웃지 못할 상황이 벌어질 수도 있게 됐다. 덕분에 정부는 간첩은 물론 주요 사건의 범인을 쉽게 검거하게 됐고, 개개인에게 세금을 매기고 병역과 같은 각종 의무를 지우는 등 국민을 보다 용이하게 통제할 수 있었다. 하지만 이게 다가 아니다. 주민등록증이 있다는 것은 그가 우리 국민이며, 정부에겐 그를 보호해야 할 의무가 있다는 뜻이기도 하니 말이다.

2014년, 농림축산식품부는 반려견 등록제를 의무화했다. 동물에 내장형 칩을 삽입한다든지, 아니면 등록인식표를 부착함으로써 이 개가 누구인지를 다른 이도 알아볼 수 있게 하자는 취지였는데, 이 절차를 마친 견주에겐 동물등록증을 발급해줬다. 동물등록제가 필요한 이유는 무엇일까? 영화 〈래시〉의 주인공이었던 '래시'나 '벤지'처럼 돈을 잘 버는 개로부터 세금을 걷을 수도 있고, 개 중에서도 흉악범이 있을 수 있으니 이들을 검거하는 데 도움이 되기도 하겠지만, 동물등록제는 개들을 보호하자는 데 더 주안점을 둔다. 예컨대 길거리를 헤매는 개가 있다고 치자. 요즘 이런 개들 대부분은 다고의로 버려진 개지만, 실수로 잃어버려 주인이 애타게 찾고 있을 수도 있다. 이럴 때 개 몸 안에 내장된 칩이 있다면 주인에게 금방 연락할 수 있고, 오래지 않아 극적인 재회를 할 수 있다. 이것이야말로 견주에게 어필하는, 등록제의 존재 이유다.

다음과 같은 경우도 가능하다. A 씨는 몰티즈 한 마리를 키우고 있다. A 씨는 몹시 나쁜 인간이기 때문에 평소에 개를 학대했는데, 어느 날은 정도가 심해 그만 개가 죽고 만다. 정부에서 나온 조사관이 묻는다. "기르던 개 어디에다 뒀어요? 혹시 죽이거나 그런 건 아니겠죠?" A 씨는 일이 바빠 옆집에 개를 맡겼다고, 잠시만 기다리라고 한다. 오래지 않아 A 씨는 몰티즈 한 마리를 들고 온다. "봐요. 여기 있잖아요!" 조사관은 뭔가 이상한 느낌을 받는다. 몰티즈가 A 씨를 좋아하기는커녕 품에서 빠져나오려고 몸부림치고 있었다. 무척 수상하지만, 그럼에도 조사관은 뾰족한 수가 없다. 이 개가 원래 키우던 개가 맞는지 여부를 알 수 없어서다. 하지만 등록제가 시행된다면 조사관은 그 몰티즈가 A 씨의 것이 아니란 걸 바로 알 수 있고, A 씨를 추궁해 범행 일체를 자백받을 수 있다!

이렇듯 동물등록제는 유실동물을 신속하게 보호자한테 인계하고 개를 키우는 보호자의 책임감을 높이기 위한 목적으로 도입됐다. 자기 개를 정말 사랑하는 견주라면 이 제도를 고마워하고, 적극 호응하는 게 맞다.

등록을 안 하는 이유 (1)

농림축산식품부에 따르면 등록된 동물 마릿수는 2015년 97만 9,198마리에서 2016년 107만 707마리, 2017년 117만 5,533마리로 집계됐으며, 2017년 등록률은 33.5퍼센트로 추정됐다. 이어 농림축산검역본부가 실시한 〈2018년 동물보호에 대한 국민의식 조사〉 결과에 의하면 반려견을 기르고 있는 가구(약 511만) 중 50.2퍼센트만 등록한 것으로 나타나, 반려견을 키우는 사람들의 인식이 아직 부족한 것으로 드러났다.[18]

꾸준히 오르고 있긴 하지만, 시행한 지 5년이 됐음에도 등록률은 아직 절반에 머물고 있다. 이게 어찌 된 일일까? 설마 등록제가 시행된 것을 몰라서일까? 그건 아니다. 한국펫사료협회의 설문조사 결과, 반려견을 기르는 보호자 818명 중 동물등록제를 알고 있는 보호자는 73.6퍼센트였다. 하지만 동물등록제를 안다는 602명 중 실제 등록을 한 이는 51.7퍼센트에 불과했다.[19] 등록제의 존재를 모르는 이가 27퍼센트에 달하니, 실제 등록률은 농림축산식품부가 추정한 50.2퍼센트보다 더 낮을 것 같다.

몰라서 등록을 안 하는 경우야 그렇다 치자. 이것이 견주에겐 의무라는 것을 아는데도 등록을 안 하는 이유는 무엇일까? 수의사신문 데일리벳에 따르면 그 이유는 다음과 같았다.

1. 필요성을 느끼지 못해서: 36.8%

2. 내장형 칩의 부작용을 우려해서: 20.3%

3. 바쁘거나 시간이 없어서: 14.3%

4. 절차가 번거로워서: 11.7%

5. 등록비용 부담: 7.1%

6. 등록기관이 너무 멀어서: 3.8%

7. 기타: 5.6%

먼저 3번을 보자. 정말 이게 이유라면, 이분은 개를 키울 자격이 없다. 그렇게 바빠서야 아플 때 병원이라도 데려갈 수 있겠는가? 이번 개를 마지막으로 다시는 안 키우기 바란다. 4번도 문제가 있다. 병원에 가서 돈만 내면 내장칩을 만들어주는데 뭐가 번거롭단 말인가? 내장칩이 4~5만 원이던 초기와 달리 이젠 가격이 1만 원에 불과하니, 5번도 의미가 없다.

주의 깊게 살펴봐야 할 설문은 2번이다. 강아지 몸속에 전자 장비라니, 건강에 악영향을 미칠 수도 있을 것 같다. 게다가 제도가 시행된 초기에 중국산 불량 칩이 유통됐다는 소문이 퍼졌으니, 칩을 삽입하는 데 불안감을 느끼는 것은 너무도 당연하다. 하지만 이는 다소 과장된 측면이 있다. 영국에서는 370만 마리의 반려동물에게 내장칩을 삽입했는데, 391마리에서 부작용이 생겼다. 391이라는 숫자는 분명 많아 보이지만, 전체의 0.01퍼센트에 불과하다. 그나마도 가장 흔한 부작용이 칩의 위치가 옮겨지는 것이고, 부종이나 출혈·감염 등은 상대적으로 적었다. 국내에서 수년간 시행한 결과 부작용의 비율은 0.008퍼센트로 더 낮았다. 물론 암을 일으켰다는 보고도 있는 만큼, 여기에 대해선 좀 더 많은 연구가 필요할 것 같다.

등록을 안 하는 이유(2)

자, 이제 1번, 즉 필요성을 느끼지 못한다는 의견에 대해 알아보자. 일단 수많은 개농장 주인들은 하등의 필요성을 느끼지 못한다. 곧 잡아먹을 개에게 칩이 있으면 오히려 손해니까.

이들과 달리 개를 사랑하지만, 등록의 필요성을 못 느끼는 이도 많다. B 씨의 말을 들어보자. "등록을 안 했다고 해서 무슨 불이익이 있나요? 그냥 내가 사랑해주면 되지." 실제로 그렇다. 사람은 주민등록증을 발급받지 못하면 존재 자체가 부정되는 반면, 개는 전혀 그렇지 않다. 동물병원에서 안 받아주는 것도 아니고, 미등록견이라고 치료비가 더 비싸지도 않다. 물론 정부에서는 3개월이 지난 개를 등록하지 않으면 100만 원 미만의 과태료를 부과한다고 했지만, 실제로 주변에 등록 안 한 사람들 중 단돈 만 원이라도 과태료를 낸 사람이 없다.

잃어버린 개를 찾아준다는 내장칩의 역할에 의문을 품는 분도 있다. 김천에서 아포동물약국을 운영하는 임진형 선생님 의견을 들어보자. "체내에 삽입하는 내장형 마이크로칩이라 할지라도 개의 위치를 파악하는 GPS 기능 따위는 없기 때문에 동물을 훔친 사람이 동물병원으로 개를 데려와 리더기로 읽히지 않는 이상 찾을 방법이 없는 건 마찬가지입니다."[20]

부연 설명을 하면 이렇다. 개를 주인에게 돌려주기 위해서는 칩을 읽을 수 있는 리더기가 있는 곳으로 개를 데려가야 한다. 그런데 실수로 잃어버린 게 아니라 의도적으로 개를 훔쳤다면, 내장칩이 있어도 그 개를 찾는 것은 불가능하다. 이런 칩이 도대체 무슨 소용이겠는가? 마음먹고 버리는 견주 앞에서 칩은 더 취약하다. 개를 버린 뒤 이사를 가고 전화번호를 바꿔버리면, 주인을 찾는 건 현실적으로 불가능하다. 심지어 내장칩을 제거한 뒤 개를 버린다면? 이쯤 되면 내장칩이 동물보호 기능을 수행한다는 말이 무색할 정도다. 동물등록제가 시행된 지 5년도 더 지났지만, 해마다 버려지는 개의 숫자가 오히려 늘어나는 것은 칩과 동물보호가 아직까지 크게 상관이 없음을 말해준다.

동물등록제를
정착시키는 법

2019년 6월, 농림축산식품부는 주택·준주택 또는 이외 장소에서 반려의 목적으로 기르는 3개월 이상 된 개는 반드시 동물등록을 해야 한다고 발표했다. 앞으로는 반려동물을 등록하지 않을 경우 100만 원 이하의 과태료가 부과된다. 하지만 이런다고 해서 등록제가 잘 정착될 수 있을지는 회의적이다. 등록 여부를 적발할 인력이 부족한 데다, 견주 입장에선 등록을 해봤자 별 이득이 없다고 생각할 것이기 때문이다. 동물등록제가 제대로 된 보호 기능을 하려면 더욱 강력한 조치가 필요하다. 예컨대 이런 전략은 어떨까.

- 동물병원이나 동물용품점 등에서는 개를 등록한 견주에게 5~10퍼센트를 할인해준다. 이 차액에 대해선 정부가 나중에 보상한다.
- 견주가 고령이거나 거동이 불편한 경우 담당자가 방문해서 등록을 받아준다.
- 단속원이 등록 안 된 개를 찾아 견주에게 벌금을 부과한다. 과태료 100만 원 이하가 좀 적다고 느껴지겠지만, 단돈 몇십만 원이라도 꾸준히 벌금을 매긴다면 등록을 안 할 수가 없을 것이다.
- 임진형 선생님 견해대로 칩에 GPS 기능을 탑재해 개의 위치를 언제든 확인할 수 있게 한다.
- 개 전담 공무원을 배치해 등록한 개들을 관리하게 한다. 개를 몰

래 버린다든지 하면 견주에게 벌금을 물리고 블랙리스트로 올린다. 그는 "실수로 잃어버렸다"고 하겠지만, CCTV와 칩에 있는 GPS를 활용하면 유기의 고의성을 알 수 있다. 물론 이 경우엔 개 전담 공무원의 숫자를 대폭 늘려야 한다.

• 개 학대 신고가 들어오면 〈동물보호법〉에 따라 견주를 처벌한다. 또한 해당 개의 소유권을 박탈하고, 향후 개를 기를 권리를 제한한다.

이런 식의 조치가 시행된다면 등록을 안 하는 사람이 훨씬 줄어들고, 향후에는 제대로 기를 사람만 개를 입양하지 않을까? 개 문제에서 악의 축이라 할 개농장도 죄다 문을 닫을 수밖에 없고, 등록을 통해 대한민국의 개가 된 반려견들의 권리도 보호받을 수 있을 것이다. 어쩌면 대한민국 개들과 견주들이 한데 어우러져 덩실덩실 춤을 추는 광경도 볼 수 있을 듯싶다. 제대로 된 등록제, 그리 어려운 일이 아니다!

개농장 몰아낼
'트로이카 법안' 통과를
촉구한다

2019년 3월 30일 오후 7시, 광화문 광장에 개를 키우는 이들이 촛불을 들고 모였다. 소위 '트로이카 법안'의 국회 통과를 촉구하기 위함이었다. 트로이카 법안이 통과되면 내가 이 책에서 제기했던 문제점들이 상당 부분 해결될 수 있을 것 같아 간단하게나마 이 법안들을 소개해드린다.

트로이카 법안은 〈임의도살금지법〉, 〈축산법〉 개정안, 〈폐기물관리법〉 개정안을 일컫는다. 이 법안들은 전국에 산재한 개농장을 타깃으로 한다. 이전에 말한 것처럼 개농장 주인들은 기본적으로 개를 수익으로 생각하는지라 개를 키우는 데 되도록 돈을 안 쓰려고 한다. 좁아터진 케이지와 뜬장, 음식물 쓰레기를 먹이는 것도 바로 이 때문이다. 게다가 개농장주들 중에는 자신의 열등감을 개한테 화풀이하며 푸는 이들이 있어서, 많은 개들이 정신적·육체적 학대를 당하고, 일부는 그들이 휘두르는 쇠파이프에 맞아 죽기도 한다. 개농장을 개들의 지옥이라 부르는 것은 이 때문인데, 개의 생명이 인간의 그것에 미치지 못한다 해도, 문명국이라 할 대한민국에서 이런 일이 벌어지는 것을 그대로 방관해야 할까?

트로이카 법안은 이런 상황을 개선하고자 뜻있는 의원들이 발의한 법안이다. 더불어민주당 한정애 의원이 지난해 발의한 〈폐기물관리법〉 개정안은 음식물 쓰레기를 동물의 먹이로 사용하는 것을 금지하는 내용이다. 현행 〈폐기물관리법〉도 음식물 쓰레기를 먹이로 줄 때 가열·멸균 등의 과정을 거치게 돼 있지만, 이 조항을 지키지 않는 개농장주가 너무도 많다. 제대로 법을 지킨다면 수익이 크게 감소하기 때문인데, 만일 이 법안이 통과된다면 개농장은 더 이상 황금알을 낳는 거위가 아니게 되고, 개농장을 운영하려는 사람들이 조금은 줄어들 수 있을 것이다.

표창원 더불어민주당 의원의 〈동물임의도살금지법〉은 법령에 따르거나 사람의 생명을 구하기 위한 목적이 아니라면 개를 죽이지 말라는 내용이다. 현재 개의 위치는 좀 애매하다. 〈축산법〉에는 개가 가축에 포함돼 있지만, 동물 도축과 유통을 관리하는 〈축산물위생관리법〉에는 개가 들어 있지 않다. 따라서 개는 다른 가축과 달리 위생기준에 대한 규정이 적용되지 않게 됐고, 도살장에서 잔인하게 도축되는 것도 가능하다. 표 의원이 이 법안을 발의한 이유도 여기에 있지만, 이 법은 〈축산법〉 규정상 개가 식용 목적으로 도축되는 것을 막아주지 못한다는 단점이 있다.

바른미래당 이상돈 의원이 대표 발의한 〈축산법〉 일부 개정안이 필요한 건 바로 이 때문이다. 이 법안은 개가 대표적인 반려동물인 만큼, 아예 가축에서 제외하자는 내용이다. 이렇게만 된다면 개를 식용으로 사육하는 게 완전히 불가능해지고, 우리나라가 더 이상 이 문제로 야만국 소리를 듣지 않을 수 있다. 하지만 이 법안은 앞의 두 법안이 국회에 계류 중인 것과는 달리 주무부처인 농림축산식품부의 심사 대상에도 오르지 못하고 있다. 이로 인한 사회적 파장을 고려했기 때문이라는데, 개고기 식용에 대한 여론조사를 보면 그들이 눈치를 보는 게 이해가 안 가는 것도 아니다. 이 나라에선 대부분의 여론조사에서 개고기 식용을 찬성하는 비율이 반대하는 비율보다 늘 높았으니 말이다. 앞서 언급한 2018년 6월 리얼미터 조사만 봐도 찬성이 51.5퍼센트로 반대 39.7퍼센트보다 월등히 많았다.

하지만 국민 여론이 늘 옳은 것은 아니며, 때로는 새로운 법안이 국민의 의식을 일깨우는 역할을 할 수도 있다. 〈성매매방지법〉이 만들어질 당시에도 숱한 반대가 있었지만, 그 법이 통과된 덕분에 우리는 성매매가 범죄이며, 최소한 떳떳하지 않은 일이라는 사실을 알게 됐지 않은가? 지금이야 개 식용을 금지하면 큰일 날 것처럼 여기는 이가 많겠지만, 개 식용이 금지된 뒤 십 년 정도만 지나도 개 식용은 과거 어려울 때 저질렀던 야만의 흔적 정도로 남을 것이다. 개농장 주인 등 관련 업계 종사자들이 뭘 먹고살지가 문제가 된다면 그들에게 경제적 지원을 해주거나 다른 업종으로 바꿀 기회를 주는 식으로 해결하면 되지 않을까? 트로이카 법안 통과는 대한민국을 문명국으로 바꿔줄 수 있다. 이 책을 읽으신 분들도 트로이카 법안 통과를 지지해주시길 빈다.

이 글에 대해 반대하는 분들이 있을까 했는데, 놀랍게도 있었다. 이분들의 댓글을 몇 개만 분석해보자.

— 한쪽에 치우친 기사를 쓰는 건 그 사람도 그들의 추종자. 개 같은 세상. 머지않아 개가 세금 내고 인간을 다스릴 세상이 될 것이다. 개의 노예.

무슨 말인지 다는 모르겠지만, 사람이 개한테 지배당할지도 모른다는 두려움에 휩싸여 있다. 침팬지도 아니고 개라니, 왜 이런 생각을 하는 걸까? 이분이 댓글 모음을 공개하셨기에 그 전에 어떤 댓글을 썼는지 봤다.

— 반려견을 공동주택에서 키우는 사람들은 선진국 시민. 이웃 개 때문에 나도 시끄러워 죽게요. 사람 소음도 참기 힘든데 개까지 합세하네. (개 농장에서 개 비명 소리가 울려 퍼진다는 기사에 대한 댓글)

— 눈먼 세상. 하나님께서는 모든 만물을 사랑하시지만 인간 존엄이 우선이지. (식용·번식용 개들 구조 기사에 대한 댓글)

— 사람을 위해 국회의원 하라고 했더니 동물복지 한답시고 사람이 낸 혈세 가지고. ㅉㅉ 앞으론 개가 세금 내서 국회가 운영될 듯. (트로이카 법안 낸 의원들 기사에 대한 댓글)

— 개만 동물인가? 왜 개 보호만 하는가. 한쪽에선 보호한다고 하는데 좀 의아할 때가 있다. 동물을 사랑해서가 아닌 것 같은 때가 있는데 착각인가? 개 보호를 내세워 자신들이 생존하기 위한 수단이 아니길 바라본다. (개고기 식용 찬반에 관한 댓글)

이분이 단 댓글 대부분이 개에 관한 내용이고, 그나마도 부정적이다. 이런 분이 내가 말하는 '개혐'이다. 왜 이렇게 되었는지는 모르겠지만, 이분에게도 좋은 날이 오길 빌겠다.

다음은 또 다른 분들의 댓글.

— 만약 개한테 음식물 쓰레기 사료를 못 주게 한다면 아이러니하게도 개빠들이 제일 먼저 반대하고 난리 피울 것 같은데?

트로이카 법안 통과를 위해 광화문에 나가는 이들이 개빠들인데, 이건 또 무슨 헛소리일까? 아마도 다음 댓글에 힌트가 있을 것 같다.

— 혼자 살며 개 키우는 여자들이 개공장 매출의 일등 공신. 인간의 손에 자란 고등동물은 정신적으로 성장하지 못해서 혼자 두면 극도로 불안

해하는데, 직장 다니느라 하루의 절반 이상 혼자 두고 필수적인 교육도 못 시키니 개는 울어대고, 짖어대고, 벽 긁고, 깨물고, 배변 실수까지. 결국은 유기견행이지. 그렇게 자주 입양되고 버려지면 박소연 같은 동물단체에서 안락사 이용해서 돈 벌고. 그러면 다시 수요가 필요하니 개농장에 돌아가지.

여성에 대한 혐오를 제외하면 나도 이분 말에 동의한다. 하지만 이분이 잘 모르는 게 있다. 댓글로 적은 사례는 뜨내기 애견인에 해당되며, 이들을 누구보다 미워하는 사람들이 바로 개빠들이다. 헷갈리지 말자. 개빠는 개를 버리지 않으며, 개를 버리는 뜨내기 애견인은 개 키울 자격이 없다고 주장하고 있으니까.

개답게를 외치는 분들,
사람에겐
잘하시나요?

사례 1. 이집트의 엘 데이르El-Deir에서 기원전 1500년 전의 것으로 추정되는 수백 개의 개 미라가 발견됐다. 이집트에서는 사후세계를 믿어서 파라오 등을 미라로 만들었는데, 이를 위해서는 굉장히 많은 돈과 시간과 노력이 필요했다. 왕과 귀족들 등 높은 신분을 가진 이만 미라로 만들었던 건 그 때문이었는데, 그렇게 본다면 개를 미라로 만든 것은 다소 의외다. 왜 이들은 개를 미라로 만든 것일까? 아마도 왕이 사후세계에서 부활했을 때 외롭지 않으려고 그랬으리라. 심지어 신이 이 세상에 모습을 드러낼 때 개의 모습을 취한다는 믿음도 있었으니, 그 오래된 옛날에도 개는 사람에게 매우 특별한 존재였음이 확실하다.

사례 2. 멕시코의 듀랑고라는 지역에서 지금부터 약 1000년 전 사람들이 살던 유적이 발견됐다. 그 유적에는 누구 것인지 모르는, 1000년 된 똥들이 있었다. 그 똥들 중 일부에서 다음과 같은 기생충의 알이 나왔다. 개구충, 개회충, 개조충. 무슨 의미일까? 바로 개의 똥이라는 뜻이다. 대략 20퍼센트 정도가 개똥이고 나머지는 사람 똥이었는데, 그 당시 사람들이 개와 더불어 살았다는 사실을 보여주는 증거다. 이는 2018년 대구에서 열린 '세계기생충학회'에서 한 학자가 발표한 자료였는데, 그 학자는 발표 말미에 다음과 같은 말을 한다. 너무도 평범해서 굳이 학자가 아니어도 할 수 있을 것 같은 말이지만. "아마도 개들은 집을 지킬 목적, 그리고 사람과 교감하기 위한 목적으로 길러졌을 것입니다."

이 밖에도 개와 인간의 친분을 드러내는 증거는 차고 넘친다. 개는 어떻게 인간이 가장 선호하는 동물이 됐을까? 그건 잘 모르겠지만, 지금 개들이 보여주는 행동은 그 선택이 꽤 괜찮은 것임을 말해준다. 온몸에 난 개털은 사람들에게 포근함을 선사하고, 개의 충성심은 인간들의 이기심에 상처받은 마음을 달래준다. 비단 이것뿐일까?

다음은 대만에서 일어난 일이다. 유기견인 트웬디라는 개를 입양한 양 카이투 씨. 여느 때처럼 개와 산책을 마치고 집에 돌아왔다. 그런데 개가 집에 들어가는 대신 땅을 향해 마구 짖었고, 양 씨의 만류에도 짖기를 반복했다. 얼마 후, 진도 6.4 규모의 지진이 그곳을 강타했다. 트웬디가 짖지 않았다면 양 씨는 트웬디와 함께 욕실에서 목욕을 할 예정이었다. 지진이 일어난 뒤 욕실 안은 처참하게 망가져 있었다.[21]

미국 메릴랜드주 볼티모어의 한 가정에서 큰 화재가 발생했다. 집주인이 차에 물건을 잠시 가지러 간 사이 발생한 화재였다. 2층에는 8개월 된 딸과 반려견 폴로가 남아 있었다. 딸을 구하러 들어간 소방대원은 눈을 의심했는데, 반려견 폴로가 딸을 감싸고 있었기 때문이었다. 덕분에 딸은 팔에 약간 화상을 입었을 뿐 생명에 지장이 없었지만, 폴로는 큰 화상을 입고 치료 도중 세상을 떠났다. 폴로가 도망치려고 했다면 얼마든지 그럴 수 있었으리라.[22]

또 다른 사례다. 스테파니는 공군인 아들이 파병을 가면서 남겨둔 9살짜리 시베리안 허스키 시에라를 대신 키우게 됐다. 그로부터 2년 뒤인 2013년, 시에라가 어느 날 이상행동을 보였다. 스테파니는 "시에라가 코를 내 아랫배 쪽에 대고 계속 냄새를 맡더니 무서운 듯 숨기 시작했다"고 설명했다. 공교롭게도 그 무렵 스테파니는 복부에 통증을 느껴 응급실을 찾았지만, 난소 종양 진단을 받고 진통제 처방만을 받았다. 그래도 시에라가 이상행동을 계속해 스테파니는 산부인과를 찾았고, 결국 난소암 3기 판정을 받는다. 덕분에 스테파니는 난소암을 치료할 수 있었는데, 이걸 우연으로만 치부해선 곤란하다. 암이 재발할 때마다 시에라가 똑같은 행동을 했기 때문이었다.[23]

외국 얘기만 하냐고 할까 봐 우리나라 사례를 덧붙인다. 부산 금

307

정산의 한 사찰에 멧돼지가 나타났다. 멧돼지는 근처에서 야간산행을 하던 여성 등산객을 발견해 그쪽으로 다가갔고, 여성은 소스라치게 놀라 비명을 지른다. 그때 절에서 키우던 개 태양이가 멧돼지에게 달려들었다. 태양이는 멧돼지에 밀리지 않고 버티며 여성과 자신의 주인 김 씨가 다른 방향으로 몸을 피할 때까지 싸웠다고 한다. 그 개가 허스키 급이라면 '그럴 수도 있지'라고 하겠지만, 태양이는 한 살 된 소형견 코커스패니얼이었다! 그래서 어떻게 됐을까? 태양이는 멧돼지에게 수차례 물려 다쳤다. 여기엔 그리 좋지 않은 뒷얘기가 있다. 김 씨가 멧돼지의 관심을 돌리려고 일부러 태양이의 목줄을 풀었다는 것, 사고 직후 김 씨가 태양이를 데리고 동물병원에 갔지만 치료비가 200만 원이 넘는다는 말에 그냥 귀가했으며, 마지막으로 태양이 덕에 목숨을 건진 그 등산객으로부터는 아무런 연락이 없었다는 것이다.[24] 뒷얘기가 씁쓸하긴 하지만, 태양이가 그 작은 체구에도 불구하고 멧돼지와 맞붙어 싸운 것은 그 자체로 칭찬받아 마땅하지 않을까.

마지막으로 하나만 더 얘기하자. 광주에 위치한, 1층은 수산물 가게이고 2층이 가정집인 곳의 얘기다. 밤 12시 20분쯤 가게 뒷문 근처에 묶여 있던 백구 한 마리가 갑자기 컹컹 짖었다. 그 짖는 소리에 주인이 잠을 깼는데, CCTV로 보니 백구가 계속 짖으며 계단을 오르내렸다. 안 되겠다 싶어 주인이 내려가 보니 1층 수산물 가게에 불길이 치솟고 있었다. 백구가 짖지 않았다면 불은 대형화재로 번졌을 테고, 그랬다면 2층에서 자던 일곱 식구가 위험할 뻔했다. 백구는 주인으로부터 고기와 과자를 선물로 받았고, 광주 북부소방서로부터는 표창장을 받았는데,[25] 백구가 어느 것을 더 좋아했을지 난 알 것 같다.

이쯤 되면 개 식용 논쟁에서 늘 등장하는 "소·닭·돼지와 개는 도대체 뭐가 다른가?"라는 질문에 대한 답변이 되기 충분하리라. 하지만 이런 얘기를 아무리 해도 여기에 동의하지 않는 이들이 있다. 물론 모든 사람이 다 개를 특별하게 생각할 수는 없는 노릇이다. 사정이 그렇다면 개한테 관심을 끄고 자기 갈 길을 가면 좋으련만, 문제는 개 관련 기사마다 찾아와서 개에 대한 혐오를 발산한다는 데 있다. 이분들은 도대체 왜 그리도 개를 미워하는 것일까? 가장 먼저 생각할 수 있는 것은 자신이나 아끼는 지인이 개한테 물렸을 가능성이다. 하지만 사람한테 맞은 적이 있다고 모든 사람을 다 미워하지는 않는 것처럼, 이것이 모든 개를 미워할 이유는 되지 못한다. 중2 때 머리를 심하게 물렸던 내 역사를 봐도, 물린 경험이 있다고 다 개혐이 되는 건 아니다(물론 내가 좀 특이한 경우이긴 하다).

그렇다면 왜일까? 개혐들이 자주 하는, '개는 개답게 길러야 한다'는 말에 힌트가 그 있다. 아주 오래전에는 개를 마당에서 묶은 채로 길렀다. 그 개들은 사람이 먹다 남은 잔반을 먹었고, 추울 때나 더울 때나 늘 바깥에서 버텨야 했다. 난방과 냉방이 전혀 안 되는 개집이 개들의 유일한 대피처였다. 그럼에도 개들은 낯선 사람이 오면 맹렬히 짖어댔고, 어쩌다 주인과 마주칠 때마다 꼬리를 치면서 반가움을 표시했다.

하지만 아파트가 주요 거주 공간이 되면서 개는 집 안으로 들어왔다. 새로운 환경에서 개의 역할은 과거와 달라졌다. 첫째, 개는 더 이상 집을 지키지 않는다. 내가 기르는 개들만 해도 낯선 사람이 들어오면 경계하기보단 예뻐해달라고 그 앞에 드러눕기 일쑤다. 둘째, 바깥에서 풍찬노숙하던 개는 이제 따뜻한 실내에서 잔다. 심지어 개를 침대에서 재우는 집도 꽤 있을 것이다. 그리고 그 개들은 사람이 먹다 남긴 밥 대신 상대적으로 비싼 사료를 먹는다. 셋째, 개주인들은 개를 더 예쁘게 꾸미려 한다. 개한테 옷을 입히거나 염색을 해주는 건 그리 드문 일이 아니다. 심지어 산책할 때 신발을 신기기까지 하는데, 웬만하면 개 편을 드는 나도 이건 좀 오버 같다. 넷째, 개를 자기 자식처럼 키우는 집이 많아졌다. 개를 차에 태우는 것은 물론이고 품에 안고 공공장소에 다니는 풍경은 더 이상 낯설지 않다. 이는 '개는 개답게'를 외치는 분들에게 눈꼴사나운 일이 아닐 수 없다. "뭐야, 이거. 개 주제에 사람인 나보다 더 대접받잖아?" 그게 기분이 나쁘다 보니 개가 싫어지고, 결국 개혐이 되는 것은 아닐까. 길에서 개를 데리고 다니는 사람을 만나면, 특히 그 견주가 여자인 경우, 눈을 한번 부라리고, 인터넷에 접속해 개 관련 기사에 개를 혐오하는 댓글을 다는 개혐의 시작은 바로 그 지점이라는 게 내 주장이다.

개는 사람보다 열등하므로 사람에 준하는 대접을 받아선 안 된다는 개혐들의 생각을 반드시 나쁘다고만 볼 수 없다. 그런데 사람이라는 이유만으로 개보다 훨씬 존귀하다고 믿는 그들은 실생활에서 다른 사람을 존중하고 제대로 대접해줄까? 전혀 그렇지 않으니 문제인 것이다. 개를 사람과 구별하며 개에 대한 차별을 당연하게 여기는 이들은 인간에 대해서도 비슷한 잣대를 들이댄다. 성별, 외모, 나이, 직업, 사는 곳 등에 따라 사람을 나누고, 그중 만만한 이들을 차별하고 증오한다. 개가 대접받지 못하는 나라에선 인간 역시 대접받지 못한다는 얘기다. 반면 개가 고귀한 생명으로 취급받는 나라라면 인간의 값어치는 훨씬 더 높아진다. 개가 나름의 권리를 누리는 프랑스가 인권 선진국인 것도 바로 여기서 연유한다. 그래서 말씀드린다. 개혐은 부끄러운 일이라고. 갑자기 개혐에서 탈출하긴 힘들겠지만, 그렇게 개가 싫다면, 일단 개한테 무관심해지려는 노력 정도는 해보길 권한다. 대상이 무엇이든 혐오는 나쁜 것이니 말이다.

이 글은 다소 도발적인 글이었다. 개혐 분들의 이야기를 듣고 싶어서 쓴 글이기도 한데, 댓글 중 맨 위에 있는, 즉 가장 공감을 받은 댓글은 다음이었다.

— 왜 개가 싫으냐고? 피해를 주니까. 이웃이 개 무서워하면 무서워한다고 깔보고 엘리베이터, 주차장, 공동현관 등에서 목줄 없는 개가 사람에게 달려들어 공포심 주고, 남의 집에 개 오줌, 개똥 싸고 치우지 않으니까.

이분이 말하는 사건들이 없었던 건 아니다. 하지만 이건 엄연히 개의 잘못이 아닌, 견주의 잘못 아닌가? 그분이 댓글 모음을 공개해놨기에 들어가 봤더니, 댓글의 대부분이 개에 대한 혐오 글이었다. 그 댓글들을 보면서 이런 생각을 했다. 이분은 개를 싫어하는 자신을 합리화하기 위해 개를 싫어하는 이유를 만들어내고 있는 것은 아닌지.

다음은 또 다른 댓글.

— 반대로 물어보자. 반려견이라고 자기 개 끔찍이 위하는 인간들은 다른 사람에게 잘하나? 자기 개가 타인에게 피해주었을 때 선뜻 보상하거나 심지어 진심으로 사과하는 사람을 단 한 번도 본 적 없다.

개 좋아하는 이가 타인에게 잘하는지 여부는 내가 알지 못한다. 이건 그냥 사람마다 다르다고 생각한다. 그런데 내가 원글에서 문제 삼은 건 '개보다 사람이 위다'라면서 개를 혐오하는 사람들이었다. 그분들에게 '그럼 너는 사람에게 잘하냐?'고 묻는 것은 논리상 타당하지만, 그런다고 해서 '그러는 너는 사람에게 잘하냐?'고 되묻는 것은 그냥 물타기일 뿐이다. 그러나 이분 댓글 중 뒷부분은 수긍할 만하다. 자기 개가 타인에게 피해를 줬을 땐 제발 사과와 보상을 해주시라. 다른 견주들 욕먹지 않도록.

— 노키즈존이 아이들이 싫어서 생겼겠나? 개혐이 개가 싫어 생겼겠나?

이해할 수 있는 얘기지만, 여기엔 차이가 있다. 노키즈존에 찬성하는 이라고 해도 아이를 학대하는 것에 찬성하진 않는다. 하지만 개혐들은, 그 혐오가 건주 때문에 생겼음에도, 개를 먹자고 한다.

'퍼스트 도그' 이후,
개들의 삶은
나아졌을까?

2013년 박근혜 전 대통령이 취임을 위해 청와대로 이사 갈 때, 박 전 대통령이 살던 삼성동 주민이 진돗개 두 마리를 선물했다. 훗날 밝혀진 진실에 따르면 이건 다 대통령직인수위원회의 작품이었다. 호남 출신 주민이 전남 진도에서 태어난 진돗개를 영남 출신 대통령에게 선물하면 국민통합 차원에서 좋은 그림이 나올 것 같다는 게 그들의 아이디어였단다. 개는 그 자체로 존엄한 생명이건만, 그들에겐 이미지 메이킹을 위한 도구에 불과했다.

그나마 다행인 것은 박 전 대통령이 동물에게 애정을 주는 스타일이 결코 아니라는 점이었다. 청와대에서 조리장을 했던 한상훈 씨는 〈여성동아〉 2017년 1월호 인터뷰에서 다음과 같이 말했다. "박 대통령이 직접 개들에게 먹이를 주거나 함께 산책하는 모습을 본 적은 없다. 대통령이 관저를 출입할 때 직원이 문 앞에 진돗개 두 마리를 마치 경비원처럼 대기시키는데, 그때 잠깐 보는 게 전부일 거다." 박 전 대통령은 자신의 트위터에 "출퇴근할 때마다 (개들이) 나와서 반겨준다"는 식의 글을 올린 적 있는데, 그건 사람 자체를 반기는 개들의 성품일 뿐, 박 전 대통령이 좋아서 그랬던 것은 아닌 듯하다. 심지어 박 전 대통령은 출퇴근마저 별로 안 했으니, 그 개들은 박 전 대통령을 주인으로 여기기는커녕 어쩌다 오가는 '손님' 정도로밖에 취급하지 않았을 것 같다.

이런 소원함을 다행이라고 말한 이유는, 대통령이 개를 너무 좋아한다면 그것 역시 문제가 되기 때문이다. 대통령은 우리나라에서 가장 바쁜 사람이어야 한다. 국정을 챙기느라 동분서주해야 하고, 해외 순방으로 자리를 비우는 기간도 하루 이틀이 아니다. 애당초 개를 키우기 좋은 환경에 있지 못하다는 얘기다. 행여 개를 순방길에 데려가기라도 해보라. "저 대통령은 사람보다 개가 우선이냐?"는 비판에 직면할 수 있다. 개 입장에서 봐도 대통령과 정이 드는 게 좋은 일은 아니다. 개에게 좋은 주인은 돈이 많고 권력이 센 사람이 아니라, 늘 옆에 있어주는 사람이니, 대통령은 국내 거주자 5천만 명 중 단연 최악의 주인이다. 게다가 입양 동기도 정치적인 목적인 경우가 많아, 박 전 대통령의 개들처럼 대통령직에서 물러난 뒤 종견장이나 동물원 등으로 보내지는 일도 한두 번이 아니었다. 원래 개를 키우던 분이라면 모를까, 대통령이 된 다음 새로 개를 입양하는 일은 피하는 게 좋다고 생각하는 이유다.

대통령 선거 전인 2017년 4월, 동물보호단체와 한겨레는 대선 후보들에게 유기견을 청와대에 입양해 '퍼스트 도그'로 삼아달라고 권했다. 단체들은 다음 세 마리의 사연을 후보들에게 전했는데, 첫 번째가 털 색깔이 검어서 입양이 안 되는 토리였고, 두 번째가 개고기용으로 도살될 위기에서 가까스로 구조된 진돗개 잡종 복남이, 세 번째가 무관심한 주인의 관심을 끌기 위해 피가 철철 날 정도로 뒷발을 물어뜯는 로라(일명 뒷발이)였다.

난 이 제안이 아쉬웠다. 대선에 나온 모든 후보가 다 개를 좋아하는 것은 아니다. 게다가 개의 수명은 대개 10년을 넘기에, 대통령 임기가 끝나 청와대를 나온 뒤 그 개를 어떻게 할지 고민해야 하는 문제가 생긴다. 하지만 한 표가 시급한 대선판에서, 그것도 선거를 보름도 채 남기지 않은 시점에서 이런 제안을 받는다면, 거절할 후보가 누가 있겠는가? 결국 문재인 현 대통령과 안철수, 유승민, 심상정 후보 등 네 명이 "키우겠다"고 답을 했다.

내가 보기에 가장 진정성 있던 분은 바른정당 유승민 의원이었다. 그는 딸이 실험동물용 강아지를 집에 들인 걸 계기로 '찡아'를 키우기 시작, 2014년 무지개다리를 건널 때까지 11년을 키웠다. 유 의원은 그 후에도 찡아를 그리워했으며, 대선 때 캠프 관계자가 다른 개를 키워보자고 했을 때 "찡아에 대한 의리가 아니다"고 반대했었다. 이번 제안에 대해서도 유 의원은 쉽게 답을 하지 못하고 고민했다는데, 이쯤 되면 진정성이 있다고 평가할 만하다. 모름지기 개를 입양할 때는 이런 신중함이 필요하니 말이다. 반면 홍준표 전자유한국당 대표는 경남도지사 시절 관사에서 진돗개 여섯 마리를 키웠는데, 서울의 아파트로 이사하느라 지인에게 개를 맡겨버린 전례가 있다. 그가 후보들 중 유일하게 답변을 거부한 이유가 같은 일을 반복하기 싫어서였을까?

개에 대한 애정만 따지자면 문재인 대통령도 결코 부족하다고 할 수 없다. '마루'라는 이름의 풍산개를 10년 넘게 키우고 있으니 말이다. 토리를 입양함으로써 약속을 지킨 것도 높이 평가할 일이다. 하지만 중요한 것은 자신이 키우는 개에 대한 애정이 아니라, 대통령으로서 개들의 삶을 얼마나 개선해줄 수 있느냐다. 동물보호단체가 유기견 입양을 제안한 것도 유기되는 동물이 조금이라도 줄어들면 좋겠다는 취지가 아니던가? 그런 면에서 본다면 지금까지 문 대통령의 행보는 많이 아쉽다. 유기견의 수는 전혀 줄지 않았고, 학대받는 개들이 여전히 많음에도 〈동물보호법〉은 제자리걸음이다. 유기견 발생의 근본 원인으로 지목되는 개농장과 펫숍은 여전히 성업 중이다. 유기견에 대한 문 대통령의 후보 시절 공약도 특별한 게 없었으니, 앞으로도 큰 기대를 하기 힘들 것 같다. 혹시 대통령은 토리를 입양한 것으로 할 일을 다 했다고 생각하는 것일까? 차라리 대통령이 토리를 입양하는 대신, 이렇게 말했다면 좋았을 뻔했다.

"대통령은 나랏일을 하는 존재입니다. 때문에 유기견을 입양하라는 제안은 받아들이기 어렵습니다. 하지만 어떻게 하면 유기견을 줄일 수 있는지 깊이 고민해보고 대책을 마련해보겠습니다. 많이 도와주십시오."

— 어쩌라고? 대통령더러 모든 개의 삶을 책임지라는 건가?

— 이제는 별걸 다 가지고 문 대통령을 걸고넘어지네요. 이 시국에 유기견 등 동물 관련 이야기가 나오면 또 경제는 포기하고 동물만 챙긴다는 비난을 쏟아낼 것 같네요. 동물에 대한 이슈까지 대통령이 직접 챙겨야 하는 것이지?

— 개복지가 인간복지보다 우선인지 묻고 싶다. 개는 한낱 개일 뿐이다.

이런 댓글을 보면 참 안타깝다. 유기견 줄이는 방법을 고민해보자고 한 것이 왜 저런 식으로 왜곡되는지 모르겠다. 토리를 입양한 게 대통령 자신의 이미지에 도움이 되기 때문만은 아니라면, 그 정도는 고민해야 하는 게 아닐까? 사실 그리 오래 고민할 필요도 없다. 대책은 이미 나와 있기 때문이다. 개를 입양하면 무조건 국가에 등록을 시키고, 버려진 개가 있다면 그 개의 주인을 찾아서 처벌하는 것. 이 정도의 조치만으로도 유기견은 훨씬 줄어들 수 있다. 이런다고 개를 버리는 사람이 없어지진 않겠지만, 개를 키울 때 적어도 한 번은 더 고민하게 된다는 뜻이다. 유기견의 증가는 세금을 더 쓰게 만드는 것 이외에도 우리 사회를 어둡게 하는 요인이다. 떠돌던 개가 자동차에 치이면 개뿐 아니라 사람도 심리적 외상을 입을 수 있고, 맹수로 돌변한 유기견이 사람에게 위협이 될 수도 있다. 그러니까 유기견 문제는 꼭 개만의 문제가 아닌, 우리 자신의 문제이기도 하다. 꼭 토리를 입양하지 않았다 해도 대통령이 여기에 대해 대책을 세우는 일은 당연한 의무다. 자신의 의무를 다하라는 주문에 저리도 과민한 반응을 보이는 건 대통령을 종교화하는 것에 불과하다.

아래 댓글들은 종교화의 끝을 보여준다. 유승민 의원이 진정성 있다는 말에 여러 사람이 거품을 물었다.

— 유기견 입양해서 잘 키우고 있는 현직 대통령을 결국 입양도 안한 유승
  민과 비교해가며 개소리하지 말고. 유승민이 뭐 진정성? 듣다 듣다 이
  런 개뼈다귀 핥는 소리를.
— 도대체 포인트가 무엇인지? 503으로 시작해서 유승민 칭찬하다가 갑
  자기 대통령님을 왜 비난? 당신 같은 분들은 제발 글 쓰지 마세요.

유승민 의원의 진정성은 대선후보임에도 개를 입양할지 말지를 신중하게 고려했다는 점이었다. 어차피 당장도 아닌, 대통령이 된 다음에 입양하라는 것이었고, 당시 지지율로 보아 대통령이 될 확률이 없다시피 했으니 "그래요. 키울게요"라고 쉽게 대답할 수 있었을 텐데, 그는 그렇게 하지 않았다. 그의 다른 정치적인 행보에 대해 이야기하는 게 아니라, 개에 대해서만큼은 진정성이 있다는 게 그렇게 욕먹을 일일까? 난 개를 기르는 사람들이 유승민 의원의 반의 반만큼의 신중함이라도 갖추길 바란다. 그렇게만 된다면 지금처럼 길거리가, 그리고 보호소가 유기견으로 넘쳐나는 일은 없을 테니 말이다.

개의 삶을 감당한다는 것

은곰이는 결국 수술했다. 마음이 아팠던 건 이게 자신을 위한 일임을 은곰이가 몰랐다는 점이다. 사람이야 의사소통이 되니 수술의 이유를 납득시킬 수 있겠지만, 개야 어디 그런가. 그래서 은곰이는 수술 당일 날도 어디 산책이라도 가는 양 기쁘게 엄마를 따라나섰다. 은곰이 수술을 한 뒤, 또 병원에 입원한 뒤 '도대체 나한테 왜 이래?'라며 분노했던 것은 당연한 귀결이었다. 어쩌면 은곰은 자신이 버림받았다고 생각했을지도 모른다. 그래서인지 은곰은 입원 기간 내내 화가 나 있었고, 수술해준 원장 선생님을 물기까지 했다. 병원 생활을 마치고 집에 왔지만, 은곰은 앞으로 두 달간 케이지 생활을 해야 한다. 낯익은 얼굴들이 보이고, 엄마 아빠가 은곰을 사랑한다는 걸 알려주려 애쓰고 있지만, 은곰은 여전히 심기가 불편해 보인다.

다른 개들이 은곰에 대해 반가워하지 않는 것은 예상 못 할 일은

321

아니었다. 하지만 은곰을 헌신적으로 돌봐줬던 오리의 반응은 뜻밖이다. 은곰이 없는 동안 살짝 울적한 모습을 보였던 오리는 돌아온 은곰에게 친밀하게 다가서지 않았다. 수술한 은곰이가 좀 낯선 모양이다. 특히 수술한 다리에 감은 노란색 붕대가 탐이 나는지, 그걸 내놓으라고 붕대를 향해 맹렬히 짖는 걸 보면 이 녀석이 언제 철이 들는지 심란해진다. 어찌 됐건 은곰은 앞으로 최소 두 달간은 케이지 바깥으로 나오지 못한다. 당사자인 은곰이가 가장 괴롭겠지만, 그걸 바라보는 우리 부부의 마음도 편치 않다.

개를 키우는 일은 이런 것이다. 늘 좋기만 한 게 아니라, 개로 인해 울적한 나날도 있기 마련이란 얘기다. 하지만 좋은 날이 더 좋게 느껴지는 것은 때때로 시련이 찾아오기 때문이다. 예컨대 두 달쯤 지나면 은곰이는, 그전같이 달릴 수는 없겠지만, 산책을 다시 시작할 수 있다. 그 이전에는 산책이 당연시 여겨졌다면, 은곰이 회복된 뒤의 산책은 훨씬 더 감사한 마음으로 하게 되지 않을까. 개의 수명이 사람보다 짧은 것도 마찬가지다. 개의 살날이 많지 않다는 것을 알기에 난 개와 보내는 하루하루의 소중함을 남보다 더 절실히 느끼고 있다. 시간이 날 때마다 개들에게 잘하려 하는 건, 팬더를 위시해서 내 곁에 있는 개들이 하나둘씩 내 곁을 떠날 때 적어도 "잘해주지 못해서 미안해"라면서 후회하지 않기 위해서다.

내가 기꺼이 이런 일을 감당하는 것은 개에 대한 어마어마한 사랑이 내 안에 있기 때문이다. 하지만 개를 키우는 이들이 다 나만큼 개를 사랑하는 것은 아니어서, 어떤 이들은 시련이 다가오면 기꺼이 개를 버린다. 서론에서 《서민의 개좋음》을 쓴 이유가 개를 진정으로 좋아하고 끝까지 책임질 사람만 개를 키우게 하자는 데 있다고 했다. 이 책을 읽고 개를 입양하려던 생각을 포기하는 이가 몇 분이라도 있다면 책을 쓴 보람이 있을 것 같다. '나만 안 키우면 돼'라고 생각하지 말고, 주위에서 개를 충동적으로 입양하려는 이가 있다면 좀 말려주시면 고맙겠다. 말로 설득이 안 된다면 이 책을 읽혀주시라. 개를 사랑하는 이들만 개를 키우고, 버려지는 개가 한 마리도 없으며, 개를 먹는 것이 야만으로 인식되는 좋은 나라 대한민국을 위해서 말이다.

끝으로 감사의 말을 전한다. 우리 강아지들의 건강을 책임져주는 가온동물병원 선생님들, 조규만 동물병원 원장님, 의학적 자문을 해주신 정지영 선생님, 글 연재를 허락해주신 한겨레신문사, 이 책을 기획해주신 청년의사 박재영 주간님, 이 자리를 빌려 깊이 감사드립니다.

참고문헌

1장—서민과 여섯 마리의 일상

1. https://kin.naver.com/qna/detail.nhn?d1id=8&dirId=80501&docId=25662
   8495&qb=7Jqw66asIOqwleyVhOyngCDsspzsnqw=&enc=utf8&section=kin
   &rank=1&search_sort=0&spq=0&pid=Uaiw0lpySENssZuj%2BGosssssssNN-
   379215&sid=JlHnxMlOTWoYN6MnKwbVew%3D%3D (최종 접속일: 2019년 5월 28일).
2. https://cafe.naver.com/dogpalza/15062654 (최종 접속일: 2019년 5월 28일).
3. https://hygall.com/160747000 (최종 접속일: 2019년 5월 28일).

2장—개 입양, 한 번 더 생각해주시길

1. 최우리. 2018/3/30. 〈"개 키우는 데 돈 얼마나 드나"…20년이면 최소 1,044만 원〉.
   《한겨레》.
2. 김연수. 2018/02/26. 〈부러진 다리를 절연테이프에 의지해야 했던 강아지〉.《뉴스1》.
3. 2018/02/02. 〈"차마 죽는 모습 볼 수 없어서"…살아 있는 개 쓰레기봉투에 버려〉.
   《연합뉴스》.
4. 전민희, 홍지유. 2018/08/28. 〈대소변 못 가리고 짖는다고…멀쩡한 강아지도 안락
   사〉.《중앙일보》.
5. 이주영. 2017/04/18. 〈개 처음 기르는 비용, 고양이보다 2배 든다〉.《뉴스1》.
6. 동물자유연대. https://www.animals.or.kr/center/essay/40332 (최종 접속일: 2019년
   5월 28일).
7. 강규민. 2018/12/14. 〈로얄캐닌, 펫푸드 공장설립 이후 국내 경제 활성화 기여에
   시동〉.《파이낸셜뉴스》.
8. 김지아. 2019/01/23. 〈유기견 안락사 없는 독일…개가 세금·버스비도 낸다〉.《중앙
   일보》.

1. 윤기쁨. 2017/07/16. 〈견충 조롱에 폭행까지…개가 싫은 사람들 도그포비아〉. 《머니투데이》.

2. 박종현. 2015/10/16. 〈'개운동장' 짓는 데 11억 원 사용한 통 큰 뉴욕〉. 《세계일보》.

3. 이문석. 2018/12/23. 〈당진에서 이웃이 키우는 진돗개에 물려 어린이 중상〉. 《YTN》.

4. 박태우. 2019/03/08. 〈안동서 개에 물려 60~70대 3명 부상〉. 《경향신문》.

5. 박창길. 2018/01/30. 〈섣부른 반려견 입마개 대책/박창길 성공회대 경영학부 대우교수〉. 《서울신문》.

6. 이형주. 2017/09/20. 〈맹견에 돌 던지는 사회, '푸들은 되고 진돗개는 안 되고?'〉. 《한국일보》.

7. 박석현. 2018/11/28. 〈목줄 끊고 뛰쳐나온 '사자 개'…마을 돌며 주민들 공격〉. 《SBS NEWS》.

8. 이민경. 2019/02/14. 〈김해 40대 女, 사람만 한 대형견에 참변…처벌할 법체계 미비해 피해자만 '끙끙'〉. 《부산일보》.

9. 유지영. 2017/10/25. 〈국내 '개 물림 사건' 30%, 치료비도 못 받아…해외 사례는?〉. 《조선비즈》.

10. 위의 기사.

11. 임지수. 2018/12/29. 〈[이슈플러스] 고주파 보복까지…법령 사각 '층간 개 소음' 갈등〉. 《JTBC》.

12. 권오은. 2019/02/21. 〈"개 짖는 소리에 공부 못해" 흉기로 주민 위협한 10대〉. 《조선일보》.

13. 정윤주. 2018/10/27. 〈갑자기 맞닥뜨린 '알레르기 공포'…검사해보니〉. 《YTN》.

14. Luo S, Sun Y, Hou J, et al. 2018. "Pet keeping in childhood and asthma and allergy among children in Tianjin area, China". *PLOS one* 13(5): e0197274.

15. Hesselmar B, Hicke-Roberts A, et al. 2018. "Pet-keeping in early life reduces the risk of allergy in a dose-dependent fashion". *PLOS one* 13(2): e0208472.

16. Strachan DP. 1989. "Hay fever, hygiene, and household size". *Br Med J* 299: 1259-1260.

1. 2018/07/11. 〈[시사자키 전관용입니다] 불법 알박기에 이용당한 동물들, 5년째 죽어 나가〉. 《노컷뉴스》.

2. 오미란. 2018/08/10. 〈제주 폐가 방치 개 33마리 다시 주인에게…"재발 우려"〉. 《뉴스1》.

3. 박소연. 2018/11/30. 〈[애니멀구조대] 두 계절이 흐른 '하남 개지옥'은 지금…〉. 《서울신문》.

4. 문성호. 2019/01/08. 〈부산 해운대 개 투하 사건 범인 잡혀〉. 《서울신문》

5. 허정헌. 2019/02/12. 〈강아지 던져 죽인 A 씨 사죄에 네티즌 "반성은 감옥 가서"〉. 《한국일보》.

6. 디지털뉴스부. 2012/04/22. 〈개를 트렁크에 매달고 고속도로 질주 '악마 에쿠스' 논란〉. 《경인일보》.

7. 김현경. 2016/09/05. 〈순창서 제3의 '악마 에쿠스' 사건, 강아지 매달고 '시속 80km' 질주…충격〉. 《한국경제TV》.

8. 2017/07/06. 〈'악마 에쿠스' 악몽 또…제주서 60대 男, 차에 개 매달고 '질질'〉. 《헤럴드경제》.

9. 김건휘. 2018/10/29. 〈백구 학대 '악마 SUV' 용의자 찾았지만…"나는 개를 사랑하는 사람"〉. 《머니투데이》.

10. 이준삼. 2019/02/20. 〈트럭에 개 매달고 운전…또 동물학대 논란〉. 《연합뉴스TV》.

11. 손현수. 2019/03/04. 〈동물학대 행위에 벌금 70만 원…'솜방망이 처벌' 논란〉. 《법률신문》.

12. Kwon JW, Sim Y, Jee D. 2017. "Association between intermediate uveitis and toxocariasis in the Korean population". *Medicine*(Baltimore) 96(5): 5829.

13. 석상권, 정경태, 이강록, 이기흔. 2014. 〈부산지역 유기동물의 기생충란 감염 실태〉. 보건환경연구원보. 24(1): 238-243.

14. https://www.cdc.gov/parasites/toxocariasis/epi.html (최종 접속일: 2019년 5월 28일).

15. 정은혜. 2019/01/15. 〈식용견 농장주들 "우리가 개를 훨씬 사랑…적어도 안락사는 안 해"〉. 《중앙일보》.

16. 이선명. 2018/06/22. 〈[반려in] 남양주 개농장, 뜬장 안의 식용견들은 반려견처럼 꼬리를 흔들었다〉. 《스포츠경향》.

17. 박은시. 2019/02/16. 〈개농장에서 구조된 개들⋯ 또다른 '지옥'을 마주하다〉.《오마이뉴스》.

18. 2019/01/13. 〈"보호소 비좁아"⋯동물 단체 '케어' 수백 마리 안락사〉.《YTN》.

19. 주경희, 배정진. 2018.《까매도 괜찮아 파워당당 토리!》. 성안당. 12쪽.

20. 2016/07/07. 〈보호소 앞에 '슬쩍'⋯버려지는 반려동물 한 해 8만 마리〉.《연합뉴스》.

21. 조성흠. 2019/03/17. 〈"대규모 동물학대 우려⋯ 사설 동물보호시설 신고제 도입해야"〉.《연합뉴스》.

22. 김유신. 2019/02/08. 〈농장견을 가정견인양⋯ 눈속임 애견숍 주의보〉.《매일경제》.

23. https://cafe.naver.com/dogpalza/13207948 (최종 접속일: 2019년 5월 28일).

24. 김연수. 2019/01/30. 〈주택가에 '은밀한' 불법 번식장 발견⋯ '짖지 마' 성대수술까지〉.《뉴스1》.

25. 이형주. 2014/11/19. 〈"어디서 분양받으셨어요?" 묻지 마세요, 왜냐면⋯〉.《오마이뉴스》.

5장—개답게? 사람답게!

1. 이용한. 2018.《당신에게 고양이》. 꿈의지도. 325쪽.

2. 유승목. 2018/11/15. 〈[개人주의] 가정집에 개 37마리⋯ '애니멀호더링'〉.《머니투데이》.

3. 윤기쁨. 2017/04/28. 〈안 되는 게 더 많은 펫보험⋯"차라리 적금 들자"〉.《머니투데이》.

4. 김현진. 2019/02/28. 〈[펫보험] 메리츠화재, 반려견 의료비 평생 보장 펫보험〉.《천지일보》.

5. 김성희. 2019/03/11. 〈[실적 한파 닥친 보험사 앞날은] 회사별 '빈익빈 부익부' 더 심화될 듯〉.《이코노미스트》.

6. https://blog.naver.com/eunyupkang/221397130706 (최종 접속일: 2019년 5월 28일).

7. 피재윤. 2016/08/17. 〈농촌 가정집서 진돗개 등 훔쳐 보신탕집에 넘긴 50대〉.《뉴스1》.

8. 김현섭. 2013/08/13. 〈[친절한 쿡기자] 주인이 옆에 있어도… 복날 '강아지 퍽치기'를 아시나요〉. 《국민일보》.

9. 이종수. 2018/02/12. 〈CNN 앵커 "올림픽에 가려진 개고기 거래"〉. 《YTN》.

10. 2017/4/12. 〈대만에서 개고기 먹었다가는 감옥행〉. 《코리아헤럴드》.

11. 임형섭. 2018/09/12. 〈아시아서 개·고양이 식용금지 확산〉. 《노컷뉴스》.

12. 하재영. 2018. 《아무도 미워하지 않는 개의 죽음》. 창비. 64쪽, 75쪽.

13. 위의 책. 185쪽.

14. 2018/02/26. 〈올림픽 참가 美 스키 선수, 강아지 입양해서 귀국…개고기 이슈화〉. 《뉴시스》.

15. 김성훈. 2017/08/28. 〈시중 유통 개고기 66%서 항생제 검출… 소·돼지 대비 100배 수준〉. 《이데일리》.

16. 윤재옹. 2016/08/08. 〈매년 열리는 중국 위린시 개고기 축제, 문제점은 무엇인가〉. 《데일리벳》.

17. 하재영. 2018. 《아무도 미워하지 않는 개의 죽음》. 창비. 185쪽.

18. 이소희. 2019/02/05. 〈반려동물 등록제 5년…반려견 50.2%, 반려묘는?〉. 《데일리안》.

19. 이학범. 2018/10/31. 〈동물등록제 알고도 등록 안 한 보호자 절반…이유는 '필요성을 못 느껴서'〉. 《데일리벳》.

20. http://blog.naver.com/ljh337/220022091707 (최종 접속일: 2019년 5월 28일).

21. 이선명. 2018/09/20. 〈'작은 영웅'이 된 반려동물들〉. 《스포츠경향》.

22. 위의 기사.

23. 2018/12/06. 〈냄새로 주인이 암 걸린 사실 세 번 발견한 반려견〉. 《YTN》.

24. 2018/08/14. 〈[핫뉴스] 주인 구한 충견…작은 덩치로 멧돼지와 격투 外〉. 《연합뉴스TV》.

25. 이형주. 2018/07/24. 〈"한밤중 치솟는 불길 보고 컹컹 짖어"…일곱 식구 생명 구한 백구〉. 《동아일보》.